读客悬疑文库

认准读客读悬疑，本本都是大师级。

恶狼之夜

保罗·霍尔特推理短篇全集 上

［法］保罗·霍尔特 著

刘一彤 焦鑫琳 译

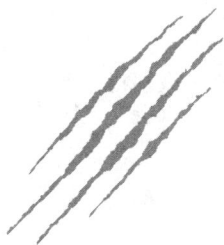

文汇出版社

图书在版编目（CIP）数据

恶狼之夜 / （法）保罗·霍尔特（Paul Halter）著；
刘一彤，焦鑫琳译. -- 上海 ： 文汇出版社，2023.12

ISBN 978-7-5496-4132-1

Ⅰ. ①恶… Ⅱ. ①保… ②刘… ③焦… Ⅲ. ①短篇小
说－小说集－法国－现代 Ⅳ. ①I565.45

中国国家版本馆CIP数据核字(2023)第193638号

恶狼之夜

作　　者 / ［法］保罗·霍尔特
译　　者 / 刘一彤　　焦鑫琳

责任编辑 / 徐曙蕾
特约编辑 / 顾珍奇　　徐陈健
封面设计 / 梁剑清

出版发行 / **文匯**出版社
　　　　　 上海市威海路 755 号
　　　　　 （邮政编码 200041）
经　　销 / 全国新华书店
印刷装订 / 三河市龙大印装有限公司
版　　次 / 2023 年 12 月第 1 版
印　　次 / 2024 年 11 月第 3 次印刷
开　　本 / 880mm×1230mm　　1/32
字　　数 / 205 千字
印　　张 / 9.25

ISBN 978-7-5496-4132-1
定　　价 / 49.90 元

侵权必究
装订质量问题，请致电010-87681002（免费更换，邮寄到付）

PAUL HALTER

LA NUIT DU LOUP

目　录

恶狼之夜

"爸爸，给我们讲个故事好不好？"

父亲看着眼前的这群小家伙正对着几小时前打到的狍子大快朵颐。他抬起疲惫的眼睛瞥了一眼儿子。

另一个孩子又催促道："是呀，快给我们讲个故事吧！"

他嘟囔道："我再说一次！你们最好去做点更重要的事情！你们已经到了打猎的年纪。今年的冬天很难挨，春天还远着呢。我已经无数次告诉你们，要活下去，就必须有东西吃，要有东西吃，那就要……"

"好啦，我们知道了！爸爸，讲个故事嘛……"

"你为什么还是要惹我生气！我都不知道该怎么说你了！"

他的妻子小跑着穿过雪地，亲昵地靠在他身上。

"亲爱的，你可以给他们说说沃尔夫[1]的故事……"

他怒气冲冲地说："沃尔夫的故事？但是他们还太小了……"

他的孩子们吵吵嚷嚷："是呀！讲故事！快给我们讲故事！"

他气得龇牙咧嘴，但这样的怒火很快就平息了。他知道，无论如何，他都无法逃脱生活的磨难。毕竟，既然孩子们到了可以打猎的年龄，他们也是时候知道这些了……

他久久凝视着被雪覆盖的平原，远处的冷杉树被寒风压弯了腰。他用猩红的眼睛盯着他的儿子们，打开了话匣子："这是个悲伤的故事。他们认为，只有那些可怜的傻瓜才会相信这些'东西'。然而，事实并非如此。沃尔夫是我们的一位朋友……"

威斯特摩兰的天空飘起了鹅毛大雪。这天夜里，时针才刚刚掠过八点，但在这个坐落在英国北部的小镇上，居民们早已纷纷将门紧紧上锁。对他们来说，内心的恐惧比身体的寒冷更加令人发颤。这是老彼得·沃尔夫惨遭谋杀后的第三天。这是一起手段极其残忍的谋杀案。但奇怪的是，让村民们如此担忧的并不是手段是否残忍，而是谋杀背后隐藏的暗示。"他回来

1　原文中沃尔夫为"Wolf"，意为英文中的狼。——译者注（如无特殊说明，本书注释均为译者注）

了，"他们低声说，"我的天哪，我们会变成什么样子？我们的妻子怎么办？还有我们的孩子呢？"

负责调查的警察局长约翰·莱利在这起惨案发生后几乎没有睡过一个安稳觉。这天晚上，他正在壁炉前来回踱步。他绞尽脑汁，试图解开这个离奇的谜团，门外却突然传来一阵敲门声。

他打开门，只见一个身材矮小的老人站在门槛上，他全身冻得发僵，好似一座被雪覆盖的冰雕。老人说自己迷路了，想要找一家旅店过夜。过了一会儿，在熊熊燃烧的火堆旁，老人喝着精心调制的酒，向莱利解释他迷路的原因。可这位警官满腹心事，心不在焉地听着他说话。突然，老人的一句话打断了他的沉思："任何事情都有一个解释。"

约翰·莱利仔细打量着这位客人：他那皱巴巴的手关节分明，脸像羊皮纸一样又干又瘪，无疑透露出他的年迈。但是，老人的眼睛既清澈又明亮，散发着活力、青春以及非凡的智慧。莱利一时间没了主意。这个老人到底是从哪里来的？为什么寒冬腊月他却在下着大雪的乡间徘徊？他的衣服十分考究，说明他不是一个流浪汉。莱利警官后悔刚才没有仔细倾听他的话。但是，出于礼貌，他现在还不能打听这方面的事情。

莱利带着了然的微笑说："任何事情？您这么认为吗？这位……我应该怎么称呼您呢，先生？"

"法瑞尔，我叫欧文·法瑞尔。是的，我觉得任何事情都有一个解释……"

约翰·莱利盯着在地毯一角打瞌睡的狼狗，摇了摇头，表示并不赞同此看法。法瑞尔先生皱起了眉头："您为什么不说话，是因为这头野兽吗？"

"某种程度上来说，的确如此。我收留这条狗是因为它的主人两天前刚刚遭到谋杀。您相信吗？这个人的死亡是无法解释的，至少没有一个'合理'的解释。事实证明，只有这头野兽才有可能犯下这桩罪行。可是，出于理智，我们无法相信一条狗能够用匕首捅出致命的一刀。"

法瑞尔平静地说："在我看来，这条狗虽然体形健硕，却没有任何攻击性。"

"我也这么想。虽然他的主人沃尔夫先生身体上布满被爪子和獠牙撕扯的痕迹，但它怎么会是凶手？"

老人睁大眼睛，说道："被刺伤、被咬伤又被抓伤？可这究竟是个什么怪物……"

莱利警官打断了他的话："先生，您听说过狼人吗？"

老人难以置信地盯着他。

约翰·莱利面容苦涩，略带讽刺地说："您不是说任何事情都有一个解释吗？我想，如果我告诉您前天晚上发生的事情以及二十多年前这个村子里发生的事情，想必您会收回您这句话的。有两个人发现了受害者，其中之一不是别人，正是我的前辈，上一任警察局长默里斯·怀德费尔先生。他是一位有力的证人，心思缜密，而且眼光毒辣。"

　　莱利开始了叙述："那天晚上，雪一直从九点下到午夜。稍晚些时候，怀德费尔先生突然被'嗥叫声'和'咆哮声'惊醒。大约凌晨一点时，他家门口传来了敲门声，那是住在他隔壁的好友莱辛医生。莱辛医生一手拿着手电筒，一手拿着拐杖，问他是否听到森林中传来的'嗥叫声'。他们俩感到十分担忧，所以立马去了彼得·沃尔夫的家。怀德费尔先生和莱辛医生住在靠近森林的边缘处。他们沿着小路走进树林，看到了沃尔夫先生的房子矗立在一片空地中间。那是一座木头房子，旁边有一间小小的木工房，但沃尔夫先生几年前就不做木工活儿了，也好久没到木工房里去了。当他们到达那片空地时，大约是凌晨一点。刚刚下过雪，周遭结冰的地面覆盖着一层薄薄的积雪。莱辛医生晃动着手电筒，直到他看到一串奇怪的脚印。那串脚印显然是从沃尔夫的房子里延伸出来的，停在了他们面前五十多米的地方，可这不是人的脚印，而是一条大狗……或者是一头狼的脚印。这些脚印在靠近他们二人的位置突然消失了，消失的地方离小路不远，只是那里有许多灌木丛和草丛，难以辨认其中是否有脚印。借着手电筒的光亮，他们跟着这些脚印向前走去，最后停在了沃尔夫家的门前。尽管那是一个极为寒冷的深夜，他家的门却大开着！穿过门，他们发现沃尔夫瘫倒在壁炉前，浑身是血，背上还插着一把匕首，面部和四肢都有被利爪撕裂的痕迹。由于尸体还有温度，莱辛医生估计他是在半小时到四十分钟前死亡的，由此推断出其死亡时间为当晚十二点三十分左右，验尸官后来也证实了这一点。您发现问题在哪儿了吗？沃尔夫是在雪停之后才被杀害的，可是除了这两个人和'野兽'的脚印，在房子周围并没有发现其他脚印。于是，他们又里里外外搜索了一遍，却发现除了他们和受害者，现场没有任何人，就连沃尔夫养的那条可怜的狗也消失不见了。他们在屋外看到的脚印很有可能是这条狗的，也许是它野蛮地攻击了自己的主人，但致命的那一刀绝不可能是它捅的……这样一来，凶手是如何做到逃跑时在雪地上不留下任何痕迹的呢？"

法瑞尔先生若有所思地点了点头。他将杯中的格罗格酒一饮而尽，然后说道："有意思。不过……您当时是过了多久才到达现场的？"

莱利警官微微一笑："我知道您想说什么，但事实上，我们很快就到达现场了。莱辛医生立马来找我，怀德费尔先生则守在受害人身边。您是想不通脚印的问题吧？我可以向您保证，我们一直关注着这一点，因为莱辛医生一上来就向我们指出了这件怪事。恰好，我的手下中有一位是这方面的专家，他比任何人都懂这方面的门道。但三组脚印中没有任何一组是伪造的，不论是'野兽'的脚印，还是怀德费尔先生或莱辛医生的脚印，都是真实的。而且，没有人倒着走，也没有人覆盖另一组脚印。还有，我要再次强调，小屋周围没有其他的脚印，空旷的雪地里也没有其他脚印。我们甚至用放大镜搜查了怀德费尔的屋子，里面一个人也没有，更没有什么秘密通道。您开始领悟到这些事情的走向了吗？"

法瑞尔先生说："当然，这样一来，能够使用的犯罪手法就变得十分有限。验尸官对被害人的伤势怎么看？"

莱利警官回答道："他非常谨慎。沃尔夫先生的面部和手部并没有被咬伤，而是被撕裂了，所以上面没有明显的獠牙印。这显然是一头野兽所为，只是他不便多说。至于沃尔夫背上的那一刀，那肯定是人为造成的，这一点是很明确的。这是非常精准的一刀，正中心脏位置，导致被害人当场死亡。"

法瑞尔先生想了想，指着躺在地上的狼狗说："那您又是在何时何地找到它的？"

莱利警官说："它在那天早上出现了。当然，我们给它作了身体检查，发现它似乎有搏斗的痕迹，但没有证据表明是与它的主人进行的搏斗，也有可能是和附近的狗呢？更麻烦的是，在这段时间里又下了一场雪，所以我们无法将它的爪印和沃尔夫门前的足迹进行对比。"

"也就是说，那些足迹只能是这条狗留下的喽？"

"也许吧。那您觉得凶手是怎么做到的呢？是长了翅膀，还是可以不受地心引力的约束？要我说，不管是这条狗还是其他生物撕裂了被害人的身体，问题的症结都没有改变！对被害人捅出致命一刀的人是如何逃脱的？对了，在我的印象中，它并不是条攻击性很强的狗。您想想，不然我又怎么会把它留在这里呢？”

二人一阵沉默。法瑞尔先生问道：“除此以外，您还有其他线索吗？”

“我没有其他线索了。不过还有件奇怪的事情，只是我不知道是否与这起谋杀案有关。在沃尔夫的木工房的工作台上，我们看到了几块新鲜的木屑，估计是从架子上的一根屋顶板条处落下来的。那个木工房尘封已久，到处都是蜘蛛网，这根板条却是其中唯一新切下来的木料。”

“这一点的确很奇怪。但更奇怪的是，您好像从中得出了一个结论。如果我没有理解错的话，您觉得攻击沃尔夫先生的是个半人半狼的狼人？这样就能解释他尸身上的爪痕、獠牙印、致命的一刀以及雪地里的那些脚印。”

约翰·莱利点头表示同意，脸上仍是困惑的神情。

“先生，我觉得您考虑这种可能性，一定还有别的理由吧……”

这位警察局长面色阴沉，压低声音说道：“我想您不是本地人吧？所以您才会对那个传说一无所知。要知道，那个传说能吓得整个村子大气都不敢出。传说，狼人一直在这附近出没。您说得没错，那是一种半人半狼的怪物，它杀戮猎物的方式极具特点，先用獠牙撕裂猎物，然后再刺死它们。但我们最后一次听说狼人的消息，已经是二十多年前了。而且，在当时上演了两次猎杀。老蒂莫西当年目睹了这一幕。当时，狼人袭击了亨利，那是老蒂莫西收养的小男孩。亨利奇迹般地活了下来。老人的狗和老人一样，试图抵抗怪物来保护孩子，所以上前追赶。后来，人们在树林中发现了奄奄一息的狗，它的身上被乱刺了许多刀。莱辛医生是另一位目击证人，他的妻子在一周后也被'野兽'杀害了。"

随后的几秒，屋子里只有炉火燃烧的声音。两个男人都把目光聚焦在那条睡着的狼狗身上。它侧躺着，油光水滑的皮毛随着平静的呼吸而上下起伏。

约翰·莱利打破沉默："老先生，您对此有其他的解释吗？"

老人避而不答，说道："您方才告诉我，怀德费尔先生和莱辛医生在去往沃尔夫先生家的路上就感到十分担忧。但我不太明白，他们二人都听到了从森林里传来的'咆哮声'，但这并不足以构成他们深夜前往沃尔夫住处的理由！更何况狼人都已经绝迹二十多年了！"

约翰·莱利陷在扶手椅中，说道："显然，让他们对老沃尔夫的处境感到担忧的原因不仅是那些噪声。就在惨案发生前几天，怀德费尔先生和莱辛医生曾经在他家留宿。当时在场的还有亨利，就是那个曾经被'野兽'攻击过的孩子。这样的聚会并不是很频繁，甚至可以说是屈指可数。自从沃尔夫退休之后，他就一直像个隐士一样深居简出。为什么我要说从那时起呢？因为在他退休之前，他总是到处拈花惹草，简直是个不知悔改的好色之徒！所以，当时在村子里，几乎没有哪位男士愿意与他来往。这样的境况让他变得尖酸刻薄。所以，怀德费尔先生和莱辛医生收到他的邀请时感到十分惊讶，但还是去了老沃尔夫家，他们觉得可能是深居简出的生活让他感到不适应。但就在那次聚会上，他们却偶然聊到了狼人……"

说到这里，约翰·莱利顿了顿，抬头看了看法瑞尔老人，发现他正认真聆听着，便接着说道："我想，您肯定知道，狼人有着正常人类的外表，可能是男性，也可能是女性，它只是在某几个晚上会变身成为狼。至于究竟是完全变成了狼的模样还是部分器官发生变化，这种情况是常常发生还是只在月圆之夜发生，我就不多说了，因为这些问题争议很大。同样饱受争议的还有如何与之搏斗的问题，有人说只有受过祝祷且刻着十字架的银色子弹才有用。但我觉得，人是如何变成狼人的问题特别重要。有人觉得，人类只要被狼人咬上一口，就会变成一头狼。最后，还有一个问题，如果狼人并不处于变身后的危险状态，我们应该如何从其表征中分辨出这是个狼人呢？虽然其外表是人，但有两个细节会出卖其狼人身份。其一，它的身体上肯定留有伤口，那是'狼'在森林中疯狂奔跑留下的划伤；其二，它的掌心里会有毛发。怀德费尔、莱辛、沃尔夫当时正在激烈地讨论这些细节。事实上，这主要是因为亨利，他曾经被那头怪物咬伤。而那次咬伤也给他留下了后遗症。他是一个坚强勇敢的男孩，但他的心理年龄停留在了八岁。在村里，人们总是叫他干最重的活计，而这些活计可能会在他的身上留下伤痕。而且，他的手掌上没有毛发，但胸膛和手臂上有浓密的毛发。因此，这就是这场讨论的转折点：被怪物咬了的亨利会不会有可能在某一天变成狼人呢？怀德费尔和莱辛在思考这个问题，可这似乎让沃尔夫很不高兴。他突然冷笑着说，现在是告诉亨利'真相'的时候了，而且不仅是亨利，还有村里的其他人也应该知道。可他指的是什么真相呢？医生和前任警察局长不明白，只是感觉老沃尔夫想嘲笑这个传说。二人提醒老沃尔夫，如果狼人知道了他的这种态度，很可能对他不利。接着，又发生了一件事，莱辛医生突然做了一个动作，那条狗却出人意料地对此作出反应，咬了医生的小腿。所幸伤势并不严重，只是莱辛在接下来的几天里不得不拄拐走路。从那一刻起，每个人的脾气都变得暴躁起来，更何况他们都喝了不少酒。怀德费尔和莱辛便向老沃尔夫告辞了。由于老人那副轻蔑而怀疑的态度，二人几乎是用威胁的方式提醒老人小心怪物上门，可他却冷笑着讥讽道：'真相很快就会大白。'"

法瑞尔先生再次点点头表示赞同，神情半是满意，半是玩味。

过了一会儿，他说："很好。所以我们是要和狼人打交道喽？一个狼人在夜里去了沃尔夫先生家，用它的獠牙和匕首杀死了他，然后又在新积的雪地上留下了脚印。那么我们现在要做的就是找到他的真实身份，看狼人是藏在哪个人的面容背后……您有什么想法吗？有嫌疑人吗？我个人倾向于参加聚会的三人之一。您怎么看？"

约翰·莱利清了清嗓子："是的。我的确也在怀疑这三个人，而且他们都没有不在场证明。案发时间大概是晚上十二点半，怀德费尔先生和莱辛医生都是独自一人在家，而亨利在一位农夫家里吃完生日餐之后，到谷仓里喝酒。说到亨利，我还得补充两句，根据沃尔夫生前的安排，他继承了沃尔夫的遗产，也就是那栋房子和那位老人的存款。至于怀德费尔和莱辛是否也有杀人动机，我就不清楚了。不过，我一直觉得怀德费尔心里总是暗暗地仇恨沃尔夫，我听说他的妻子在他们刚搬到这里时就离开了他。我们是否可以猜测她与沃尔夫有一段婚外情？并且出于悔恨，她溜走了？当然了，这都是纯粹的猜测。至于莱辛医生，我们也只能猜测他的动机。他的第一任妻子不幸去世后，他再婚了。他与续弦相处得极好。只可惜这位夫人身体不佳，前几年也去世了。自那时起，他就孑然一身，只有一条年轻的母狗陪伴着他。您看，躺在您身边的那条狗，它可十分垂涎那条母狗呢！"

约翰·莱利看到了老人脸上快速变换的表情，就此打住了话头。只见老人一动不动地待了几秒，眉头紧锁，接着脸上又绽放出大大的笑容。他转向莱利警官，说道："我们是在寻找一个怪物，而您却要和我谈论谋杀动机。我总觉得，您虽然希望我们相信臭名昭著的狼人是存在的，但您自己似乎并不相信这一点。莱利先生，我相信您在内心深处从未相信过这个传说。我仍然坚持我所说的，每件事都有一个解释。"

莱利问道："我是不是可以将您的话理解为您已经解开了这个谜团？您能够解释一个'人'是如何穿过一片雪地，只留下一串动物的脚印，而不留下其他任何痕迹？"

法瑞尔先生不假思索地回答道："是的。"

莱利没有回答，法瑞尔也不再说话。

莱利结结巴巴地开了口："这不可能。我已经从各个角度研究了这个问题，而且……"

"您别忘了，现场还有那些木屑呢。"

"木屑？哎呀！可是木屑又和这起案子有什么关系呢？还有那个在大约二十五年前袭击亨利的狼人！有两位证人都看清楚了它的样子！您又怎么解释这件事呢？"

"用事实来证明！莱利先生，请您只考虑事实！您试着将一将，用这些事实来还原事故现场：一个被严重咬伤的小男孩，再往前走一点儿，有一条被刺伤后奄奄一息的狗。是谁咬了那个男孩？很显然，是那条狗。可是谁又能责骂那条狗并用匕首将它刺伤呢？那当然是那个在一旁看着的大人，他想制服这条突然疯狂攻击他的养子的狗。

"老蒂莫西肯定有那么一瞬间觉得小亨利已经死了，自己没能救下那个孩子。在攻击那条狗的时候，他或许失手伤到了小亨利。他沉溺在痛苦当中，内心的负罪感令他濒临崩溃，他感觉到自己的理智动摇了。因此，他将自己的狗与某种怪物相提并论，这并不稀奇。甚至他说到传说中那可怕的'野兽'也没什么奇怪的。

　　"既然如此，再还原剩下的事情就是小菜一碟了。我只能想到一种方式来解释莱辛医生的谎言。莱辛目睹了那场悲剧的发生，却为老人的胡言乱语作证，这样一来，他就能将自己酝酿了一段时间的罪行嫁祸给狼人——他要杀了自己的妻子，因为她与沃尔夫有私情。不过这件事只是我的猜测，他也可能是出于其他原因杀死了自己的第一任妻子。而且，我还觉得亨利可能是沃尔夫风流快活时生下的私生子。您得承认这一点，因为这能够解释很多事情。如果沃尔夫是莱辛夫人的情夫，他肯定会怀疑她的死是一起出于嫉妒心理的谋杀，也会怀疑隐藏在凶残的狼人背后的正是那位医生。如果沃尔夫是亨利的父亲，我们就能理解为什么沃尔夫要将自己的遗产留给他，也能理解为什么在那次稀奇的聚会上，对于怀德费尔先生和莱辛医生认为亨利是或可能成为狼人的猜测，他会感到如此不满。这一定让沃尔夫感到非常恼火，因为他知道莱辛医生的底细。这也难怪，都过了二十年，莱辛还在鼓吹狼人的传说。沃尔夫得意忘形，他向莱辛医生明确表示自己已经发现了他的秘密，并打算在不久之后公之于众。可他没有想到，祸从口出，这件事竟为他招致杀身之祸……

　　"安全起见，莱辛医生在除掉他的时候再次将此事嫁祸给了狼人。翌日，虽然他被狗咬伤的患处并不严重，但他还是选择拄拐走路。几天后，等天上飘起了小雪，他便决定开始实施自己的计划。夜里，雪花纷纷落下，他便带着自己的小母狗前往沃尔夫家门前的空地，并将它拴在了一棵树上。接着，他走到沃尔夫家门前敲门。沃尔夫开门后，他便刺死了沃尔夫，又用某件特制的工具撕裂了沃尔夫的身体，就像二十多年前他对自己的第一任妻子所做的那样。然后，他来到了沃尔夫的老木工房，用板条做了一副简陋的高跷，并将底部刨平，使其看起来跟他拐杖的末端一样。他也可能是在事先制作的高跷，沃尔夫甚至可能在场，不过沃尔夫当时肯定无法想象这对高跷究竟意味着什么……

　　"等雪一停，这个凶手就放出了沃尔夫的狗，那条狗冲到森林边缘，见到自己心爱的母狗后，发出了欢快的叫声，只是到了莱辛嘴里，这样的叫声就变成了'嗥叫声'和'咆哮声'。此时，莱辛踩着高跷离开了现场。不过要说明一点，这不是一副真正的'高'跷，因为太高的高跷势必会留下一串间隔很大的印记。他将用来垫脚的楔子直接钉在板条的最底部，这种高跷踩起来离地面只有几厘米，这样一来，就能够实现'非常紧密'的步伐，并留下一串类似于拐杖的痕迹，注意，只有一串，而不是两串。随后，他松开了自己的狗，又去找怀德费尔警官报信，并和怀德费尔一起进入空地，立即用手电筒照向狗的足迹，同时走到高跷留下的足迹旁边，并假装拄着他的拐杖。

"我不否认，负责检查指纹的警官肯定已经仔仔细细检查过了，包括莱辛医生和怀德费尔先生在雪地里留下的每一个脚印以及狗的脚印。但医生的拐杖呢？他检查过了吗？"

约翰·莱利突然感到一阵嗡嗡的耳鸣，脑海中有一层无法驱散的迷雾。他感到难以置信，他为了解开这个谜题，已经不眠不休地苦思冥想了整整两天两夜，却没有任何头绪，而这位凑巧过路的客人在不到十五分钟的时间里就将其解决了。他只觉得自己已经听不清老人的话了，只能断断续续地听到几个词："……新鲜的木屑，这很明显……我告诉过您了，每件事情都有一个解释……噢！雪终于停了！我是时候告辞了。不，不，好狗狗，躺下吧，躺在那里，别动……顺便问一句，这条勇敢的狗狗叫什么名字？"

约翰·莱利喃喃道："它叫沃尔夫，和它那已故的主人一个名字。不过我一直不明白沃尔夫为什么给它起了个和自己一样的名字。"

"先生，每件事情都有一个解释。"

夜幕降临。几片晶莹的雪花在冰天雪地里飞舞。鲜红的血泊与融化的雪水混在一起，一只狍子被啃噬到只剩下骨头。一些家庭成员似乎还没有吃饱。它们继续胡吃海塞，用尖牙撕扯下最后一点儿碎肉。

一家之长总结道："你们明白的，这个谜底并不正确。"

它的大儿子咆哮道："我觉得这个故事很怪异，尤其是那些变成半人半狼的东西……"

"我的孩子，要让你失望了，它的确存在。只是完全相反。当然了，就拿沃尔夫来说吧，它曾经在一次变身时杀死了一位老人。碰巧，我见到了这一幕。你们根本无法想象，沃尔夫失去了自己美丽的皮毛，将两个爪子一开一合，那是多么丑陋！它那光秃秃的脑袋变得圆滚滚的，耳朵缩成两坨干瘪的肉团，更别说它那几乎看不见的鼻子了。它变成了一个真正的怪物……好了，今晚就说到这里吧。我们该走了。"

一声悠长的嗥叫声撕裂沉寂的夜空。在父亲的号召下，那些还在胡吃海塞的小狼恋恋不舍地将自己那血淋淋的嘴从狍子的肚子处移开。接着，这个族群便消失在森林的深处。

哈迪斯[1]之盔

　　欧文·伯恩斯的社交能力达到了举世无双的水平，而他的挑衅技能也同样表现得出类拔萃，时常让我惊讶不已。比如二十世纪三十年代末的某一个晚上，我和欧文正待在哈迪斯俱乐部。那是一家我们都很喜欢的伦敦酒吧。凄惨阴冷的秋风为酒吧带来了大量的顾客，店里几乎座无虚席。我们和K勋爵，以及一位名叫阿比多斯的荷兰钻石商坐在一起。K勋爵是参加过布尔战争[2]的老兵，当他听说本人阿基利·斯托克出生于南非时，我们的谈话内容自然而然转向了那场年代久远的冲突。一开始，谈话进行得很平和，大家都彬彬有礼，倒是欧文一反常态地保持着沉默；但之后他开口了，从容不迫地宣称，大英帝

1　希腊神话中的冥王，有一项可以使人隐身的头盔。
2　布尔战争（1899—1902），英国人和移民南非的荷兰后裔阿非利坎人（布尔人）为争夺资源进行的战争。

国之所以决定参与那场新的殖民活动，多半是受到了外国钻石商的影响。阿比多斯黑色的眸子里闪过一丝光芒；K勋爵不仅不为所动，反而还用一种愉快的语气向他的钻石商同伴介绍起了欧文·伯恩斯，那话语中不免有恭维之嫌。他说欧文是一位著名的私家侦探，常常向苏格兰场[1]施以援手……但说到最后，他声音变了：

"这位先生赫然运用自己的才干，同王国的暴徒和罪犯展开斗争。感谢他的付出和帮助。可是我啊，伯恩斯先生，您要知道，我一直都是为了荣誉而战，而非为了金钱！"

看着K勋爵涨红的脸，欧文脸上露出撒拉弗天使般纯洁的微笑，回应道：

"我当然知道……人总是为自己没有的东西而战。"

K勋爵的脸瞬间变得煞白。他猛地站起来，转身就走。钻石商阿比多斯脸色阴沉，跟着他离开了。

一阵令人难耐的沉寂过后，我对欧文说：

"一些俏皮话会带来严重的后果，欧文。这么做并不明智，冒犯了尊严……"

"尊严？谁的尊严？是那些通过驱逐妇女、儿童来攫取资源，以最怯懦却又最残忍的方式来和敌人作战的人的尊严吗？还是那些……"

---

1 伦敦警察厅的代称。

他话还没说完，一个身材微胖、年过六旬（同我和欧文一样年纪）的人走到我们跟前。他先是请我们原谅他这大胆的举动，但他无法对刚才离开的那个人提到的"欧文的才干"置若罔闻。这位先生名叫马丁·帕伊，长着娃娃脸，顶着一头铜色的鬈发，一双蓝眼睛被厚厚的眼镜片放得很大，活像一个撒拉弗天使，但此刻他的表情十分严肃。他提到了一起谋杀案，说这起案件神秘、无解。欧文没有什么反应。可当他指明案子和哈迪斯俱乐部有一定的关系时，欧文皱起了眉头。

"一个与我们的老兄冥王哈迪斯有关的谜团？"他打趣道，"嘿，先生，这下可有趣多了！"

"您说得不错，这些罪行看起来就是在效法那位黑暗君主！而且还是以一种很直接的方式……"

"什么意思？"欧文惊讶地叫道。

"意思是说，罪犯得到了哈迪斯最喜欢的一件装备……我愿称其为最凶险的装备。您一定也会同意这种说法的，因为如果一个罪犯可以变得和空气一样透明，那他当然就更加危险了……"

欧文瞥了一眼放在壁炉台上的冥神雕像，然后两眼放光地盯着马丁·帕伊问道：

"您指的是他那顶金属帽子吗？"

"正是。"

"能让戴上的人隐身的'帽子'——著名的哈迪斯之盔？"

马丁·帕伊忧郁地点点头，说道：

"我知道事情听起来匪夷所思、过于离奇，但的确是我亲眼所见。案件发生在几年前，罪魁祸首应该已经无法再去害人了，可是谜团本身并没有得到解决……伯恩斯先生，如果您感兴趣的话，我很乐意和您讲一讲案件的经过，届时还请您不吝赐教……"

"乐意至极，先生。另外，若您的故事果真有趣，我就把解开谜团的秘诀传授给您。这么说或许有损我谦逊的形象，但我不得不向您坦白，面对各种各样复杂的犯罪，我至今未尝失败。"

马丁·帕伊先生开始讲述那个诡异的故事。他一开口，人们就能从他的口音听出他是个法国人。马丁·帕伊是一名建筑师，刚定居伦敦没几年。此前，他一直住在枫丹白露。在离开法国前，他应一位富有的考古学家康拉德·贝里邀请参加一场晚会，庆祝考古学家的最新发现：哈迪斯之盔。当地媒体对这个消息持保守态度，既因为考古学家名声不佳，又因为他发现这件物品时的情况有些微妙，更不用说物品本身的性质和它所谓的力量了。

当时，康拉德·贝里在伯罗奔尼撒半岛的纳夫普利翁附近某座遗址进行了两年的挖掘，但一无所获。就在他准备收拾东西打道回府的时候，一个工人在多利安[1]遗迹下方发现了迈锡

1　古希腊的一个部落。

尼遗址。那里有一条特殊的断层，应该是地震冲击所致，从而形成了一片天然的网格状走廊。康拉德·贝里就是在那里发现了传说之物。青铜铸成的头盔似乎年代已久，但保存得很好，制作精良。可是他怎么确信头盔的主人就是那位塔尔塔洛斯[1]的主宰呢？刚开始，考古学家一直三缄其口，后来他表示会在合适的时候给出让人无法辩驳的证据——比如，我刚提到的晚会就是一个很合适的场合。可就在他离开迈锡尼遗址的前一天傍晚，挖掘场地发生了一件怪事：两名工人在遗迹里遭到了袭击。当时在场的人不仅没法确认袭击者的身份，甚至怀疑根本就没看到什么袭击者……据他们所说，那些石头看起来就像是自己动起来向他们砸下去的！这起事故不像是有人在开玩笑，因为两名工人伤得不轻：他们被严重擦伤，手臂还骨折了。

康拉德·贝里在法兰西岛大区南部小有名气，他在当地的地位相当于那位赫赫有名的海因里希·施里曼，就是那位使神话中的城市特洛伊重见天日的德国考古学家。康拉德·贝里出生于阿尔及利亚。他和这个德国人一样，年轻的时候对荷马笔下的传奇故事十分着迷，并且从那时起，他便决定要先大赚一笔，然后在尽可能优渥的条件下投入考古研究当中。他先是从他父母手里继承了一座漂亮的果园，然后转手就把果园卖掉，并且将这笔钱用在了投机交易上。他的行动十分果断，最后大

1　希腊神话中地狱的代名词。

获成功。他住在枫丹白露，凭借经济实力跻身该地区的上流社会。因此，尽管有一些人尊敬他，但也有一些人认为他不过是个徒有其表的暴发户、投机者，整天挽着他年轻的新婚妻子到处卖弄，就像是在炫耀一件战利品。他美丽的妻子西莱丝汀年龄还不到他的一半，拥有一双蓝绿色的眼睛和一头金色的秀发。不得不说，她的美貌足以引起女人的嫉妒和男人的觊觎。在他们那幢位于枫丹白露森林边缘的大房子里，西莱丝汀姿态优雅，如同一团摇曳的火焰。她的身旁是一个奇怪的男子，身材高大瘦削，一双蓝色的眼睛被黝黑的皮肤衬托得十分清澈，像两颗耀眼的蓝宝石躺在黑色的天鹅绒首饰盒里。男子是柏柏尔人[1]，名叫本·阿里，曾是康拉德·贝里父母的仆人，也是康拉德·贝里从阿尔及利亚带到法国来的唯一实在的"记忆"；这个"记忆"与贝里寸步不离。人们对他了解得很少，只知道他是一个民间治疗师，会催眠术。不过他似乎无法自医——他最近扭伤了脚，不得不拄着拐杖走路。

在那个春日的夜晚，一切看起来都很美好。丁香花和金银花的芬芳沁人心脾，那四溢的花香迎接着到贝里家来的客人，伴着他们走进这座优雅的路易十四风格的大房子。那天的访客比平常多得多，有当地的记者、要好的朋友和一些商业伙伴。总共二十多个人聚在主客厅里闲聊，急切地等待着男主人把传

1　非洲北部的一个民族。

说中的头盔展示在众人面前，尤其希望看到可以证明其真实性的证据。为了缓解急躁的情绪，男士们把目光投向年轻的女主人。她动作优雅，慷慨地向大家投以微笑，履行自己作为女主人的职责，这让先生们倍感欣慰。

晚上八点的钟声响起，康拉德·贝里开始发言。他告诉客人们，他们付出的耐心马上就能得到回报了——他们将以独家方式欣赏到真正的哈迪斯之盔。目前，它被锁在一个特殊的保险柜里。之后，他将为大家展示可以证明其真实性的证据，但还请大家少安毋躁，再等一等——大概三十分钟，以便完善一些细节。他在一片掌声和不耐烦的叹息声中鞠了一躬，回到了书房。

要想前往位于二楼的书房，首先得经过走廊，接着穿过一个挂着天鹅绒窗帘的等候室和一间私人休息室，书房就在休息室的尽头。休息室十分舒服宽敞，天花板略呈拱形；房间的西侧有一个大理石壁炉、几把舒适的扶手椅、一面巨大的印度镜子和一个气派的水族箱；房间里仅有的两扇窗户开在东侧，窗与窗之间摆放着一个高大华美的蓝色中国花瓶。在去往书房的路上，即使是最心不在焉的访客也会被花瓶吸引，因为它非常显眼，就放在过道右侧中间的位置。在印度镜子前、靠近西墙中部的地方有一张茶几，上面放着一副象棋。在晚宴开始前不久，本·阿里和一个名叫罗曼·拉比耶的人开了一局棋。他俩经常一起对弈。罗曼·拉比耶是一名富有的古董商，也是考古学家的常客。这一局棋还没结束，他俩就看到康拉德·贝里穿过休息室，把自己关在了书房里。

说到这里，马丁·帕伊停顿了一下，目光逐渐变得深邃，似乎穿越回了过去。过了一会儿，他继续讲述他的故事：

我随后也去了休息室。我是和皮埃尔·勒布朗医生一起去的。他是一名德高望重的全科医生，既是康拉德的朋友，又是他的私人医生。所有的客人都在一楼，但我们更愿意待在二楼的私人休息室，因为那里更清静。当时应该是晚上八点十五分，我们刚坐在扶手椅上，还没说几句话，就听到一阵奇怪的嘎吱声打破了安静的氛围。那声音很轻，很谨慎……勒布朗医生看向等候室的窗帘，以为有别的客人上来了；可是一个人也没有，只留下一片寂静。他耸了耸肩，继续和我聊天。我想聊天的内容和马有关。勒布朗医生和我一样喜欢赌马，但和我不同的是，这也许是他的唯一弱项！一两分钟后，我们又听到一阵轻轻的嘎吱声，但这次的声音有规律地重复着。我意识到这应该是脚步声，很轻，很近……勒布朗医生也是这么想的。他取下夹鼻眼镜，目光从中国花瓶缓缓移向书房的门。突然，书房门打开了一点儿缝隙，并且慢慢变大了，透出来的光线也越来越多。过了一会儿，那门又被小心翼翼地关上，别说光线了，就连一点儿阴影也没有从门缝里透出来。这时我们听到有人在说话，尽管隔着厚墙，但我们还是能辨认出那是康拉德·贝里的声音。不过他具体说了什么，我们没有听清，也许是在请我们原谅他不小心把门弄开了。我看了看本·阿里和罗曼·拉比耶，他们和我一样惊讶。柏柏尔人澄澈滚圆的眼睛就像水族箱绿松石色的灯光一样，在昏暗的房间里发出柔光。我说明一下，整个房间只有两盏带灯罩的台灯照明，一盏放在茶几上，一盏放在下象棋的两人旁边。

休息室里又恢复了平静，两人重新将注意力放回棋局。皮埃尔·勒布朗疲惫地把手抵在额头上，告诉我他有些累了，还说也许是时候考虑退休了。我揉了揉眼睛，说我也很疲倦，或许是晚上喝了鸡尾酒的缘故。过了十几分钟，我们又听到一个声音，比之前所有声音都响。那声音是从考古学家的书房里传出来的，仿佛有一件重物被撞翻了。过了几秒钟，书房的门打开了……我们以为会看到康拉德，结果一个人也没有。接着我们听到一阵相当轻快的脚步声……从休息室的这头跑到那头。巨大的中国花瓶突然摇晃起来，重重地摔碎在地上。

勒布朗惊讶地看着这一幕，站起来，向书房里喊道：

"康拉德，还好吗？见鬼，究竟发生什么事了？"

没有人回应。他做了一个手势让我们安静，然后走向书房，跨过门槛。过了一会儿，我们听到他惊叫一声。我赶紧来到书房。本·阿里费力地拄着拐杖，紧跟着我，罗曼·拉比耶紧随其后。我屏住呼吸，眼前这幅不同寻常的悲剧性场景让我不知所措：在房间的中央，在一张坏掉的书桌和一个侧翻的书架旁，贝里躺在一堆散落在地的书中间，头歪向一边。勒布朗医生跪在他面前，手指放在他的颈动脉上，结结巴巴地说：

"脉搏……脉搏非常微弱。快叫救护车……和警察……快！"

"活见鬼了！究竟发生了什么事？"我惊呼道。

"我知道的不比您多，马丁……但可以确定的是，他的头部遭受了严重的打击。"

他看了一眼考古学家的太阳穴，那里有一块明显的瘀伤。他又瞥了一眼落在书堆中的一块镇纸，但没有作过多的评价。我认出了这块镇纸，一块未经加工的天河石，贝里直接拿来放在了桌上。它是考古学家的护身符，曾救过他的命。当时贝里正在马托格罗索[1]探险，结果遇到了一头发了疯的野猪，他就是用这块石头击退了野猪。此刻，我暗忖：这块大石头是不是反而成了他的不幸之源？

我们很快就离开了书房。但在出去之前，我最后看了一眼这个充斥着异域风情的房间。书架上，各种形状怪异、有原始意味的雕像挤在书和其他小摆件之间，嘲弄般地瞪着受害者；壁炉前的地上，一块巨大的北极熊皮被刚才掉下的书给弄皱了；我还特别注意到，房间里只有一扇窗户，它很大，但是

---

1 巴西西部的一个州，有大片未开发区域。

关上的；办公桌上散乱地堆着许多东西，其中有一截勘测图，看样子贝里刚才在作研究。难道这就是他想向我们展示的证据吗？

警方的出警速度快得惊人。二十分钟后，我们听到路上传来汽车碾压碎石发出的清脆声响。警车上只有一个人，名叫雅克·迪图尔，是个警长。他似乎更在意伤者的情况，所以只是大致地听了一下我们的证词就请我们离开现场了。不久，救护车的警笛声响了起来。在迪图尔果断、坚定的指示下，贝里被迅速运走，接着他以同样的威严安抚了不安、好奇的人们。美丽的西莱丝汀向他问了很多问题。她灵动地眨着眼，但对方似乎不为所动，而是用一种冰冷的专业语气说，她丈夫的性命现在掌握在医生手中。

雅克·迪图尔四十岁出头，高大英俊，皮肤晒得黝黑，给人一种阴沉的感觉。我在大学时代就认识他了，那时他还是一个不知悔改的花花公子。他之所以能有今天的成就，大概要归功于他的人际交往能力，但更是因为他懂得审时度势，懂得如何高效地解决问题。一开始，他和我说话的时候有一定的距离感，就好像我们是陌生人一样。

在此期间，其他警察也来了。雅克·迪图尔先是和他们一起调查了考古学家的书房，过了一会儿，又来到旁边的私人休息室，再次听取我们的证词，但这次听得非常仔细。之后，他请我们跟他一起到一楼见见剩下的客人。客人们一字不漏地听着他的话，他分析了现在的情况，总结了我们的证言。那话语中带有一丝讽刺的意味，仿佛我们应该为这件不同寻常的事情负责似的。他说，根据我们的说法，有一只隐形的生物穿过楼上的休息室，闯进了贝里的书房，再轻轻关上门，然后猛地袭击了贝里，并且发出了巨大的响声，之后隐形生物跑出来，撞倒了过道上的中国花瓶。我们很清楚地听到隐形生物踩在地板上发出的嘎吱声，但并没有看到它。当然看不到啦，毕竟它隐形了嘛……

全场哗然，大家都惊讶不已。勒布朗医生反驳道，我们不过是在陈述事实而已，绝没有夸大其词，而且康拉德的不幸遭遇也绝非杜撰，迪图尔作为警察理应明白这一点。当被问到在宣誓作证的时候，我们是否也会提供和上述一样的证词时，医生毫不含糊地给予了肯定的答复，我和两名棋手也表示赞同。

迪图尔警官的脸色更加阴沉了。他说，如果我们的陈述是可信的，那么，当我们看到贝里的时候，书房里除了受害者就没有别人了。房间里的出路只有那扇我们可以控制的门和一扇紧闭的窗户，警官的手下也确认了这点。他用一种嘲讽的口吻补充道，听了我们的话，整起案件最引人注目的地方，就是隐形生物拥有人的思维，因为它知道房子里有著名的哈迪斯之盔，可以把人变得和空气一样透明，它应该就是一个隐形人……

一位记者开门见山地问他有没有去检查头盔是否还在，哪怕是出于好奇。警察尴尬地沉默了。显然他没有。他把冰冷的目光投向女主人，问她是否愿意带他去看看。几分钟后，我们来到贝里卧室旁的房间。在那里，我们看到一口巨大的橡木箱，盖子被人用撬棍强行打开了，而撬棍就躺在一堆碎木片中。箱子是空的……

我们还没有从眼前这一幕中回过神来，大厅的电话就响了，西莱丝汀赶紧过去接听。她回来时，脸像粉笔一样死白。"是医院打来的……"她低声说道，"康拉德伤得很重，没有活下来……"

听了这个消息，勒布朗医生很受打击。尽管他一言不发，但我想他应该陷入了深深的自责中，因为他没有试着在救护车到达之前救活他的朋友。贝里是被谋杀的，这几乎可以确定，法医的鉴定进一步证明了这一点。凶器就是天河石，石头的表面粗糙易碎，在受害者太阳穴的伤口上留下了它特有的细小碎片。但是很不幸，这种质地无法提取指纹。此外，康拉德·贝里的后脑勺也遭到了猛烈打击。

警察们试着在贝里的家和附近的树林里寻找哈迪斯之盔，但都一无所获。至于贝里打算出示的、可以证明头盔真实性的证据，我们没有什么头绪，只有一张在他的办公桌上发现的和纳夫普利翁挖掘现场有关的图纸，但这并不能说明什么……迪图尔警官让罗曼·拉比耶去看了一眼图纸。这个富有的古董商在得知头盔依然下落不明时，毫不掩饰自己的失望之情，因为他本打算花一大笔钱收购头盔。他认为证据应该在别的地方，而不是在办公桌上。显然，最大的问题是犯人是如何实施犯罪的。虽然事实正如我们所看到的那样，但"凶手用头盔隐身"的说法实在是令人难以接受。随着我们从事件中缓过神来，我们越想就越觉得这套说法不对劲。

可是到了第二天下午，犯人又出现了，似乎是在提醒我们不要忘了他（她）的存在。当时大概是下午五点，话务员把勒布朗医生的电话转接给了迪图尔警官。通话一结束，警官立马跳上他的车，匆匆离开——勒布朗医生在家里感受到了危险，因此打电话向警官求助。勒布朗住在香槟区塞纳河畔附近小镇的一座独栋房子里。警官到达那里时发现房子的门大开着，但里面一个人也没有，客厅里有几件家具和小饰品被打翻了。警官担心可能发生了最坏的情况。尽管雨越下越大，但他还是在一条通往河流的小路上发现了一串稀疏的脚印，从脚印看像是在逃跑。脚印消失于棕色的塞纳河边……

第二天，人们在距此十多公里的下游岸边发现了勒布朗医生的尸体，身上并没有可疑的伤痕，看样子死者只是溺水而亡。可是从当时的情况来看，这个假设很难让人接受。两天后，迪图尔接到了本·阿里的报案。据本·阿里所说，他在晚上出去透气的时候被人用石头砸了，但他没有看到是谁扔的。如果当时石头击中的是他的头部，他肯定会受重伤。这是对我们这群目击者的恐吓！在那之后，迪图尔亲自来找我，提醒我要小心，他也同样去提醒了罗曼·拉比耶。贝里、勒布朗医生、本·阿里……说不定我就是下一个受害者，幽灵杀手似乎已经把目光投向了考古学家凶杀案中的四位主要证人。我却感受到一种前所未有的自信，向迪图尔保证我会万分小心。当我提议从源头上追踪犯人，也就是寻找哈迪斯之盔时，他只是耸了耸肩，什么话也没说。气氛变得越来越尴尬，他终于向我承认，他已经被各种事情压得透不过气来，他甚至开始怀念我们美好的大学时光。他这几天看起来一下子老了很多。

第二天晚上，罗曼·拉比耶开着他的塔伯特汽车，准备去巴黎参加某个商务会议。在穿过森林的时候，一块不知从哪里冒出来的巨石猛地砸在了他车上。汽车失去了控制，滑行十几米后翻滚着撞在了树上。他差点成为下一个受害者，成为冥王哈迪斯的新臣民，但他运气很好，安然无恙地逃过了一劫。另外，运气似乎换了一个阵营——我们那位隐形的敌人栽在了自己手里：人们在路边发现了一顶古老的青铜头盔，有一半被压扁了，看样子似乎是被失控的汽车在滑行过程中压坏的。除了考古学家本人，就只有西莱丝汀·贝里女士和本·阿里两人见过他挖出来的头盔。尽管没有仔细检查确认，但他俩一眼就认出，压扁的头盔就是考古学家的头盔。时间证明他俩是对的：那顶头盔的最后一位持有者再也没有引发任何事件。合理推测一下，也许他（她）已经回到了伟大冥王哈迪斯那阴森恐怖的地下世界。

马丁·帕伊一说完，欧文·伯恩斯便高兴地称赞道：

"太棒了，真是扣人心弦！我感动得都快哭啦。您的故事就是一件精美的作品，一颗闪耀的红宝石，蓦地点亮了愁云惨淡的伦敦城。我一直认为您的法国同胞们是一群有品位的人，马丁先生，而我刚才听到的故事进一步证明了这一点。我敢说，我们双方的罪犯在艺术层面上不相上下。但请您告诉我，这起案子在法律层面上是怎么了结的？康拉德·贝里一案应该有一个合理的解释吧？"

帕伊先生取下眼镜，一边低头擦拭着镜片，一边回答道：

"是的。警方最后给出的结论是，凶手在晚宴刚开始的时候，利用大厅里吵闹的氛围，撬开了装着头盔的箱子，然后潜入贝里的书房。凶手编造了某个借口，向贝里解释自己为什么会出现在那里。之后，凶手先打开了门，又把门关上，再给予贝里致命一击。接着第二次打开门，很巧妙地用一块石头砸碎了中国花瓶，然后立马躲进房间里唯一可能藏身的地方——那块巨大的熊皮底下。毕竟就我们当时看到的情况而言，书掉落在熊皮上的位置很奇怪。之后，他要做的就是等我们都出去，然后借机溜走。所有的迹象都表明，这个凶手并不是受邀参加宴会的人，因为没有谁能消失这么长时间而不被其他客人察觉。从实际的角度看，熊皮确实可以用来藏身。当然，这些都是我当时看到的情况，但对于其他人来说……"

马丁·帕伊意味深长地叹了口气，重新戴上眼镜。他的眼睛在镜片下变大了。

"伯恩斯先生，"他说，"我和我那三位同伴挨得很近，我们都听到了有谁从我们面前走过……"

"哦，再想想看，"欧文·伯恩斯摸着下巴说道，"我正在努力想象那间休息室……嗯，十分气派，而且很长……您和勒布朗医生当时坐在哪儿？"

"靠近中间的位置。我们的扶手椅正对着蓝色花瓶，距离它大概五米远。右侧是等候室，左侧是书房的门。我俩都离东墙比较近，也就是有窗户和花瓶的那面墙——"

"也是神秘人要想穿过休息室，就不得不贴着走的那面墙，因为只有这样才会碰倒过道上的花瓶……这么看来，你们更靠近那人，而拉比耶和本·阿里的位置稍微靠后……他们坐在房间西侧？"

"正是。但他们也和我们一样听到了不速之客偷偷溜进来的脚步声……特别是第二次，那脚步声匆匆忙忙，急着离开，结果撞倒了花瓶……"

欧文点燃一支烟，朝着壁炉台上的哈迪斯塑像吐了一口烟云，问道：

"你们有谁看到等候室的窗帘在动吗？那人跑来跑去，应该会碰到窗帘吧？"

"勒布朗医生看到了，看得很清楚，就在花瓶倒下以后。而且他感觉一开始——在我们第一次听到可疑的声音时——就看到了，但之后他又说也许是他自己看错了。"

"他也是第一个被除掉的人……显然凶手杀死贝里以后把目光转向了你们——事件中的四位主要证人。凶手杀害本·阿里和拉比耶的计划并没有成功，并且拉比耶的车子还把'魔力头盔'，甚至有可能把头盔的佩戴者也一并干掉了。如若不然，下一个受害者也许就是您……这一点，亲爱的帕伊先生，您意识到了吗？"

"啊，当然！"帕伊抚摸着汗津津的额头，长叹一口气，"必须承认，一想到这一点，我就夜不能寐……"

"换句话说，我们完全有理由相信，你们四人对凶手而言是一个威胁。您，或者你们当中的某个人很可能看到了一些可以戳穿凶手真面目的东西……"

"我没记错的话，雅克·迪图尔好像也得出了相同的结论。"

"咳，这是不言而喻的。"为了提醒我的两位同伴不要忘了我的存在，我清清嗓子，说道，"但现在最重要的，难道不是找出罪犯，找出从凶杀案中获益的那个人或那群人究竟是谁吗？"

"没错，"马丁说，"第一个怀疑对象自然就是西莱丝汀，她继承了贝里的所有财产。那数额相当可观。但她的丈夫被杀害的时候，她一直没有离开过客厅，因此有完美的不在场证明。同样，在后来针对勒布朗医生和另外两人的袭击案中，她也有不在场证明。至于罗曼·拉比耶，他不是唯一出席晚宴的艺术爱好者，也不是唯一希望高价收购哈迪斯之盔的商人。但他如果是凶手，那为什么不直接去偷呢？为什么还要冒着不必要的风险把贝里杀害了？考古学家确实有许多对手，有的是职业上的对手，有的是曾经的商业竞争对手，还有一些是被他的投机交易波及的受害者……但从他们身上都找不到任何可靠的线索……"

"当然找不到啦，"欧文说道，"因为这起谋杀案的风格和冰冷的商战环境格格不入。一切的背后都有一只艺术家的手在推波助澜……"

"会不会是私人恩怨？"我问道。

"哦？您有想法了吗？"欧文用一种居高临下的口吻，饶有兴致地问道。

"呃，是的。我认为是本·阿里，那位神秘的、和贝里形影不离的……"

"并且是案发时和我们待在一起的同伴。"马丁抬起手打断了我的话。

"您提到过，他曾经服侍过贝里的父母。贝里的父母是大农场主，因此我想当地劳工的工作环境并不好，里面的劳动者大多是饱受屈辱的阿尔及利亚人……"

"柏柏尔人的复仇之路!"欧文挖苦道,"阿基利,真不愧是您啊!那您认为这位古怪的本·阿里是如何在十年或者二十年后洗刷掉他的民族所遭受到的耻辱呢?"

"我说不清……"我嘀咕,"但我总感觉印度镜子、泛着绿松石色灯光的水族箱,以及本·阿里的淡蓝色目光之间有一定的联系……众所周知,在某种适当的昏暗环境下,发散的光源有利于引发催眠现象。本·阿里用他那充满磁性的目光,也许还利用了镜子的反射,成功地控制住了他周围的人的思想。他想办法让地板嘎吱作响,使他周围的人联想到某种强大的形象。那股力量和他所承载的先祖之仇一样强大,并且……"

"行,我们明白了,阿基利,"伯恩斯打断了我的话,"我给您的假设美学打满分。至于其现实性嘛,大大的零分。很难相信柏柏尔人可以通过这种方式同时欺骗三个人……"

看到马丁·帕伊耐人寻味地嘬了嘬嘴,并且对欧文表示赞同,我再也抑制不住自己烦躁的情绪,说道:

"好极了,我的欧文。这么说,您有何高见?"

"高见?"他惊呼,"那是当然了,还不只,甚至可以说是确定的事实……但在此之前,我想问我们的朋友几个问题……"

"伯恩斯先生,我……我恐怕没弄明白,"法国人结结巴巴地说,"您是说,您解开这个谜团了?"

"嘿,瞧瞧!"欧文略有不快,"这不正是您委托我做的事情吗？好啦，我的第一个问题：那次事件结束以后，迪图尔警官和年轻的寡妇西莱丝汀私下里是否有了一些交情？"

"呃……是的，"马丁摸了摸下巴，回答道，"后来我已经不在法国了，但有人告诉了我这件事。他们甚至都快要结婚了，但准新郎没能走进婚姻的殿堂……雅克·迪图尔在巴黎的一起银行抢劫案中被歹徒杀害了。"

"您认为贝里夫人想摆脱她的丈夫，而警官就是帮凶？"我激动地问道。

"不，贝里夫人应该和本案无关，"欧文一边思考一边回答道，"至少和谋杀无关。但看样子她和警官之间显然有一种亲密的关系。像迪图尔这样尽人皆知的浪荡子，要是面对一个如此迷人的造物都不为所动，那才是真的奇怪哩。我的第二个问题和勒布朗医生有关，您得好好回忆一下了。您说你们两人去了楼上，因为那里更加清静。这是谁的主意？是您吗？还是勒布朗医生？"

"我不是很确定……但我想应该是他吧。"

"好，事情解决了。"欧文干脆地说，"这个细节把我最后的疑虑一扫而空。我能这么肯定，绝不是源于某种神迹。先生，别惊讶。您眼睛瞪得滚圆，不就是这么想的吗？不，我能这么肯定，是源于最基本的推理。很明显，整起事件的根源就是贝里本人。历史上，很多考古学家在经过多年的研究无果后失望至极，最后声称自己有意外的发现。贝里不是第一个，也不是最后一个这么做的人。在这种情况下，没有什么意外的发现可以比肩哈迪斯之盔，它也足以配得上这位诡计多端、好大喜功的考古学家。他很快就在挖掘现场收买了两个可怜虫，两个游手好闲之徒。他们根本拒绝不了这笔报酬丰厚的交易：只需要忍受一些伤痛，谎称有一个隐形人袭击了他们，就可以从考古学家手里换取丰厚的赔偿。贝里这么做，可能只是为了维护自己的名誉，但我敢说，他还打算卖掉头盔大赚一笔。伪造失窃，使所谓'可以证明其真伪性的证据'消失，最后再假装自己被人袭击以摆脱嫌疑，从而让人相信头盔拥有魔力……还有什么比这更好的办法呢？"

欧文低声笑了笑，继续说道：

"可是，一般在这种时候，事情都不会像预想的那样进行下去……当然啰，贝里找了同谋。勒布朗医生无疑是一位正人君子，但可以想象，由于酷爱赌马，他的经济情况变得十分难堪，很容易就被贝里收买了。马丁先生，从您的叙述中我明白了，要想施展隐形人移动的把戏，勒布朗医生必不可少。他是唯一看到窗帘在动的人，也是他首先做出惊讶的表情，装模作样地从窗帘看向书房开着的门，再从门看向砰然倒下的花瓶。在此期间发生的所有事情都伴随着一阵嘎吱嘎吱的脚步声，但声音并不是从你们的房间，而是从上面的阁楼发出来的。房间的声学效果，以及略呈拱形的天花板，都有助于声音的传播，再加上当时勒布朗医生具有欺骗性的表现……每次脚步声都被一件引人注目的事情中断了：要么是门被打开，要么是花瓶被打碎。这是一个滥用感官幻觉的绝佳案例。另外，阁楼的脚步声来自第二个同谋，他是整个事件中唯一有理由不在场的角色，同时，撬开箱子的计划大概也是他在负责，他就是迪图尔警官。通过行贿让一名官员行使其职权……贝里必定会付出沉重的代价，但迪图尔也有他自己的动机，我们稍后再说。我不能确定勒布朗医生究竟用了什么伎俩使花瓶适时摔倒，但只需要一根鱼线就可以做到：线的一头绑在花瓶的底座上，另一头有一个环扣，系在他的脚可以够着的地方，这样就行啦。

"贝里配合迪图尔的脚步，亲手打开了办公室的门。在听到贝里弄倒书架和第二次开门的声音后，迪图尔走完了计划中的最后一段路。接着贝里装作晕倒的样子躺在书堆中……勒布朗医生第一个冲进书房。如果本·阿里没有扭伤的话，他肯定会走在勒布朗的前面。马丁先生，在勒布朗走进书房以后，您有多长时间没有看到他？十几秒？或者更久一点儿？嗯……不管怎么样，对于他接下来要做的事，这点时间足够了：他要用天河石击晕考古学家。这个洗清嫌疑的举动需要很大的勇气，但我们都看到了，贝里并不缺乏勇气。到目前为止，一切都很顺利。休息室里的四位证人都看到了他们该看到的，听到了他们该听到的东西。对了，应该指出，拉比耶和本·阿里这两位老棋友的出现是可以预料的，或者说，只需要给柏柏尔人下达一些指令，就可以很轻易地使这两人出现在现场。此间发生的所有事都让人相信，考古学家遭受到了一个隐形人的袭击，而这份隐形的能力就来自刚被偷走的头盔。正因如此，贝里才会邀请那么多记者参加晚宴。这件怪事将成为头条新闻，头盔的拍卖也会顺利进行下去。我还得指出，和迪图尔串通是很有必要的，他比任何人都要合适，因为他能够主导案件调查的走向。

"可是有一粒沙子溜进了这个如机械般精密的计划……贝里并不知道自己的妻子和雅克·迪图尔之间的关系。迪图尔可以利用这次难得的机会，先解决掉情敌，然后一只手伸向他的妻子，另一只手伸向他的财产——只要和西莱丝汀结婚，迪图尔就可以得到一大笔钱了。

"所以在完成阁楼的任务后，迪图尔很快溜进了他停在某个隐蔽角落里的汽车，一脚油门踩到警局，以便能在第一时间接到从贝里宅邸打过来的报警电话。这样一来，他就有机会独自回到案发现场，并给予受害者第二次打击——只不过这一次打击是致命的，敲中了受害者的后脑勺。他向救护车上的医护人员施压，并声称伤者能否活命，取决于他们能否迅速把伤者送到医院交给专家处理。这番话让医护人员不得不放弃在现场进行诊断，结果反而造成了治疗的延误。但整个计划中最微妙的地方在于听到贝里的死讯后，勒布朗医生认为自己应该对此负责。换句话说，他要以死谢罪。这一点是迪图尔失算了，他没想到愧疚的勒布朗会选择自杀。也许是为了分担罪恶感，勒布朗医生给迪图尔警官打了电话，告诉警官自己的想法。迪图尔立马赶到他家，希望他能回心转意，因为自杀就意味着招供，意味着迪图尔自己的共犯身份很可能会暴露。可是他到得太迟了。因此他谎称接到的是求救电话，然后故意把医生家弄乱，并声称那串通向塞纳河、即将被雨水冲刷干净的脚印是某个逃犯留下的。

"然而，既然我们知道了勒布朗是同谋，那他自然就不可能害怕，也不可能相信什么'隐形的袭击者'了。注意，勒布朗的自杀可不是我的无端猜测，毕竟我们都知道他是被淹死的，尸体上没有伤痕。因此雅克·迪图尔肯定是在说谎。作为一名实干家，他暗中操纵着一切，自然也可以利用自己的才能去恐吓本·阿里和罗曼·拉比耶了。两起袭击事件作为勒布朗医生死亡的后续，看起来合乎情理，更重要的是它们转移了人们的注意力。他不再需要用到头盔了，因此为了彻底结束整起事件，他在最后那次袭击中把头盔和大石头一并扔到了拉比耶的车轮底下。顺便一提，迪图尔念及旧情，很体贴地让马丁先生您逃过了一劫……"

"不可思议，"马丁·帕伊双手抱着头喃喃道，"我什么情况都考虑过了，唯独您刚刚说的……伯恩斯先生，我不知道该说什么了，您绝对配得上您的名声……您短短几分钟就解开了萦绕在我心头多年的谜团……"

"马丁先生，您要是想忘记这场古老的悲剧，愿意听听我的建议吗？"

"啊,当然愿意,请讲……"

"去纳夫普利翁旅游,去看看已故的康拉德·贝里的挖掘场地吧。在您提到的地下断层里,您应该能看到哈迪斯的第二件秘宝,一块座椅形状的岩石,您可以坐上去试试。它被称为'遗忘宝座'……"

"哦?这不太好吧?"我傲慢地打断了欧文的话,说道,"我倒是觉得,这么做很可能让人彻底忘掉所有学识,就如同喝了遗忘之河[1]的水……"

"嗯,是的,阿基利。但如果是您的话,就没有这方面的担忧啦……"

---

1 希腊神话中的冥河之一。

预知梦谋杀

这天晚上，欧文·伯恩斯的心情糟透了。第一个受他气的人，是一个老实巴交的出租马车车夫——他正把我和欧文送往我们平常最喜欢去的哈迪斯俱乐部。欧文狠狠地训斥了马车夫一顿，仅仅因为这个可怜虫穿的马甲和外套不搭而已！

"品位低下堪比犯罪，好好记住吧！"他一边付车费一边说道，"不要再犯这样的错了！否则我一定会把您告上法庭，因为您这是在侵害美！"

当我们赶到俱乐部，回到温暖舒适的环境中时，皮卡迪利广场下起了阵雨。我们在一个四十多岁的壮汉旁边坐下，他操着浓厚的美国口音向我们问好。这让我忐忑不安，因为好巧不巧，我朋友的坏情绪就是这位邻座的一位女伴引起的：一整个下午，欧文都在百般讨好一位女歌手。她来自得克萨斯，正在伦敦做巡回演出。老实说，这是一位十分美丽的女士。但在听完欧文的殷勤话之后，她终于对他感到厌烦，蓦地把他丢在一旁，挽着一位抽着雪茄、身材魁梧的绅士离开了。

平日里，欧文就从不放过任何一个嘲笑我们美国朋友的机会。用他的话来说，美国人"用他们的半吊子文雅培养出了俗气的艺术"。而这次，他表现得比平时还要过分。当我们得知这位朋友在美国大使馆工作时，我心想：完蛋了，要是我们能在不引发外交事故的情况下安然离开，那就真的谢天谢地了。

欧文对新大陆的文化大加鞭挞，此间不忘提及他最喜欢的一则逸事：一个美国人请雕塑家为他复制一尊米洛斯的维纳斯雕像[1]。交货时，美国人大发雷霆，因为雕塑家没有给这位美丽的女神雕上双臂！他把雕塑家告上法庭……而且还胜诉了。

"综合各方面的考量呢，"欧文用一种戏谑的语气自言自语，"我想我应该知道他们那令人扼腕的缺陷究竟从何而来……这个民族几乎没有历史可言！硬要说的话，大概就只有那段手足相残的内战历史了吧……"

然而我不得不说，这位美国朋友大概是世界上最具外交才能的人了。听完这番话后，他出人意料地露出了彬彬有礼的笑容。他红如火炬的头发下，一双蓝眼睛充满喜悦，眼神既不凛冽也不愤怒，只流露出好奇和欢乐。他一定是在想，这位举止浮夸、衣着考究的公子哥到底吃错了什么药才会有这番

1　即断臂的维纳斯雕像。

言辞……

"先生，您对美国的指控很沉重，"美国人反驳道，"我们那片大陆上的所有水牛聚在一起都不及您的指控沉重。请您不要介意我这么说：我完全不同意您的观点……"

"尊敬的先生，我并不介意。"欧文越来越惊讶。和这位美国友人沉稳的态度比起来，他看起来特别窘迫。

"就宏观的'历史'一词而言，是的，您说得不错，我们只是一个年轻的民族，"美国人继续说道，"但就民间历史故事、骇人的社会新闻以及其他奇闻异事而言，说真的，这些并不比你们少……"

"哦？您是想说，你们的鬼魂和我们的差不多？"欧文阴阳怪气地反问道，然后看向我说，"阿基利，您怎么想？"

"呃……我没有什么想法。"我谨慎地答道。

美国人表示，他并不是这方面的专家，但他知道一些趣闻，一些奇怪的、有悖常理的事件。我借此机会进一步作了自我介绍：本人阿基利·斯托克，以及我这位朋友欧文·伯恩斯，在解决奇闻异事方面都很有经验；尤其是我这位朋友欧文，甚至当苏格兰场的警察们碰到棘手的案件时，都会请他去帮忙。欧文赞同我的说法，满意地点点头，还不忘补充道：

"这么说可能显得我不够谦逊，但必须承认，在这个领域，我至今没有尝过失败的滋味……"

美国朋友若有所思，摇摇头回复道：

"然而有一些神秘事件是无法解释清楚的……我记得有一起谋杀案，虽然已经被解决了，但依然令人困惑不已。事实上案件的凶手已经被逮捕，但法庭是如何让他乖乖伏法的，这就不得而知了。欧文先生，恕我直言，尽管您有很强的侦查能力，但我还是不相信您能给出一个合理的解释……你们要是不介意，我很愿意同你们讲讲这起离奇的事件……"

欧文眼中充满兴趣和期待，说道：

"先生，我们洗耳恭听……"

"这是一个久远的故事，发生在三十多年前的科罗拉多州，当时这个地方正大兴铁路工程。马库斯·德雷克就是通过铁路交通，在一个美丽的夏日清晨来到了大桥村。马库斯·德雷克住在东边一座叫派克斯堡的城市，距离此地上百英里。大桥村不是他此行的目的地，火车只是在这里作短暂的停留。他要去大桥村边上的斯陲因站，到他的朋友老本的家里。接下来火车要翻过一座丘陵，再越过一条深谷才能到达斯陲因，而这一段铁路令人印象极为深刻：它架在一座木桥上，每当火车经过时，车上的乘客们都被吓得头晕目眩！老本和马库斯特别要好，但他们已经很久没有联系了。马库斯一直想找机会和他的老朋友见面。于是，这天马库斯·德雷克不再犹豫，一起床就赶往派克斯堡车站，坐上了开往斯陲因的火车。他有一个非去不可的理由：他想知道老本是不是还活着！

"事实上，在几小时前，马库斯做了一个很可怕的梦……他梦到老本躺在椅子上打盹。这时，一个陌生人拿着一把砍柴的斧子向老本靠近，马库斯把这个人的相貌看得一清二楚。他在梦里大声喊叫，但无济于事。陌生人举起斧子，猛地向熟睡中的老本头上砍去。这一击直接把不幸的老本头朝下砍倒在地。斧子深深嵌入了他的头骨，陌生人不得不使劲踩住受害者的脖子，用尽全力才把斧子拔出。快到早上八点时，马库斯被惊醒了，浑身冒冷汗。这个噩梦太过真实，连细节都刻在他脑海中挥之不去。

"三小时后，他仍然焦虑不安地回想着他糟糕的梦境。快到正午了，炎炎烈日把车厢晒得闷热。他打开车窗，靠在窗框上，无精打采地看着在大桥站台等候着的人们。忽然，他整个人都僵住了：他看到一对夫妻，妻子牵着一个小男孩；丈夫很结实，一脸凶相，几乎秃顶了，长着一只酒糟鼻……

"马库斯·德雷克目瞪口呆，倒吸一口冷气：这个男人和他梦中的凶手长得一模一样……

"此时火车刚刚停下，车轴发出一阵长长的吱呀声。他大声地招呼着这个人，然后跳下火车来到月台，走到他跟前，严厉地指责他的恶劣行径。周围的人渐渐聚拢过来。他讲得很快，但没放过梦中的任何一个细节。对方缄默不语，但可以看出，他在努力地克制着自己的情绪。他比瘦弱的马库斯·德雷克壮了整整一圈，看起来一拳就能把他撂倒在地。但马库斯的样子实在太过坚定，所以这个人没敢轻举妄动。在此期间，警长闻讯赶来。几分钟后，火车开动了。马库斯·德雷克还没有上车，反而越说越激动，越说越急躁，警长不得不采取行动让他冷静下来。最后他们被叫去了警局。

"'被告人'名叫哈利·弗里德曼，村子里无人不知。他是一名锁匠，晚上大部分时间都泡在酒馆里玩扑克牌，有输有赢。他脾气很坏，又很爱喝酒，喝醉了以后更是暴躁。不过除了在酒馆和别人发生过几次口角，他没有和人起过大的冲突，更别说杀人了。他看起来像野蛮人，但绝不是杀人犯。所以他矢口否认了马库斯对他的指控，抱怨说警长怎么能相信这个陌生人毫无来由的说法，怎么能用这种罪行来诬蔑他呢？哈利·弗里德曼可是一位诚实守信的好公民、好父亲！瞧瞧，他不正和他的家人待在一起，到车站接他的大儿子回家吗？

"让警长感到疑惑的正是这点。因为就他的了解，弗里德曼平常并不会这么关心自己的家人。他的妻子苏珊娜是一位美丽的红发女子，眼里饱含忧伤，一副听天由命的模样。他暗忖：苏珊娜到底是着了什么魔，才会一直和她的野蛮丈夫待在一起，而不带着两个孩子远走高飞？他好几次看到她面色凝重，眼睛被打伤了，脸上还挂着伤痕——毫无疑问，她丈夫从酒馆回来后殴打了她，那可怕的场景可想而知。这对夫妻有两个儿子：小儿子名叫乔纳森，这一年八岁，就是在车站和父母待在一起的小男孩；大儿子名叫彼得，也就是弗里德曼一家刚才在车站等的人。彼得刚成年不久，在城里找了一份文职工作。这些年，他和父亲相处得很不融洽。有时他会在周末的时候回一趟家，但只是为了见他的母亲和弟弟。

"令警长感到奇怪的是，当被问到认不认识老本时，弗里德曼犹豫了一下，但最后还是承认确实在牌桌上见过几次。当然，鉴于他正被人指控，有这样的迟疑也很正常。但话又说回来，警长发现事情变得越来越奇怪了，尤其是那个自称德雷克的人一方面坚持自己的想法，另一方面却说自己此前从未见过弗里德曼；弗里德曼也表示并不认识什么德雷克。

"就这样过了正午十二点，警长决定去老本家看看情况，于是叫上了他的助理。坐火车只需要半小时就能到达老本家，可是下一班经过大桥的车要深夜才来。因此一刻钟后，两人骑上马，前往斯陲因，前往这个老'隐士'居住的村庄。

"路途走到一半，两人来到深谷，前方的铁轨沿着大高架木桥，横架在深谷之上。这里没办法骑马，两位探员不得不绕过小山丘，去走一条满是灰尘的陡路。这场旅程漫长难耐，再加上当时天气酷热，两名骑手在下午五点抵达斯陲因时，早已筋疲力尽、口干舌燥了。

"这个小村庄僻静而荒芜，好像被四周的热浪烘烤过一般。在警长进入老本的小屋时，一种不祥的预感油然而生。他怎么也无法忘记德雷克向他叙述的场景，如此详细，如此精确。过了一会儿，这个场景真真切切地出现在他面前：老本倒在地上，头顶被劈开了。他后面是一把被掀翻的椅子和杀害他的凶器——一把斧子，斧刃上沾满深色的斑点。距离案发时间已经过去好几小时，血已经干了，受害者的尸体也已经开始僵硬。两人发现死者的脖子上有一个很清晰的印迹，很像是凶手为了取出斧子而留下的脚印，和那位奇怪的'证人'描述的情况完全一致。两人惊呆了：尽管难以置信，但这个场景和马库斯·德雷克的叙述分毫不差！

"很快，两位探员就在旁边的小厨房发现了犯罪动机：一个碎匣子被扔在地上，应该是老本用来放积蓄的。有传闻说，老本以前在山上发现了一些金子，就藏在他的家里；还有传闻说，老本是一个玩纸牌的高手。回到尸体旁，两人注意到死者右耳后面的地上有一个物体在闪闪发光——这是一枚旧版的一美元硬币，正面印着一只张开翅膀的老鹰，背面是一句用拉丁语写成的标语：'万众一心'。但让警长感到奇怪的是这枚硬币的磨损情况：硬币有一半被压扁了，且受损严重。警长苦笑了一下，他几乎可以确定这枚硬币是谁的了……

"第二天傍晚，警长又一次请弗里德曼去他的办公室，只是这次见面是官方性质的，警长助理也在场。其实早在正午前，警长就看到过弗里德曼了，他当时和他的家人以及刚回来的大儿子待在一起。但警长并没有被这份平静和温情打动，因为弗里德曼表现出来的敦厚极其反常，看起来很不自然。在此期间，案件的调查也有了一些进展：在老本小屋旁的路边，警察挖出了一件沾着血迹的衬衣，应该是最近才被人埋起来的，埋得很匆忙。

"警长开门见山地问弗里德曼是否记得曾经有一个枪法很准的牛仔路过此地，并且向他发起过一项挑战。弗里德曼一副骄傲的模样，给出了肯定的答案。当时的情况是这样的：一个牛仔挑衅弗里德曼，说他不可能在一百英尺[1]开外打中一枚一美元的硬币。弗里德曼醉醺醺地接受了挑战。在酒神的加持下，他第一次尝试就成功打出了非凡的一枪。他小心翼翼地将这枚硬币珍藏起来，放在一只靴子的鞋跟里，当作护身符。

"之后三人来到弗里德曼家中，检查他的所有靴子，但都没有发现这枚硬币。他忙辩解道可能因为时间久了，硬币从鞋跟滑进了鞋底，还说他自己都不确定这双有硬币的靴子是不是早就被扔掉了。听了这番话，警长拿出了那枚磨损的硬币，弗里德曼大吃一惊。警长解释了这枚硬币的由来，以及凶手是如何残忍地踩住死者的脖子，从而把硬币弄丢的。被告人支支吾吾，不愿意承认硬币是自己的，但他的家人朋友们都明确表示这就是他的硬币。越来越多的线索都指向弗里德曼。法医划定了老本被杀害的时段，跨度很大，应该是从黎明到中午，但最晚不会超过下午一点；极有可能是在早上七点半左右，也就是马库斯·德雷克'做梦'的那段时间。弗里德曼没有不在场证

---

1 1英尺＝30.48厘米。

明。据他自己所言，前天晚上喝完酒，他就到一间谷仓里过了一夜，直到昨天早上十点半左右才和家人见面。只需要一匹好马，他就能在三小时之内从斯陲因回来。不过最有力的证据无疑是那件带血的衬衣。他的妻子苏珊娜认出了这件衬衣，准确地说出了衬衣的袖子上哪两处有补丁。

"警方没有找到从老本那里偷来的财物。不过另外还有一件事可以确认，那就是弗里德曼和老本打过几次牌，而这种牌桌上的针锋相对总是使输家怀恨在心。没有不在场证明，一个作案动机，再加上两个有力证据——弗里德曼的'骰子'已经掷出，大局已定……

"案件一开始，警长在听取马库斯的证词时忍不住想嘲笑他。他之所以耐着性子听，仅仅是为了让对方冷静下来。怎么能通过一个梦就随便控告别人是杀人犯呢？没有哪位法官会理睬如此荒唐的指控！但现在不同了。两周后，法官毫不犹豫地作出了判决。不过法官有段时间怀疑这是德雷克策划的阴谋，其目的就是要对付被告，但事实证明这两个人之前根本就没有交集。除此之外，调查还显示马库斯·德雷克的生活一直很平淡，并且他工作的银行之所以雇用他，就是看中了他的正直和老实。此外，有好几个证人表示，他们在案发当天的早上都看到他出现在派克斯堡车站，因此他有完美的不在场证明。最后，如果他真的参与其中，那么他后来的作法——编造一个令人难以置信的梦境——简直就是愚蠢。德雷克还补充说，他在大桥站认出这个杀人犯之前，没有把噩梦告诉给任何人。

"他的'梦'当然是没法解释了。尽管如此，陪审团还是感谢他的供词，这一切看起来就像是神的旨意。多亏了他，正义才没有放过这个卑劣的罪犯。一周后，哈利·弗里德曼被处以绞刑。"

美国人说完后，不慌不忙地点了一支烟，平静而自信地看着他的邻座，问道：

"怎么样，伯恩斯先生，您有什么想法吗？"

"在我看来，事情已经很明了了。"

"啊？您说什么？"美国人瞪大双眼，迟疑地问道，"您的意思是，您可以解释……呃……用合理的方式解释这个梦境，这个幻象？"

"是的，不管怎样也比您的故事合理，而且更详细、准确。但首先我要确认一件事：您应该是本案的第一见证人吧？从您现在的年龄来看，您或许就是小乔纳森？话说回来，朋友，我们还不知道您的名字呢……"

美国人笑着点点头，回答道：

"您说得一点儿不错，我就是乔纳森·弗里德曼……也许是因为当时年纪太小了，所以这件事并没有让我太难过，但还是给我留下了很深刻的印象……那个成功揭发罪行的'幻梦'对我而言一直是个谜。所以我才很难相信您说的话！说真的，您要是能够解开这个谜，我愿意付——"

欧文大度地摆摆手说：

"不，先生，我什么也不要。我是一名美学家，只为艺术之爱工作……但在解决您的问题之前，我想先让我的朋友阿基利·斯托克说几句话。他年轻的时候一直待在南非，和您一样喜欢新鲜空气和广阔空间。他拥有健康的身体和健全的心智，应该不难得出同我一样的结论。"

我生硬地点点头，心里咒骂了他一句，然后清了清嗓子。我知道他夸下了海口，想让我帮他争取一点儿思考的时间，毕竟这个谜团听起来真的很难解释……我按照他所说的推理方法小心翼翼地尝试着。

"目前看来，有且只有两种可能的情况，"我用一种故弄玄虚的语气说道，"第一种情况是，这个梦真的是一则预言。要真是如此，就没什么好说的了；第二种情况是，这位马库斯·德雷克不管表面上看起来有多么可敬，实际上也参与到了凶杀案中。就只有这两种情况，二者必居其一。假设德雷克是凶手之一，那他应该有一个同伙。他并不亲自动手，而是雇用了一个杀手，这样他就能在凶手谋杀老本时演一出做梦的戏——"

"不，阿基利，不对，"欧文打断我的话，说教般地指正我，"我们的美国朋友已经明确表示，这位银行雇员不会做出如此反常的举动。他当时的行为已经遭到了怀疑，而在那个年代，被吊在绞刑架上也不过是几分钟的事，这么做太冒险了。"

"您知道这个人后来怎么样了吗？"我问乔纳森·弗里德曼，"他后来是不是追求您的母亲了？"

"没有。后来我们再也没有见过他。这件事过后，我母亲确实改嫁了，但并不是嫁给了他，而是那位警长。警长辞职后，全身心地投入对幸福的追求里去了……"

我产生了一个疑问，乔纳森·弗里德曼一眼就看穿了我的想法。他示意我冷静下来。

"斯托克先生，我以前也有过和您现在一样的想法。然而我的继父不可能是凶手……这在时间上根本说不通。首先，案发当天早上没有从西部开过来的火车；其次，如果骑马的话，考虑到案发时间，他不可能及时从斯陲因赶回大桥，再把那么多人叫去警局……所以他不会是凶手，很可惜吧？"美国人打趣道，"我承认，他是一个很好的怀疑对象！"

"是的，因为警长本来可以先收买这个马库斯·德雷克，让他编一个梦胡扯几句……"

"不对！阿基利，不对！"欧文恼怒地打断我的话，"我再说一遍，这个想法不成立，因为太冒险了！如果双方有一个人掉了链子，全部供认出来，那他们就只能自求多福了……"

"好吧，如果排除了预示性梦境的说法，那我们就只剩下一个暗示法了。凶手设法暗示德雷克，让他相信自己看到了这个幻象……"

"那么请问，这要怎么做？"

"通过催眠的方法……"

"啊哈，催眠？"欧文吭声冷笑，眼睛里透露出不屑，"您是想说，通过这种方法，凶手就能在他脑海中灌输一个如此详细的场景？阿基利，您真的让我大失所望！说出这种蠢话，枉为国王陛下的臣民！"

"那么承认吧！"我气呼呼地抬起手喊道，"这就是一起简单纯粹的预言事件！我说了，只有两种假设，二者必居其一，不会有其他解释了！"

过了一会儿，欧文察觉到我们都在看他。我们等着他来解释。换作是我，我决不愿落到他现在的处境，所以我暗忖着他要如何摆脱这个难堪的局面。显然，我们的美国朋友对欧文寄予厚望。如果他的解释到此为止了，这将会是他推理生涯的一次大失败。而且他应该也不会打马虎眼糊弄过去，毕竟一次挫折就已经够他受的了，一天连续遇到两次"美式挫折"很可能会使他从此一蹶不振。然而和往常一样，他又一次使他的听众大受震撼，简单地回了一句：

"不对。"

我们陷入了沉默。在俱乐部封闭的环境里，我可以清楚地听到一旁的长沙发那里传来窃窃的谈话声。

"不对，"他接着说，"还有另一种可能。注意，阿基利，我不是在指责您，您推理得很不错……但您囿于当时的场景，忽略了唯一有用的线索……在表达我个人的想法之前，我想先问一个简单的问题。弗里德曼先生，您可以说说事件中的人后来都怎么样了吗？"

"当然。大概除了那个奇怪的马库斯·德雷克，已经没有几个人还在世了。我的哥哥彼得越来越堕落，开始像我父亲一样酗酒，最后他自杀了。我的母亲无法忍受这样的打击，第二年也去世了。我的继父要稍微好一些，前不久才去世……"

"当时没有人为您父亲的死感到遗憾吗？"

乔纳森·弗里德曼长叹了口气：

"唉，说真的，没有。他的死对大家来说是一种很大的解脱……比起他给妈妈带来的悲惨生活，地狱对妈妈来说都是甜蜜的。我试着忘掉一些痛苦的回忆，忘掉他酗酒后殴打妈妈的场景，可这真的太难了。"

欧文点头道：

"和我想的一样。显然，这是一个好打抱不平的凶手，动用私刑杀害了您的父亲。"

"可是，会是谁呢？"弗里德曼叫道。

"唯一能够亲手实施犯罪，又在合适的时间布置好'证据'的人。这个人刚好被德雷克的'梦境'保护了，而且当时的环境对这个人极其有利。这是一起机会主义式的高级犯罪，因为要实施这起犯罪，需要足够的智慧和冷静。一旦实行，犯罪者就完全有机会逃避法律的制裁。阿基利，好好想想，您最大的错误就是没有考虑到所有的情况。实际上还有第三种可能：德雷克的'梦境'只是一个普普通通的梦罢了，凶手在事后很好地利用了这一点……"

"事后？"现在轮到我来惊讶了，"凶手是在什么时候知道这个大名鼎鼎的'梦'的？德雷克在上午十一点左右到达大桥站，然后在月台上看到了哈利·弗里德曼，在此之前，他没有给任何人讲过他的梦……然而此时凶手早就已经实施犯罪了啊！"

"不。法医说案发时间不超过下午一点，而我认为犯罪时间是在正午。回想一下，德雷克正是在火车停靠的那几分钟讲述了他的梦，当着那么多好事者的面控告弗里德曼。如果当时凶手正好在场，并且意识到这是一个除掉弗里德曼的绝好时机，那么他就有一小时的时间来实施他的计划，即杀死老本，然后在犯罪现场留下一两个明显的线索……"

"可是，到斯陲因至少需要三小时啊！"

"骑马的话的确如此，但如果坐火车，就只用半小时……"

"我知道了！"美国人喊道，"凶手就在火车上！他一直在关注月台上发生的事情，然后待在车厢里，到斯陲因才下车……"

"正确，"欧文说，"他要做的就是去老本那儿拿到斧子，再按照这位'预言家'所说的场景杀死老本，最后放置两个'证据'……"

"可是……可是，既然这起谋杀几乎是临时起意的，犯人手里哪来的这些东西？"

"好问题，弗里德曼先生。这个问题本身就包含了答案……谁会在行李箱装着，或者甚至是脚上穿着您父亲的靴子，知道靴子后跟有那枚著名的硬币，同时还拥有一件您母亲缝补过的衬衣呢？又是谁对您的父亲抱有深深的仇恨，恨到可以不惜杀死老本呢？我只知道一个符合所有这些条件的人，此人那天是坐火车来的，这就更具有说服力了……"

美国人突然把手放在太阳穴，叹息道：

"我的天啊！是彼得……"

他陷入沉默。欧文缓缓点头，赞同地说：

"诚然，这依然没有解释清楚那天晚上德雷克为什么会做这个噩梦……但不管有多可怕，噩梦也只是一个很普遍的现象，不是吗？不管怎样，似乎还是我的故事在纯理性层面上更具有说服力。先生，您怎么看？"

乔纳森·弗里德曼如鲠在喉，说：

"现在我理解他为什么突然开始酗酒了……我怎么看？好啊，伯恩斯先生，您简直是天才！我差点都误以为您是一个美国人了！"

消失的圣诞老人

　　那是一九〇三年十二月的傍晚。皑皑白雪厚重地盖了下来，把英国首都冻结在一片肃穆中，整个伦敦城都在冰雪下瑟缩。白雪冷却了人们的工作热情，减弱了马车铁轮的噪声，把冬青小贩的吆喝也消磨得有气无力。马车的铃儿丁零当啷响，此刻也不过是一支遥远的乐曲，就连大本钟在敲响五点的钟声时，似乎也比平常更加谨慎了。滚滚黑云直压伦敦城，夜幕就要降临。煤气路灯早早亮起，把斯特兰德大街照得通明。马上就到圣诞节了，街上却是一幅阴冷沉闷的景象，我们的心情也变得阴冷沉闷起来。

　　我和贝海格尔在我的朋友欧文·伯恩斯家里喝着热茶。我们昨天熬到很晚才睡，所以今天话都很少。身材高大，平日里漫不经心的欧文，今天看起来却消瘦了不少。此刻他背着双手站在窗边，忧郁地看着窗下的街景。欧文是一名艺术评论家，不过他在其他领域也很出色，比如刑事侦查方面他就是行家。他精心培养他那古怪的性格，平常总是很在意自己的衣着。在引发社会关注，甚至引发流言蜚语上，他无人能比，还不以为耻，反以为荣。就拿昨天的画展开幕式来说吧，不出人们所料，他又一次出色地引起了轰动。

当时人们请他点评一位画家的作品。这是一位年轻的西班牙画家，是王室的朋友。他才华横溢，一副严肃高傲的模样。欧文的评语十分简练："丑陋也算是美术的一部分。"这个回答一出，其他来宾倒是默不作声，记者们可都被逗笑了。西班牙画家脸色苍白，竭力克制着自己的情绪。他用冷淡的声音请欧文离开会场，而我这位批评家朋友却反驳说，对方没有资格在英国的土地上说出这样的话。我们距离这场冲突发展成外交事件仅一步之遥。

这还没完。过了一会儿，宾客们开始共进晚餐，欧文的老毛病又犯了。他把目光投向他的邻座，一位名叫莉迪的女士。莉迪身材苗条，拥有一头美丽的金发。欧文用尽毕生的词汇，当着另一位男士的面称颂她的空灵之美。那位男士四十多岁，身材魁梧，面带笑容，和蔼可亲的样子，一头红发好似燃烧的火炬……他不是别人，正是莉迪的丈夫。然而欧文直接无视了她丈夫的存在。在莉迪起身离开后，这位男士明确地告诉了欧文自己和莉迪的关系。听了这番话，欧文一副惊讶过度的模样，僵在原地。那一刻，我们都以为莉迪的丈夫在抑制了许久的怒火之后，马上就要扑向欧文，严令他为自己失礼的行为道歉了。然而并没有，事实正好相反。他笑了笑，说欧文很有一套，甚至称赞说这是一场精彩的表演，和他今年创作的戏剧人物一样生动别致。这位男士名叫米卡埃尔·贝海格尔，是一名剧作家。最后这两人相谈甚欢，晚会也在一片欢乐之中落下帷幕。那天晚上我们狂饮好几加仑啤酒，在酒醉的眩晕驱使下，我们高唱着"之前没人给她剪过票[1]"离开饭店，全然不觉街上寒冷。

此时，贝海格尔把自己埋在壁炉旁的扶手椅里，玩弄着他的怀表表链。他和欧文·伯恩斯一样一言不发，沉浸在自己的思绪里。而我，则在想他的妻子，思考他俩奇特的夫妻关系。在昨天的晚会上，贝海格尔沉稳的态度令人惊讶；反观美丽的莉迪，她澄澈的大眼睛充满欢愉，仿佛已经被欧文的潇洒和殷勤所吸引。之后她突然起身，向大家告辞后就离开了。欧文想必也在回味昨天发生的一系列事情，因为他打破了沉寂，问道：

"尊夫人昨晚很快就离场了……她身体不舒服吗？"

"不……她只是回旅馆休息了，因为她今早要乘船去欧洲大陆。我两天后再动身，到那边和她一起过圣诞节，"他一边翻看着他的怀表，一边说道，"她应该早就到了吧……她今晚有一场戏……"

---

1 《她对铁路有多少了解呢？》（*What Did She Know About Railways?*）中的歌词。

"她演您写的戏吗？"欧文好奇地问道。

"不，莉迪是巴黎的芭蕾舞演员。"

欧文一脸的惊讶和钦佩，贝海格尔却说，因为他们两人都是艺术家，所以无法像寻常夫妻那样经常见面，比如他本人就不停地在伦敦和巴黎之间往返。尽管如此，他们的夫妻生活依然很和睦，相敬如宾又情投意合，弥补了频繁离别所造成的遗憾……

"相敬如宾，情投意合……"欧文嘴角挂着微笑喃喃道。我明白他是什么意思。

贝海格尔温厚的声音从扶手椅里传来：

"要知道，伯恩斯，艺术家的生活并非一帆风顺！"

"我亲爱的朋友，您这番话是在对谁说啊！我是这世上最了解这一点的人，因为我本人就是一名天生的美学家！"

"咳……请原谅，"贝海格尔清了清嗓子说道，"也许我昨晚没太弄明白，您的专长是什么？因为听您朋友的描述，您似乎是一名全才！"

欧文满意地笑了，举起手示意要低调。他说：

"这种说法也没错，但迫于一些实际情况，我不得不专注于某个十分特殊的领域……苏格兰场常常利用我那善良的天性。每当我们声名远扬的伦敦警察碰上太过复杂的案件，我就得提出一些上不了台面的小建议……"

我们的贵客眼前一亮，问道：

"您该不会是侦探吧？"

"可以这么说。不过我只处理特殊的案件，处理那些超出理解范围的神秘事件，或者是最离奇、最具有艺术性的犯罪……"

"了解。"贝海格尔一边思考一边回应道，同时用奇怪的眼光打量着房间的主人。

欧文看着楼下的街道，重新陷入思考。过了一会儿，他感叹道：

"真是凄美而杰出的画作……我常常被这种纯粹的美打动……"

"您指的是冬天的雪景吗？"贝海格尔问。

"雪最大的优点，就是能够洗净世间的不完美。晶莹剔透的雪花点缀在建筑物上，使风景变得柔和，使人性不再丑恶。就连我这样极苛刻的美学家，也在雪花的安抚下同生活和解了。所以雪的善举毋庸置疑……但是，不，我指的是别的东西。过来吧，朋友们，靠近一点儿……你们看那边，那条小巷的拐角处有一个迷人的造物，美得多么纯粹啊！"

我们凑到欧文身旁，朝窗外望去。他所谓的"纯粹的美"，实际上是一名卖花女。她十五六岁，提着一个和她差不多大的篮子，篮子里装满干枯的花束。她身穿褪色的旧大衣，冻得直打哆嗦。她瘦削的脸颊毫无血色，脸上挂着苍白的微笑，羞怯地向行人推销自己的花。煤气路灯有气无力地把光投在她纤弱的身影上，在她的金发上泛起金辉，就像跳动的小火烛。她尽管十分瘦小，身上弥漫着苦难的气息，但无疑是一个漂亮的孩子。

我已经习惯了我的朋友这样表述。我告诉他，我对他的看法不敢苟同。

"不，阿基利，您什么也不明白，"欧文无情地反驳道，"所谓美，恰恰就是这灵魂的苦难。看那迷人的青春的面孔，雪一般纯洁，雪一般质朴。我们的公园里有很多所谓的'女骑士'，她们骑着马，大摇大摆，趾高气扬，活像是骑着大象的苏丹王妃。可那份矫揉造作的优雅，怎能比得上眼前的纯真！当然我说的'女骑士'也是最美丽的女士。至于其他女子，如果她们也像孔雀一样招摇过市，那只会达到东施效颦的效果！"

在接下来的一段时间里，他先是放言谈论他苛刻又充满个性的艺术观，然后谈到了底层人民的命运。他说，每年的这个时候，他们的悲惨遭遇都更让人心生怜悯。

"他们甚至不能为一年一度的节日吃上一顿像样的饭菜！"他用一种演讲的语气继续发表看法，"更不用说这些可怜的孩子了。他们巴望着圣诞礼品专柜，趴在各种玩具跟前，哪有什么圣诞老人来实现他们的玩具梦啊！不幸的女孩不得不在这样的天气出来卖花。陪她过圣诞节的，只有在破旧的煤气灯罩里苟延残喘的一丝火光！不，生活真的太不公平了！"

说完这番话，他迅速穿上外套，向我们道歉说要失陪一会儿，然后离开了房间。数分钟后他回来了，怀里抱着一个装满干花的大篮子——不久前它还在那个女孩手里。

"我全买了，"他满脸喜悦，一边说着一边把花篮放下，"你们真该瞧瞧她看我时的表情！那双美丽澄澈的大眼睛闪烁着惊喜和感激，我无论如何也不愿错过那美妙的时刻！而且，朋友们，我打算明天带她去见王国最好的画家，让他把这张迷人的脸蛋永远留存下来！我有预感，这将会是一幅绝妙的画作！"

我个人已经习惯了欧文这样介入别人的生活，但我本以为贝海格尔会作出和我不同的反应。他沉浸在思绪里，不予评价。过了一会儿他开口了，可说的话简直和我朋友的行为一样令我匪夷所思。他说：

"太巧了！这场雪和快要来临的圣诞节，再加上卖花的少女，这一切看起来就像是一个童话……一个真实存在的童话……"

"生活就是一个童话。"欧文回应道。

贝海格尔转过头，看向欧文，格外严肃地问道：

"您相信世界上有圣诞老人吗？"

欧文一脸惊讶，没有回应。

"成年人当然不相信，"贝海格尔耸了耸肩，继续说道，"这再正常不过了。但是先生们，我要给你们讲一件事，这件事可以证明圣诞老人是真实存在的，因为事情的经过没有半点弄虚作假的成分。当时的情况特别离奇，离奇到警方在调查那起谋杀案时，干脆直接拒绝听取所有的证词……"

"这番话听起来很有趣，"欧文摸着下巴说道，"这是一个无解之谜吗？"

贝海格尔盯着壁炉里跳动的火焰，思考了一会儿。在火舌的照射下，他的脸呈现出青铜的光泽。他浅浅一笑，答道：

"无解，不错。没有任何人能给出合理的解释，倒不如说这件事是一个'奇迹'！"

欧文更惊讶了。

"一个奇迹？会不会有些夸大其词了？"

"我觉得没有……否则还有什么词可以形容它呢？事情发生在数年前伦敦一个受人尊敬的家庭，有一小群人见证了这个奇迹。那时是平安夜……"

以下就是贝海格尔的叙述内容：

老德雷克·斯特林积攒了大量财富，生活却格外拮据，连一撮煤渣都不愿意浪费。他的房子和他的心一样阴冷，和他的外表一样古板。这是一座大型的都铎式建筑，屋顶陡峭，山墙高耸，矗立在伦敦的一个富人区里。老斯特林只关心他的客户，至于其他同胞的死活，和他又有什么关系呢？所以他毫不遮掩地表现出对乞丐和穷鬼的鄙夷之情。他的生活中不存在怜悯和仁慈，只有生意的顺利进行。

他在市中心开了一家布料店，里头全是质量上乘的货物。

这些布产自不列颠群岛、欧洲大陆，甚至远东地区。猩红的锦缎光滑柔顺，绿松石色的马德拉斯棉布美艳绝伦，还有华丽的美利奴绒和其他绚丽夺目的布料，全都在他贪婪警觉的目光下窸窣作响。店里两个年轻的学徒为顾客忙前忙后，很少闲着。不久前，他们的活还没么重，因为店里还有过一名叫巴克利的店员。巴克利在斯特林那里工作了很长一段时间，但最后这位富商还是请他走人了。

在此之前，可怜的巴克利的生活就已经难以为继了，因为他既要养活他唯一的女儿西多妮，又要支付高昂的房租。尽管他租的是底层最小的两个房间，但房子本身很大，而且离斯特林的宅邸很近。斯特林正是他的房东。但富商并没有准备把巴克利和他的女儿撵走，因为他的这位前员工被他开除以后，日子过得更悲惨了。巴克利沦为乞丐，终日酗酒。他那惹人怜悯的女儿，十二岁的小西多妮游走在首都冰冷潮湿的街道，售卖干枯的花束，而这为数不多的钱就是家里唯一的收入了。

以前，巴克利是一个幽默开朗、讨人喜欢的好伙计，他的出现总能使布料店的氛围变得活跃，斯特林死板的性格也因此缓和了不少；失业后，他变得落魄潦倒。一个人就是这样走向堕落的，事情的经过真是令人心碎。一些人说，他的老板辞退他是出于一些"经济原因"——这是一个委婉的托词，无非是因为他把老板凸显得更加吝啬；另一些人则称，斯特林辞退他是有更加私人的原因的。事情过去两年后，斯特林自己在一场平安夜聚会上澄清了这件事……

那时富商经常邀请他的亲友们去家里作客，这是他关心别人的唯一方式。当然这个亲友圈小得可怜，只有他的妹妹玛格丽特、妹夫约翰·霍珀、两人的独子西奥多，以及织物布料进口商罗纳德·亚克和他七岁的儿子汤米。每年的这个时候，霍珀一家都会到斯特林舅舅那儿住上几天。罗纳德·亚克则不同——他是第一次来，而且据说这种友好的家庭式聚餐仅仅是为了改善当前的商业关系。罗纳德·亚克身材干瘪，鹰钩鼻，和斯特林很像，但正值壮年。他身穿橄榄色三件套西装，外面还套着一件礼服，打扮得一丝不苟，从马甲口袋中垂下的金表链彰显出他的成功。宴会的主人斯特林已经年过六旬，头发花白，驼着背。压在他佝偻身躯上的，也许有岁月的重量，但无疑还有他积攒的钱财。话说回来，又有谁知道这笔财富到底有多少呢？

霍珀一家看起来像是会在私底下讨论这种问题的人。这对夫妻年近五十。玛格丽特生得很结实，容貌并不出众。她的性格消极被动，只有在和丈夫说话时才稍微好一些。她总是眉头紧皱，看起来很懊恼，仿佛永远在责备她的丈夫不像哥哥那样有出息。她的丈夫约翰是一个身材微胖的老好人，此时正笑容满面地躺在扶手椅上，滚圆的手指间夹着一杯雪莉酒。他是出了名的谨慎，因此话很少。他在伦敦一所中学里教自然科学。看样子，他对如今的生活已经很满意了。他们的儿子西奥多和夫妻两人相差甚远：西奥多的腿像涉禽一样长，才十三岁就已经比夫妻两人还高了。他长着一张娃娃脸，整天都在幻想，对小汤米充满着好奇。这样的童心仿佛压根儿就没在他父母的身上出现过。小汤米也是天真烂漫的模样，很难想象也许有一天他会成为他父亲那般执拗的商人。圣诞将至，他也和其他同龄的孩子一样兴高采烈。蜡烛的金色火苗和壁炉旁圣诞树上挂着的红色小球，都在两个孩子的眼里闪出奇异的光芒。

这一年圣诞节，斯特林费了很大的工夫来装扮他的客厅：冬青树枝和丝滑的缎带点缀着窗框、门和壁炉台，圣诞树也比寻常尺寸大上不少。然而斯特林依然闷闷不乐，因为他遇到了很多糟心事。这一周开了个很坏的头。首先是霍珀一家的到来。家务活一下子就变多了，额外的工作落在了他——确切地说是落在了他女佣——头上，这让他烦躁不堪。接着是第二天洗衣房着火了，没有人知道起火的原因。斯特林在毫无证据的情况下指责说是老仆人粗心大意造成的。幸运的是，火势很快就得到了控制。洗衣房里的织物和床单被烧得一干二净，但匪夷所思的是，火焰并没有蔓延到旁边的棚子里，而斯特林刚好在那里存放了许多来自东方的珍贵布匹。一想到自己离这样的灾难只有咫尺之遥，他就感到后怕，气也就消了不少，而且他似乎有了一种不同寻常的倾向：他想要挥霍，想要快活。

这天晚上，美丽的火焰在客厅的壁炉里噼啪作响，之前从来没有哪次的火烧得像现在这样旺盛。晚餐特别丰盛，火鸡分量很足，大家都赞不绝口。餐前的潘趣酒也备受好评，大人们的脸都被熏得通红，德雷克·斯特林自然也不例外。餐后，也许是被酒冲昏了头脑，斯特林开始他的演讲，甚至还说起了最底层人民的悲惨命运。起初大家都以为他这么说是出于同情，一定是因为他看到雪花落在了雾气蒙蒙的窗户后面，而这个场景撩动了他的心弦。但他们错了。

斯特林开始谈论巴克利，眸子里闪过满意的光芒，显然他并不后悔开除这位老员工。大家这才知道，斯特林早就讨厌他了，因为他不够严肃，老爱说俏皮话，并且性格愉快开朗，而这些并不是店里该有的品质。此外，巴克利还犯下了不可饶恕的罪过，那便是揶揄德雷克·斯特林"节俭"的性格，而且是当着众多顾客的面，这可太过分了。斯特林不再妥协忍让，无论他的老伙计怎么苦苦哀求也不为所动。小西多妮以后怎么办呢？"这是她父亲应该考虑的问题，可不关我的事。他理应承担自己的责任。"

突然，一股阴冷的气息掠过客厅，人们仿佛看到西多妮拖着苍白瘦弱的身影，捧着硕大的花篮穿过房间；那身影虚无缥缈，覆满风霜。在此期间，用人送来了提神酒。临近午夜，大家纷纷走到门廊外面透气。

容我在这里偏个题，描述一下当时的场景布局，这一点尤其重要，因为马上就要发生一些咄咄怪事了。德雷克·斯特林的房子前是一条约四米宽的路，右侧是一条小河。尤其是在冬天，如果行人想通过这里，又不愿意去冰冷的河里洗个冷水澡，就必须走这条路。而一旦走这条路，就不得毕恭毕敬地和房子的主人谈判，以征得他的同意。巴克利一家住在这条路上的最后一栋房子里，与斯特林的宅邸间隔大概十五米，一座仓库的高墙把两栋房子隔开。平常几乎没有人去巴克利家，事实上也只有他们一家租住在那里。

在这一周的时间里，大雪和寒潮相继袭来，首都的白大衣越裹越厚。平安夜晚宴一开始，雪就下个不停，但当斯特林和他的客人们来到室外时，雪势已经减小了。只见周围白茫茫的一片，光滑的积雪覆盖着地面和屋顶，在门前两盏风灯的照射下闪闪发光，人们仿佛置身于一个由糖霜凝结而成的世界。唯有那森森河水勾勒出一条阴暗的绸带，岸边的明窗倒映在河里，水上泛出的黄色和紫色的波纹随着水流悠悠漂走。不论是路上、门廊下，还是从右边的主干道十字路口和左边的巴克利家，都看不见半点人影。诚然，没有谁去刻意留意路上是不是真的没人了，但事实就是如此。大家甚至朝巴克利那边看了一眼，因为小汤米向大人们问道，小西多妮是不是也和他们一样收到了圣诞老爷爷送的漂亮礼物。不得不说在这个圣诞前夜，两个小家伙都备受宠爱。西奥多在圣诞树下找到满满一篮的橘子和椰枣，还得到了一双羊毛手套；而小汤米在看到他的礼物（一架漂亮的玩具木马）时，高兴得心怦怦直跳。至于小西多妮的礼物，"这取决于她父亲，"斯特林冷冷地说，"确切地说，取决于她父亲的表现。"

就像是为了缓和这家主人冰冷的语气一样，教堂的钟声敲响了。人们安静下来，聆听着欢乐的音符在城市上空回荡。过了一会儿，斯特林认为应该回去了，于是朝房门走去。客人们则跟在他身后。也许是良心使然，他最后朝巴克利家的方向看了一眼，但那里仍然是漆黑一片。

十分钟后，大家回到壁炉边烤火取暖。突然，外面传来一阵铃铛声，小汤米兴奋地大叫：

"是圣诞老爷爷！他来送礼物啦！"

"我想他应该已经来过了。"斯特林咬着牙说道。

小家伙把一根手指举到嘴上，说道：

"哦，是他！就是圣诞老爷爷……对了，一定是因为西多妮……没错，他回来找西多妮啦！"

"不可能，"斯特林感到很恼火，干脆地说道，"没有圣诞老爷爷找西多妮！"

"就是有！您没听到他驯鹿的铃铛声吗？"

"听到了，"斯特林冷笑道，"那你快去窗户那儿瞧瞧吧，免得他溜了！"

小汤米听话地跑过去，淘气地把鼻子贴在起雾的窗玻璃上，充满幻想的眼睛出神地望着天空。斯特林讽刺地问道：

"怎么样，看到了吗？"

一阵沉默后，汤米回答道："当然看到了，他从西多妮家出来了……"

斯特林和孩子的父亲交换了一下眼神，说道：

"我猜他应该回到他的驯鹿雪橇上了吧？"

"是的，他就站在房子前面，但是快离开了……哦！他飞起来了！"

"是的，汤米，是圣诞老爷爷。雪橇向星星飞去啦……很漂亮吧？好好看看吧，因为不久以后你就看不到这些了！"

"斯特林先生，为什么啊？"汤米离开窗户，一副沉思的样子问道，"我不太懂……"

"你很快就会懂了。我们的小西奥多就已经懂了，因为我去年就和他解释过了，对吧，西奥多？"

瘦高的男孩一言不发，神情严肃。他一脸不情愿的样子，茫然地点点头。

斯特林感到心满意足，于是请客人们再喝一杯提神酒，然后若有所思地喃喃自语：

"不过那阵铃铛声还是很奇怪……感觉离得很近，就像是从河对岸传过来的。但我没看到有谁在那儿扮圣诞老人。除了我们，街上没有其他人了。是巴克利吗？不，不可能，这个点他肯定已经烂醉如泥了！"

没有人能回答他的问题。他向窗外看了一眼。

距离他们午夜那次出门已经过去了一刻钟，雪也几乎停了，只有几片雪花在空中飞舞旋转。路上依然一片寂静，可是奇怪的是，上面却有人——或者说有某种"东西"——经过时留下的痕迹，看起来十分反常，因为这些痕迹并不符合物理学规律。

从两栋房子中间的某个地方，一直到巴克利家门口，可以看到雪地上有套车经过的痕迹，那恰好是雪橇特有的沟痕；还可以看到大型四足动物的脚印。但诡异的是，这些痕迹似乎是从天而降的！它们突然出现在雪地中间，向前延伸十几米，接着又神秘地消失了！简直难以置信！

并且这些痕迹都是新近留下的，因为在场的人都可以证明，一刻钟前路上没有一点儿印迹。当他们靠近时，所有人都大惊失色：这些痕迹是慢慢出现在雪地里的，先是持续一两米，接着有五六米特别清晰规律，然后渐渐淡去，直至最后完全消失！简直就像是雪橇车从天空降落到雪地，行驶到巴克利家门口，接着慢慢升空飞走了一般！

此外，还有一串大大的脚印，从疑似雪橇停靠留下的沟痕走到大门，再从大门走回这两道沟痕。

"是圣诞老爷爷！"小汤米欢呼雀跃，"他来给可怜的西多妮送礼物了！"

巴克利家不再是漆黑一片。房子的窗户亮着光，进出的大门虚掩着，透出一丝光芒。斯特林震惊极了，鼓足劲敲了敲门，可是没有人回应。于是他径直走了进去，他的客人们紧随其后。

他们又一次被眼前的景象惊呆了：壁炉里跳动着一团格外旺盛的火焰，完全不亚于斯特林家的炉火，仅仅这么一团火就照亮了整个大房间；一棵精致的圣诞树立在壁炉边，树下摆放着许多没有拆封的礼盒，盒子外面裹着闪亮的包装纸和饰带；一架崭新的玩具木马站在一旁，像是在看管礼物，它比小汤米的木马还大，那鲜艳的红色和这里一贫如洗的光景形成了鲜明的对比。可不论是这个房间还是边上的卧室里都空无一人，所有的窗户都紧闭着，因此要想进到房子里来，只能通过前面的大门。

那么，又是谁生的火呢？是那位驾着雪橇的神秘访客吗？是他留下了门口的痕迹，将这些礼物放在这里的吗？毫无疑问，只能是他了。可是他像童话故事里说的那样从天而来……这已经超出常人的理解范围了。

见证了这起神秘事件的人们思绪凌乱，心里直发怵，怎么也不能为这件怪事找出一个合理的解释。小汤米紧紧抱住爸爸的膝盖，念叨着：

"爸爸，是圣诞老爷爷……他很好……他没有忘记西多妮……"

斯特林感到脸上一阵痉挛，现在的情况越来越扑朔迷离。他觉得朋友的小儿子不该在这种时候说这样的话，于是生气地呵斥他闭嘴。他的眼里闪着火光，但还是竭力压制着自己的愤怒。

这时，西多妮冲了进来，怀里捧着装了干花束的篮子。篮子几乎还是满的，显然她的花卖得并不好，而她那憔悴忧伤的神情分明加深了她的不幸。但一看到这些访客，看到那棵圣诞树和那些礼物，她的脸顿时明亮了起来。她先是感到不解，随后一脸的惊喜。她跪在地上，颤抖着手指抚摸那些大大的礼物盒，接着畏畏缩缩地抬起头。她金色的发绺反射出欣喜的光泽，倒映在她蓝色的大眼睛里。她怯生生地问道：

"这些都是给我的吗？"

"应该是的，孩子。"约翰·霍珀慈爱地笑着，回答道。

"天哪！"她的声音哽咽了，"这不是真的吧⋯⋯是谁⋯⋯"

"当然是圣诞老爷爷啦！"小汤米耸了耸肩说道。

西多妮缓缓抬起头，看向富商。迟疑了一会儿，她问道：

"斯特林先生⋯⋯是您，对吧？"

接着她扑倒在商人的脚边，美丽的金发散在他光亮的皮鞋上。她啜泣道：

"谢谢您，斯特林先生，万分感谢您⋯⋯您对我们太好了⋯⋯"

老商人气得发抖，含混地嘀咕了几句，随后抬脚转身离开了这里。来到室外，他努力寻找这个诡计的蛛丝马迹，但终究还是白费力气。他让他的同伴们帮他一起检查这个地方，检查窗户、雪地上的痕迹、仓库的高墙以及河岸。不过他们的调查只是徒劳,一点儿线索都没有。他们越是检查套车行驶过后留下的沟痕和四足动物的脚印,就越发觉得这是马或者驯鹿拉雪橇时留下的痕迹。尽管之后又下了一点儿雪,把这些痕迹抹平了一些,但大家都对这个想法表示赞同。问题是,这些痕迹是怎么在如此短的时间内,出现在这条洁白无瑕、仅四米宽的雪路上的呢?

河岸边并没有什么痕迹,而且河水低于河岸至少半米,因此可以排除走水路的可能性,也排除了有人在船上施展复杂的小伎俩,比如用棍子挖开地上的雪,从而营造出一种有套车经过的假象。但是有人到过巴克利家,这一点是不争的事实,而且这些人都看到了雪地上逐渐出现又逐渐消失的痕迹。任何理性思考都没办法解释这个谜团,那么就只剩下一种说法了:这一小群人真的见证了一个"奇迹",圣诞老人真的来过!

但斯特林始终拒绝承认这个说法。回家后,他开始盘问小汤米,但没有得到任何有用的信息。小汤米坚持说他就是看到了圣诞老人从天上飞下来。他用他小孩子的那套逻辑来辩解,竟让人无法反驳:毕竟在听到外面那阵铃铛声后,斯特林先生自己都亲口说是圣诞老爷爷来了,现在又为什么这么惊讶呢?这些事实本身不正说明圣诞老爷爷真的来过吗?斯特林哑口无言,狼狈不堪,生着闷气离开了。

第二天,斯特林称自己晚上睡得特别差:他有好几次听到叮当作响的铃声!当天晚上也是如此,但并不只是他一个人，而是一整屋的人都听到了。这些声音仿佛是房子自己发出来的，确切地说是从壁炉里传来的。等到了第三天，事情变得明朗了。早晨起来，斯特林在壁炉前散出来的煤炭灰烬里发现一个精心包装的大礼盒，尺寸很不合理，因为里面只装了一件特别小的东西：一先令的硬币。所有人都说自己不知道这东西是从哪来的，但显然，这个神秘的寄件人是通过烟囱来投递的……烟囱管道容得下一个正常身材的人。

从那一刻起，斯特林被极大地动摇了，但他的怒火并没有因此而熄灭。他疑神疑鬼地在他的大房子里四处搜寻，不放过任何一个细节。他生硬的脚步声一会儿回荡在楼梯，一会儿回荡在走廊。他声称自己很快就能捉到这个入侵者，并且一定要狠狠地教训他。

他似乎有了些眉目，不过他和这个"入侵者"的会面似乎并没有想象中那么顺利。那天夜幕刚刚降临，屋外一阵痛苦的喊叫声打破了家里的平静。当时玛格丽特·霍珀正在书房里给孩子们讲故事，她的丈夫约翰在客厅里抽着烟，罗纳德·亚克在自己的房间里休息。约翰第一个冲了出去，赶往案发现场，罗纳德紧随其后。在房子前的小河边，斯特林躺在地上，情况看起来很不妙。约翰·霍珀刚跑到门廊，不幸的商人就滑进了刺骨的河水中。后来人们在下游把他捞了起来，发现他的颅骨骨折了，并且身上有被击打过的痕迹。

是谁袭击了他？这对于事件的目击者而言又是另一个谜：

虽然当时下着雪，但在斯特林被杀害的地方却一个脚印也没有，甚至连他自己的脚印也没有！唯一可能的解释是，凶手乘着船顺流而下，然后把斯特林放在岸边，再给予他致命的打击。但调查的警察对此并不怎么关心。警察是在事情发生一小时以后到达的现场，那里已经被盖上了一层厚厚的雪，把本可能有的脚印给遮住了。此外，雪地上没有脚印这种事情实在是太离奇了，所以调查人员并没有把它当一回事。

当大家把平安夜那些不可思议的事告诉警察，说有一个驾着驯鹿雪橇的天外来客时，警察完全不相信这条线索，并且深信所有证人当时都出现了幻觉。但调查并没有就此停止。他们首先怀疑巴克利，认为他想要报复他的前老板。可是这位前员工有完美的不在场证明：案发当时，巴克利正在一家他常去的酒馆，和他的酒肉朋友们待在一起，而且他当时的状态肯定没办法进行如此大规模的行动。

警方不得不从其他地方入手。首先是罗纳德·亚克，一位进口商，没有一点儿作案动机。斯特林的突然离世使他失去了一个很好的客户。玛格丽特则不同，她是她哥哥唯一的继承人，所以一夜之间发了财。但对她有利的证据是，她不可能亲自对她的哥哥动手，因为案件发生时，她正陪着汤米和西奥多。她的丈夫倒有可能是凶手，但警方没办法对他提出任何指控。老好人约翰·霍珀和他的妻子很快便继承了斯特林的遗产，平静地享受着这一切。这对夫妇对巴克利充满善意，把市中心的布匹店直接交给他来打理。老店员重新找回了自尊，并且彻底戒了酒。瞧瞧，故事的结局真是可喜可贺！当然，倒霉的斯特林除外。许多年过去了，这个不可思议的谜团逐渐被人遗忘，真相永远也没法大白了。

贝海格尔叙述完毕后，我们陷入了长时间的沉默，但"不可思议的谜团""永远也没法大白"这几句话仍然回荡在我们复杂的思绪里。正如贝海格尔所说的那样，这故事更像是一个童话，而非真实事件。欧文已经见证过许多无比离奇的案例了，但在我的记忆中，他还从未遇到过"奇迹"，而这件事似乎真的算得上是奇迹！

我向贝海格尔表达了我的感受，讲述了我对这件奇事的不解之处。我期待我的朋友欧文也有和我类似的反应，可是他看起来并不打算深究这些不同寻常的点。他的反应和我正相反：贝海格尔的故事使他精神振奋。他脸色红润，正心不在焉地把玩着放在壁炉台上的希腊神像。突然，他说道：

"您的叙述各方面都太精彩了！对普通人来说，这是对逻辑的非凡挑战，对思维的绝佳锻炼！"

然后他转过头来看向我，慈父般地微笑着，问道：

"对吧，阿基利？您看起来被这个谜团压得喘不过气来了。"

"您该不会自以为已经全弄明白了吧？"我无情地反问道。

不过他无视了我的问题，转向贝海格尔。

"您说没有任何人找到相关的线索？"

"是的，没有人，"我们的客人摇摇头说道，"但并非没有人尝试去解这个谜，甚至一些侦探爱好者在了解到这起复杂的案件以后，也试着去一探究竟，但最终都无功而返。"

"所以到目前为止，没有一个人找到答案？"欧文再次追问道。

贝海格尔半闭着眼，浅笑道：

"伯恩斯，我想您或许有能力……"

"当然，"我的朋友用坚定的语气回复道，"我想这应该是三十多年前发生的事，您稍微改变了一下里面人物的名字，因为您本人就在案发现场。换句话说，您是您故事里的证人之一……"

"小汤米！"我惊呼。

"小汤米或西奥多，"欧文纠正道，"鉴于您现在的年龄，您只会是这两个孩子里的其中一个。"

"对，您说得没错。说真的，我原本就料到您猜得出来。"贝海格尔承认道，但随后略带挑衅地说，"不过这可没法解释'圣诞老人'的谜团，他是怎么驾驶着雪橇飞在空中的……"

"我全都知道了，"欧文狡黠地重复道，"贝海格尔，说真的，我很高兴认识了您，也很荣幸认识了您迷人的妻子兼同事，那位美丽的莉迪……您后天去巴黎见到她时，别忘了代我向她问好。还请您告诉她，我也是一名艺术家，同样爱慕着卖花的少女……"

贝海格尔惊讶地张大嘴巴，过了好一会儿才嘟囔道：

"这么说……您真的都明白了？"

欧文一脸轻松地回答道：

"当然了，我亲爱的朋友。您是一名艺术家，我也是；而艺术家之间是可以相互理解的。那位高大的幻想家西奥多自然就是您啦！我在那个年龄段也是那样寡言少语，也是那样与众不同，因此我不自觉地就认出您了！并且还认出了您的同事莉迪，在您的故事里，您为她取名为西多妮。这两个女性的名字如此接近，分别取自克洛伊索斯[1]和古老的西顿[2]。而我作为历史爱好者，很难不把两者联系起来……这是明摆着的事！此外您毫不含糊，满怀诚意地为我讲述了事情的经过，使我身临其境，把我送到通往真相的道路。您以名誉担保，向我们讲述了事情的所有细节，不论是物质上的还是心理上的，而这对解开谜团极其关键。您指责您的舅舅，不仅仅是因为他贪婪、吝啬，也不仅仅是因为他对同胞的可鄙行径，更是因为他对圣诞老人的态度！他不仅自己不相信圣诞老人的存在，还让您也不要相信！简而言之，是他毁了您的童心！因此您无法原谅他！"

1　克洛伊索斯（公元前595年—公元前546年），古希腊时期吕底亚王国的国王。
2　西顿，又名赛达，古代腓尼基城邦，现位于黎巴嫩境内。

贝海格尔双眼湿润，眸子里闪过一丝怀旧的泪光。

"十一岁的时候，我还相信有圣诞老人，相信有星星和银色雪橇划过天际……当他告诉我真相时……我的世界崩塌了，儿时的童话化为乌有。我好像穿过一面镜子，来到了另一侧，进入了成人灰暗、阴沉的世界。"

"您作为剧作家的使命便由此而来，"欧文笑着回应道，"您应该为此感谢您的舅舅！"

"从某些层面上来说，的确如此……他的冷漠塑造了我的一部分性格。"

"尊夫人也应该感谢他！因为多亏了他，你们才会相识，对吧？"

贝海格尔看向远方，说道：

"我第一眼看到她时，她就给我一种……童话般的感觉……可以这么说吧。她就像……"

"就像我们刚刚看到的卖花女，"欧文说着，把头转向窗边，"亲爱的朋友，我敢说没人可以像我这样理解您的感情。您遇见她时，本能地感觉到她将成为您生命中的伴侣，因此您迅速利用自己的……艺术天赋……恶搞了斯特林。而促使小莉迪也行动起来的原因显而易见。您舅舅的态度自然也使您感到厌恶，但您讨厌他多半是因为他把属于您的一部分东西给毁了。对您而言，最好的复仇方式就是向他证明圣诞老人是存在的，并且让他意识到自己对待莉迪父亲的行为十分残忍。

所以您早就制订好了详细的计划，早在您和您父母到达他家那一周开始……也就是洗衣房发生火灾的前一天——毕竟您没道理在故事中加入一个毫无作用的火灾小插曲。作为一个细心的听众，我知道在这种情况下应该注意事件的结果，在您的故事里，'结果'就是织物和床单'被烧得一干二净'，即消失了。顺便一提，人们常常用床单扮成幽灵……

"很显然，如果在不引发火灾的情况下偷走床单，那么它们的无故消失一定会引起调查人员警觉。总之您就是这样实施计划的。那一周开始，伦敦就下起雪来，并且很有规律，夹杂着些许晨霜，在积雪上形成了一层薄薄的壳。平安夜那天下午，您偷偷找人跑腿送来一辆套车，并让他把许多包好的大礼盒放到巴克利的家里，等着晚上被人揭晓。我想他用的应该是雪橇，不过是驴或者马拉着罢了。想必是当时的环境和证人的想象力使大家相信是驯鹿雪橇，因为就我所知，驯鹿这种大型反刍动物在伦敦并不多见！

"雪地上已经留下了需要的痕迹。这个工作大概要分两步，或者三步进行：首先在第一片雪花落下之前，要好好处理中间路段，以便留下一条清晰的痕迹；再晚一点儿就要对沟痕两端进行处理，使得被雪稍微抹平的印迹看起来更加模糊。完成之后，您和同伙乘着船，船上搭载着五六条床单。床单和床单也许已经两两缝合起来了，因为这样的尺寸要更合适一点儿。你们巧妙地将床单展开，把近十米长的雪道连同伪造好的痕迹给全部盖住——我之前说过，路上的积雪因为寒冷，已经结上一层薄薄的硬壳，所以这些痕迹不会被床单毁掉。

"前期工作准备完成后，接下来就是莉迪，也就是西多妮的单独行动，而您则和您家人一起待在舅舅家里。临近午夜，你们会到门廊透透气，并且会看到四周的雪地上没有任何痕迹。此刻的床单已经完全被覆盖在雪里，一旦你们回到屋里，一直守在小船上的莉迪就会小心翼翼地揭开所有床单。这时，你们下午在雪地上勾画出来的痕迹就会显露出来——就像我们之前说的那样，中间清晰，两端逐渐模糊。而且此刻仍然在下小雪，刚好弥补了她行动中的缺陷。现在她要做的事就只剩下摇响铃铛，然后迅速离开。此后，小汤米的反应以及他和斯特林之间的对话，在当时的情况下都看似十分合理，但我推测您应该做了些什么，影响到了这个小家伙的行为，因为尽管您和他相差五岁，但你们关系很好，这就很能说明问题。接着，在看到'神迹'般的沟痕和西多妮的礼物后，只需要在合适的时候悄悄说几句像'你瞧，真的有圣诞老爷爷！'之类的话，就可以让小汤米相信自己刚才真真切切看到了圣诞老人，因此不管后来斯特林怎么盘问他，他都坚持自己的想法。无论是这位'西多妮'回到家面对圣诞树下的大堆礼物时佯装出来的惊喜之情，还是后来她对斯特林先生的'善举'所表达的感激之情，这些戏剧效果都预示着她今天注定会成为一名伟大的艺术家。说真的，贝海格尔，您真的很幸运……"

"可是，"贝海格尔说，"又有谁知道也许有一天我能有这样的机会，遇到一个与我心意相通的人呢？当年，我和她的感情只能秘而不宣……"

我们陷入了沉默，只不过我两位同伴之间的沉默心照不宣，因为对他们来说一切都很清楚，我则不然。于是我用力地清了清嗓子，准备发话了：

"咳，欧文，尽管这么说听起来很蠢，但我还是想让您解释一些细节。比如在巴克利家里，壁炉中那团独自燃烧的火焰……尽管您解释了一些，但我还是没懂火是怎么生起来的。毕竟所有可以进入房子的通道都从里面堵住了……"

欧文耸了耸肩说道：

"这个细节并不怎么重要，有多种解释……但我想应该用的是一种最简单的方法。在壁炉里准备一大堆干木头和硬纸板，然后只需要让莉迪等到合适的时机爬上屋顶，再将火把扔进烟囱口……"

欧文看向贝海格尔。后者赞同地点点头说道：

"她像猫一样灵活……"

我失去了耐心。这两人几乎不认识，可是他们的消极态度和默契感令我越来越火大。我努力克制着，好不容易才说出一句话：

"好了！还有呢，老斯特林不是还被杀害了吗！事情是怎么发生的？既然说这是一起谋杀案，那凶手又是谁？如果我没记错的话，整起事件的始作俑者不正是……"

我一边说着，一边严厉地盯着贝海格尔。欧文笑着说道：

"阿基利，看样子您并没有明白。就像我说的那样，这个孩子般的恶作剧只有一个目的，就是让斯特林相信圣诞老人是真实存在的。两个小伙伴在施展雪橇从天而降的把戏之后，商人受到了很大的冲击，但小家伙们认为还应该继续他们的恶作剧。于是'西奥多'每天晚上都偷偷地在壁炉里敲响铃铛，受害者终于相信圣诞老人存在啦！放在大礼物盒里的硬币就是压坏骆驼的最后一根稻草。商人决定去源头一探究竟，也就是圣诞老人们经常去的那个地方——屋顶上的烟囱。

"斯特林浑身颤抖着登上屋顶，也许是因为愤怒，也许是因为寒冷，结果踩空了……他从屋顶的斜坡滑下来，像一个从光滑的滑梯上滚落下来的孩子，落在离门廊稍远的地方，靠近河岸。不论是他落水前的最后一阵抽搐，还是从屋顶落下时撕心裂肺的叫喊；不论是身上的伤痕，还是颅骨的骨折，全都被目击者们理解错了。因为这些证人的神经早在平安夜的事件中就备受打击。不过苏格兰场的调查人员就不可原谅了！他们当中但凡有一个人有一点点相信世界上有圣诞老人，稍微抬头仰望一下星空，观察四周，他就能找到罪魁祸首的踪迹！也许就能看到屋顶边缘有可疑的痕迹啦！唉……"

欧文沉湎于悲伤中，摇了摇头，用疲惫的声音补充道：

"人们永远也不会明白，生活就是一个童话……"

泥面人

不论多么复杂的谜团，欧文·伯恩斯都能很快解开，那股轻松劲让许多人心生不满。而本人阿基利·斯托克，虽然号称是他最忠诚的朋友，却也经常对他的行为感到恼火。他从不掩饰他的优越感，并且坚信自己是他那个时代最具天赋的侦探。他风度翩翩，高大健壮，浑身散发出高傲的气质，刻薄的幽默感近乎无情。他给人一种印象：似乎没有什么问题可以难倒他。这就是为什么，长期以来，我一直梦想着有一天他会在一些案件上狠狠地栽个跟头。一九一二年冬天，一个阴沉的下午，这是我离实现我的梦想最近的一次。这天，我听说了一起十分古怪的案子，于是擅自作主，邀请了一位重要证人前往欧文在圣詹姆斯广场的公寓。此时我们正在他家里等待着这位证人的到来。欧文对我的作法相当不满。他背着手，在客厅里来回踱步，偶尔在窗前停下，出神地看看窗外的雨。这雨从早上开始就下个不停。

我躺在扶手椅上，身体的一半被挡在报纸后面。这时，我漫不经心地说道：

"您看起来有些焦虑，我的朋友。让我猜猜……是因为这场雨吗？"

"……对。"他思考了一会儿，发起了牢骚，"这雨下得不温不火，真是气死我了！我宁愿它倾泻而下，用它那复仇的波涛淹没街道，洗刷这颓唐的世界，洗刷世间的所有罪恶！"

"哦？您希望洪水滔天？"

"啊，对！您找到了一个很准确的词……太难得了。"

"既然是这样，朋友，别担心，您很快就会被淹没啦！我想这位证人向我们讲述的案件就是和洪水有关，她应该快来了吧……"

欧文瞪了我一眼说：

"阿基利，和您说实话吧，您应该先问问我的意见，或者至少早一点儿通知我啊！您明明就知道我今天特别忙，而且我今晚还要去皇家歌剧院看《漂泊的荷兰人》。我真的很喜欢这部作品，您明明就知道……"

"可这又有什么问题呢？凭借您高强的本领，十分钟就可以解决这起案件！即使再算上三十分钟的案件陈述和二十分钟的客套礼节，加起来也不过短短一小时！我们还有大把的时间吃晚餐，然后收拾一下，再去欣赏理查德·瓦格纳那宏伟壮阔的激情之作。此外，我由衷地希望能让您开心……您最爱的那些离奇的谋杀案现在已经很少见了，所以我心想这次的机会属实难得……"

"行了，行了。"欧文冷冷地打断了我的话，"话说回来，这次的证人怎么称呼？"

"勒布朗小姐。"

"勒布朗小姐，"他一边思考一边重复道，"这个名字对案件毫无意义，倒是让我想到白雪公主[1]。我猜她既年轻又漂亮？"

"怎么说呢……她不到二十五岁，"我想了想回答道，"至于她本人漂不漂亮……我不清楚，因为我没有亲眼见过她。案子是我从她父亲的一位朋友那里听来的，这位朋友是我最好的客户——"

"啊，又来了！"欧文举起双手喊道，"这一切的背后都不过是肮脏的交易罢了！是不是因为最近您在韦奇伍德公司的精品餐具业务不怎么景气，所以您不得不满足您客户的所有要求？"

"不是！"我愤愤不平地说，"我的业务进展十分顺利，并且……"

"但愿她是一位美丽的女士！"他恶狠狠地回复道，"您

1　勒布朗（Leblanc）在法语里是"白色"的意思。

知道我无法忍受丑陋，尤其是女人的丑陋，而且您也知道……"

他突然不吭声了，一下子把额头贴在雾气蒙蒙的玻璃窗上。

"想必这就是她了。我看到门口撑着一把可爱的白伞。"

这时门铃响了。他满意地点点头，立马跑了出去。过了一会儿，他带着这位访客回来了。他表情欢快地为这位女士脱去外套、收起雨伞，殷勤到了极点——看样子她很符合他的品位。我必须承认，小姑娘的身影十分迷人，合身的连衣裙和短上衣把她的腰身衬托得纤细柔美，绣花的白衬衫凸显出她的纯洁；赤褐色的秀发泛出光泽，随意地绑在脑后；栗色鬈发垂在圆圆的脸旁，脸上点缀着细小的雀斑；一双蓝色的大眼睛闪闪发光，好一副天真烂漫的模样。我知道在如此纯洁的美丽面前，我的朋友不可能不动心。

"这位是勒布朗小姐，"他隆重地介绍道，"而这位阿基利·斯托克是我的老朋友，他为您的不幸感到难过。多亏了他，我才能与您相识。对此我感到荣幸至极……"

她满脸感激的神情，看着我点点头说：

"爸爸告诉我，要不是您，我都没办法得到这次见面的机会。万分感谢您，先生，感谢您的善良，而您甚至都还不认识我……"

"哦！小姐，这让我受宠若惊，我没有那么大的功劳。说实在的，您遇到的事真是太离奇了！像这类怪事，如果我瞒着不告诉我的朋友，那么他一定不会原谅我的！"

勒布朗小姐又看向欧文，眼里充满钦佩和尊敬：

"爸爸也谈到了您，先生。听说您经常协助苏格兰场的警察办案！"

欧文抬抬手，装出一副谦虚的模样说：

"是的，我时而为这个国家的司法机构作出微薄的贡献。"

"而且总是成功破案！"

"我几乎没有失败过。我的逻辑思维十分敏锐，但我的成功不单单是它的功劳。我有我的助手们，珍贵而优雅的助手们……"

他微笑着指了指放在壁炉台上的九个由滑石雕刻而成的希腊神像，勒布朗小姐一脸不解。

"她们是古希腊的九位缪斯，"欧文解释道，"著名的灵感缪斯……"

"哦，我明白了！"她重重地点头说道，"这些雕像有助于您集中注意力。可是，我担心她们在这起案件中不会起到太大的作用。毕竟我遇到的事真的太离奇、太骇人了……而且罪犯甚至不是人类……"

欧文·伯恩斯皱起了眉头，问道：

"您说什么？"

女孩蓝色的大眼睛噙着泪水，紧紧盯着欧文的双眼。她犹犹豫豫地回答说：

"比如说罪犯的脸……就不是人的脸。"

"您看到过吗？"

"是的，很恐怖……真的太可怕了……"

说完，她把脸埋在了手里，身体因啜泣而颤抖。

欧文拉着她的手，请她坐在扶手椅上。

"已经没事了，小姐，别担心，我会处理好的。当您离开这个房间时，您的问题将不复存在。天哪！您的手真冷！您想喝点茶吗？这样可能会好一些……"

欧文得到了肯定的答复，于是转过头对我说道：

"阿基利，劳驾，在我照顾这位朋友的时候，您可以帮忙沏一杯茶吗？"

几分钟后，我端着热气腾腾的茶壶回到客厅。尽管我十分好奇这个谜团的谜底，但此刻，我更加渴望看到欧文的失败，由衷地希望这位访客的问题得不到解决：他居然利用我不在的这段时间，把自己伪装成一个前去解救落难公主的白马王子。在他的悉心照料下，小姑娘恢复了气色。喝了几口茶之后，她开始讲述她那诡异的故事：

"大概两年前，我在杰里·卡多什先生家里当女佣，但由于老厨娘总是生病，所以我也经常帮忙做饭。一开始只是临时代替她，后来这成为我的固定工作。不过这些并不重要……事情发生在三个月前，也就是杰里先生刚回来的时候。此前，他和他的弟弟已经在伊拉克进行了一年多的考古研究。考古学是杰里先生的业余爱好，他对一位史密斯先生的新发现很感兴趣，是关于大洪水的。是的，大洪水！就是《圣经》里的那场大洪水，但似乎很早以前就已经有人提到过了，像是在阿拉伯、波斯的古文献——"

"美索不达米亚的古文献。"欧文清了清嗓子，纠正道。

"正是！美索不达米亚！据这位史密斯所说，他是从一些刻在泥板上的、像钉子头似的奇怪符号中读到的——"

"楔形文字。"

"是的，就是'楔形文字'。不知道为什么，我始终忘不了这个词！这些古老的文字证明了那场大灾难真的存在，里面描绘的场景和《创世记》里所说的相差无几……总之，人们围绕着这个发现展开了很多讨论。而杰里先生为了查明事情的真相，决定独自进行研究。他有足够的时间和金钱。因此这一年我都和他年轻貌美的妻子克洛伊·卡多什待在一起，妻子则耐心地等待着丈夫的归来。克洛伊刚过完她二十二岁的生日，而杰里先生的岁数是她的两倍。尽管如此，杰里先生精力充沛，喜欢运动，热爱冒险，因此这对夫妻相处得十分融洽。然而，比起到中东沙漠探险、去体验异域风情，克洛伊还是更喜欢卡多什家族宅邸里温暖舒适的生活。

"宁录¹、摩苏尔²、巴格达……好多发音奇怪的名词！克洛伊每次收到她丈夫的信时，都会和我说这种词。到了秋天，杰

1　美索不达米亚神话中的英雄之首。
2　地名，位于伊拉克北部。

里先生回来了。他变了好多。不是身体上的变化，他的外表和以前一样。他变得心事重重，变得焦虑不安，永远保持警惕，仿佛被人追捕似的。那时我并不知道他的研究结果怎么样，因为他对这件事守口如瓶，我只知道他的弟弟威廉·卡多什出了点事。后来到了十月份，杰里先生接连遭遇了一系列事故，但总是死里逃生……

"这一系列事故始于花园棚屋的一场火灾。这座木头搭建的小屋位于宅邸深处，杰里先生有时会在那里打盹。火灾发生时，他正在里面睡觉。他睡得很熟，直到火势蔓延过来才被热醒，差点没有逃出来，好在最终他毫发无损。问题是，这座木屋是怎么烧起来的呢？无人知晓。大家怀疑是某个粗心的路人引起的：也许他从旁边的林荫小道经过时，随手扔了一个烟头。又过了一周，有一天，他正沿着路边和克洛伊散步，结果险些被一辆马车卷到车轮底下。当时路上没有别人，他也没有被什么东西绊到，纯粹感觉到背后有一股'无形的力量'把他朝道路中间推……几天后，在和克洛伊去伦敦的一家动物园游玩时，他差点被一条眼镜蛇咬伤。没人知道蛇笼为什么是打开的，也没人知道它是怎么逃出去的……

"在如此短的时间内发生如此多的事故，我怀疑这和他从海外回来有关。我想他在伊拉克进行考古研究的时候，一定遇到过什么不同寻常的事，但我不敢问，因为他和克洛伊都是一副惴惴不安的模样。后来有一天，我在报纸上看到一篇文章，刚好是谈论他在中东地区所作的研究。文章中满是对他工作的质疑。

"文章称，在遥远的伊拉克，杰里先生的营地和挖掘现场在半夜里着火了，只有少数几台设备幸免于难。那场火灾十分惨烈，除了物质上的损失，还有两名当地的工人在大火中丧生。地方当局指责杰里先生，认为他蓄意纵火，好掩盖一些重要考古发现无故失踪的情况。他们认为，杰里先生实际上是想借火灾把这些发现据为己有，并且怀疑他事先已经将文物转移到了一个安全的地方。在为杰里先生辩护时，有人指出，这些假设完全是子虚乌有，都是地方当局为了动摇英国统治编造出来的。当地人对杰里先生怀有'政治上'的敌意，甚至在他离开巴格达的那天，有一位伊拉克老人诅咒他，并预言他将会因为他大逆不道的行为受到惩罚，在不久之后将被美索不达米亚女神伊什塔尔诅咒。

"您可以想象，读了这篇文章以后，我有多么心乱如麻！一个老乞丐给他降下诅咒，而不久之后他真的就遭遇了一连串可怕的神秘事故！

"一天晚上，我在一楼的老厨房打扫卫生，杰里先生正在那里整理他的笔记。我偶然从他的肩膀上瞥见一封文件，上面用大写字母写着'DÉLUGE'（大洪水）。

"他意识到我在看这封文件，叹了一口气说：

"'唉，是的，勒布朗小姐，是大洪水。这封文件势必会

引起轰动……很可能引发另一场灾难！’

"那天晚上他向我透露了很多秘密，向我讲述美索不达米亚，说这个极为重要的文明越来越受到人们的关注。他告诉我吉尔伽美什的故事：也许吉尔伽美什才是人类最早的英雄，比著名的奥德修斯还要早。然而吉尔伽美什却经历过某场大洪水——是《圣经》中提到过的大洪水吗？《圣经》是受到《吉尔伽美什史诗》的影响书写而成的吗？这些问题十分尖锐，不论是在科学界还是在神学领域都引起了不小的轰动。我认真地听着，虽然有些话我无法理解，但我记得一个细节，是和美索不达米亚文明的起源之神有关的，这些神明都是梦魇般的存在：当时桌上摆放着两尊巨大的石膏雕像，一尊是长着翅膀的狮子；另一尊我描述不出来，但是造型同样令人不安……

"'小姐，您知道吗？在美索不达米亚神话里，我们这些凡人都是用泥土做成的。用一点儿泥土塑造成人形，然后吹入一口神气。嘿！又一个人来到尘世！'

"他满脸高兴的样子，一边说，一边做着动作。我指了指长着翅膀的狮子雕像说：

"'如果塑造这座雕像就是为了把它变成一个活物，那么我想这项工作应该还没有完成吧！'

"他惊喜地看着我问道：

"'这么说来，它让您感到害怕了？'

"'嗯，是有一点儿。因为在我的想象中，它更大，被做

得很粗糙，浑身都是泥巴或者黏土……'

"'而且还在天上飞来飞去？'他半开玩笑地问道。

"'对，因为它有翅膀啊！'

"'一个泥造的生物，还会飞……真稀奇。我还没思考过这个问题呢！'他若有所思地说道。

"我听完这番话就离开了。他似乎对我的观点饶有兴致，这些话也排解了他内心的痛苦。我从此得知他是在研究《圣经》里的大洪水。可是第二天又发生了一件事，把我彻底吓坏了。我的直觉告诉我，这不是一个好兆头……很不幸，我的直觉是对的。

"这天晚上大雨倾盆。我想起园丁老乔治这些天一直在给屋后的花坛翻土，再一下雨，花坛肯定就变成泥塘了。'马上到处都会泥泞不堪，我又有好多活要干了！'我暗忖道。

"晚上九点刚过，克洛伊刚上楼去睡觉，杰里先生还在房子后面的老厨房里工作，厨房刚好靠近这些花坛。突然，门铃响了，我赶紧跑去开门，同时感到很疑惑：会是谁呢？在这个时候，在这种天气……

"我打开门，定睛一看：一个人站在门廊，浑身是雨水。他竖着衣领，帽子压得很低，帽檐遮在眼睛上，只能看到眼里泛出光来。这个人的到来让我十分好奇，他那无比低沉的声音也同样让我惊讶不已。他提出要见杰里先生。我问他杰里先生是否知晓他的到来，他冷冷地说是的。我感到很窘迫，于是请他在门口稍等片刻。我有一种预感，如果我让他进来，那将会有不好的事情发生……

"当我告诉杰里先生有人来访时，他问我是不是很喜欢让别人淋着雨等待。他的语气简直比陌生人还粗暴，但我知道他在整理笔记时脾气向来暴躁。于是我请这位奇怪的访客进到屋里来。在此期间，我一直没看到他的脸。但当我领他到老厨房，杰里先生在我面前关上门时，我看到他摘下帽子转过头来。就在那一瞬间，我看到了他的脸……我几乎要晕倒了！"

说到这里，勒布朗小姐停了下来，痛苦地哽咽了一下。她脸色苍白，眼睛瞪得滚圆，可以想见她回忆起了多么可怕的事情。

"我从没遇到过这么恐怖的事！"她继续说道，"他的脸是棕色的，五官粗糙不成形状……就像是黏土做成的。这是个泥土生物，不是人类……而且我还瞥见了它凸起的眼睛！它一个眼神就能使人血液凝固！我真的很担心杰里先生，所以我透过钥匙孔，想看看里面的情况，但他们去了房间的另一个角落，用很低的声音交谈着。我什么也听不见，最后不得不离开了。

"我去了客厅。他们的谈话声越来越大，最后争吵起来。大概持续了一刻钟后，我决定回去看看发生了什么事，但我几乎什么也没看见，因为我刚来到走廊尽头，'砰'的一声，大门就在那人身后关上了。他匆匆离去，消失在雨中。

"我本想去和杰里先生谈谈，希望他没有遭遇什么不测，但一想到刚才他和我说话时的态度，我就打消了这个念头。我告诉自己，这毕竟是别人的事，和我没关系。过了一会儿，我听到了他的脚步声，他在老厨房里来回踱步。我放下心来，回去睡觉了。那时大概是晚上十一点，雨刚停。我没想到这是他活着的最后一晚……

"第二天一大早，我被一声巨响惊醒了。我的大脑一片空白，以为自己在做梦。过了一会儿，我回过神来，赶紧跑到一楼。我来到走廊，看到克洛伊穿着睡衣，一边不停地敲打着老厨房的门，一边呼喊着她的丈夫，但没有任何回应。她告诉我，昨晚杰里先生没有回房。这本身并没什么好担心的，因为他经常熬夜作研究。但今天早上她找遍了整座屋子都没看到他，厨房的门还从里面锁上了！

"这时老乔治也来了。了解过情况后，他弯下腰从钥匙孔里看了看，提出用万能钥匙把门打开。但之后他发现门并不是用钥匙，而是用门闩关上的，所以我们只能破门而入。尽管老乔治已经上了年纪，但他仍然很有力气，三下就把门撞开了！

"我们在厨房右侧的墙角发现了杰里先生。他趴在他的办公桌上，前面是法式拱形落地窗，窗扇微微开启。他手上握着一把手枪……他的头偏向一侧，搁在办公桌的皮革垫板上，一摊深色的液体在垫板上漫延开来，汩汩鲜血从他太阳穴上的洞口淌出。带翼狮像盯着死者，冰冷地狞笑着。房间里飘着一股浓浓的火药味。克洛伊尖叫一声，眼看着就要晕倒在地，老乔治赶紧把她接住，将她放在厨房里唯一的椅子上，然后报警去了。离开之前，他叮嘱我照顾好我们的女主人，还说让她喝一点儿白兰地可能会好受一些。这时，克洛伊强忍着泪水，掏出了一块手帕。我听从了老乔治的建议，找来一瓶白兰地，顺便也给自己倒了一点儿，因为在见证了这么多事情之后，我自己也感到虚弱无力！

"警察很快就来了。有三位警员，此外还有一名医生和一位叫查尔斯的探长。查尔斯探长有五十多岁，身材高大匀称，仪表堂堂，和卡多什一家私交不错。他的调查进行得有条不紊，在这期间，他没怎么说过话，但快到中午的时候，他向我们公布了初步结论。他问了我一些问题，但并不怎么重视我的证词，特别是关于前一天晚上那个陌生的访客，他认为我肯定是受到了惊吓，导致反应过度。

"'杰里先生是自杀的，毋庸置疑，'他平静而自信地说，'首先，所有的证据都可以证明这一点：他所在的位置、头上的伤口、手上的枪，并且这把枪还是他自己的……'

"'不！这就是一场谋杀！是昨晚那个陌生人干的！'

"我脱口而出。克洛伊和老乔治的脸色很不好看，但警察不以为意，甚至安慰我说可以理解我的感受。之后他非常平静地证明了我的言论有多么荒唐：

"'勒布朗小姐，您要知道，在一场暴力死亡事件中，我们警察总是首先考虑最坏的情况，也就是谋杀。因此我很仔细地调查，每一步都从谋杀的可能性入手。我们来捋一捋整个事件的经过：早上七点半，房子里传来一声巨响。所有人都跑了过来，发现这间老厨房的门从里面用门闩关紧了。你们破门而入，看到了杰里先生的尸体。这一点你们三人都可以作证。接着看看厨房里的家具布置：一口碗橱、一张桌子、一只凳子、一把椅子，没有可以让人藏匿的地方。此外你们三人都很确信，在你们进去的时候，除了受害者就没有别人了。那么凶手是从哪里逃走的呢？除了这扇门，就只有一个出口——落地窗。这是一扇法式拱形落地窗，有两个窗扇，而当时你们看到窗户微开……直到这里，谋杀的假设依然成立……但这之后事情就变得复杂起来了。

　　"'我想你们当时应该看过了外面的情况。方圆十米都是泥泞的地面，而且在昨天晚上就被大雨冲得十分平整，现在已经开始变干了……如此厚的土壤，全是黏性很强的泥巴，经过雨水的浸泡以后，任何一个路过的人都不可能不留下脚印。但是正如我们所见，上面什么也没有！不论是落地窗周围还是其他地方都没有痕迹。也就是说，从昨晚开始到现在都没人去过那里……准确地说是从昨晚十一点开始，因为那个时候雨刚好停了！如果杰里先生真的是被杀害的，那么凶手只可能是某个长了翅膀的东西！'

　　"泥土……长了翅膀的东西……我觉得自己在做梦。我又想起之前看到带翼狮子雕像时，我联想到的那个怪物。

"查尔斯探长最后说的几句话带有一些强调的意味，这时一个警员向他走来，神情严肃，犹豫地说道：

"'恐怕杰里先生不是自杀的……不，我很确信不是……'

"'您说什么，伊凡斯？'查尔斯探长瞪大眼睛惊呼道。

"'这把手枪确实就是凶器，但上面一个指纹也没有啊！有人将手枪草草地塞进他手中，把他伪造成了自杀的样子……'

"从那一刻起，调查局面发生了变化。查尔斯探长失去傲气，开始专心地听取我刚才已经给出的证词。

"'一个泥面人？'他十分诧异，'怎么可能！小说里才有吧？简直胡说八道！'

"'我不清楚是否真的是泥巴，但这是我的第一印象，我大概是受到了和杰里先生最近那次谈话的影响。但不管怎么样，那绝对不是一张人的脸，嗯，绝对不是，我可以发誓！'

"'杰里先生接待了那个人？'

"'是的，但他们最后吵了起来。过了一会儿，我就看到那人离开了，一副鬼鬼祟祟的样子。那时是晚上十一点……'

"'如果那人就是凶手，那么他也是今早行的凶，因为法医确定了作案时间，刚好就是今早你们听到那声巨响的时候，即七点三十分前后。'

"查尔斯探长把手放在了眼睛上，继续说道：

"'两人吵了一架，那人愤怒地离开，一直很窝火，于是过了一段时间回来报复。好，到这里假设都还成立，但接下来我们的推理就进行不下去了。他是怎么实施犯罪的？是怎么经过满是淤泥的地面却不留下一点儿脚印的？'

"'太诡异了，'我说，'因为在此之前，我和杰里先生刚好就在讨论一种生物！一种泥巴做成的生物……还会飞呢！'

"我说的那些话差点让探长昏厥，而之后的谈话也没让他好到哪里去，因为之后他听说了杰里先生从中东回来后就一直诅咒缠身，遭遇了一系列神秘事件……

"他是从克洛伊那里了解到这个情况的，并且他的疑虑不仅没有被打消，反而还加重了。他得知，在每一场事故发生前，都有人寄来一张简短的字条，字迹十分潦草笨拙。第一次是在火灾发生之前，杰里先生收到一张纸条，上面写着：太阳拥有辉煌之力，绝不能与之对抗。在差点被车撞的那一次，他收到写有'天牛[1]'的信件，信上说天牛会撞死大逆不道之人以作惩罚。最后是动物园的眼镜蛇那件事，纸条上写道：'蛇神'将主持正义。这些都是杰里先生翻搅沙漠释放出来的诅咒！随着调查的深入，诅咒带来的恐怖感就变得愈发强烈。但这没有解决任何问题：是谁寄来的这些纸条？又是谁杀了他？是一个人，还是一只来自远古的泥怪？

1　美索不达米亚神话中的神牛。

"除了这些无解的问题，他的研究也同样成了一个谜：在调查大洪水的时候，杰里先生是否有了一些新的发现？答案似乎是肯定的，有很多证据都在指向这个事实，特别是在案发十几天后，警察在离卡多什宅邸不远处的泥塘里挖出一只大皮包，里面装着一套考古挖掘出来的泥板，上面最开始应该写满了神秘的钉状文字……抱歉，我是说……'楔形文字'。唉，可惜长时间泡在水里，上面的字迹早已模糊不清了……"

勒布朗小姐说完后长叹了一口气。大家都陷入沉默，只听到雨点敲打在窗上，就像钢琴家的手敲击着琴键。

"所以，大洪水之谜就这样被波涛席卷而去了。"欧文看着窗外总结道。

"是的……但也不完全如此，因为还有一个人可能知道得更多：他的弟弟威廉。威廉和他一起去的伊拉克，但是很不幸，威廉始终下落不明，警方的搜查也无济于事。那天过后又传来一些新的消息，不是很严重，但对于卡多什家来说无疑是雪上加霜：杰里先生把大量资产投入他的考古研究当中，已经负债累累了。一旦清偿所有债务，他的遗孀就什么也得不到，好在他还买了大额的人寿保险。但是在经历了这场悲剧和各种神秘事件之后，克洛伊悲痛欲绝，已经没有精力再考虑这些事情了。如今三周过去，调查依旧停滞不前……"

勒布朗小姐说到这里，总结似的打了一个喷嚏，然后小心翼翼地从包里掏出一块绣花手帕，强忍着自己激动的情绪补充道：

"你们也觉得吧，事情肯定不简单！"

"是啊，"我添油加醋道，"完全可以这么说！我这辈子从来没有听过比这更吓人的事！杀人的黏土、会飞的怪物、古老的诅咒……这么复杂的案件，恐怕不是喝喝茶几分钟就能解决的！对吧，欧文？"

欧文回到壁炉旁，沉思静观他的缪斯雕像。

"我和查尔斯警官私下有一些交情，"他从容不迫地说，"他推理能力尚可，做事很有毅力，认真负责，我相信他很快就能查个水落石出。"

我朋友的这份镇定让我有些恼火，于是我追问他：

"那您呢，欧文？您怎么想？"

他没有回答，反而和我们的女宾攀谈起来：

"小姐，您的叙述实在是太精彩了，特别是细节部分，您记得很清楚。但我还是想再请教您一两个问题……"

"您请问。"

"您和克洛伊·卡多什在一起生活了整整一年，对吗？你们年龄相仿，因此相处得就像朋友一样。总之，在她丈夫外出的这段时间，如果她的情感方面出现了端倪，您应该是能够察觉的……"

勒布朗小姐苍白的脸泛起了红晕。她说：

"嗯……我不认为她有情人，您是想问这个吗？不过她倒是和一位儿时的朋友恢复了联系，对方是一位有名的职业骑师，住在村子里。他们有时会骑着马去兜风，但除此之外……"

"欧文，您究竟想说什么？"我冷冷地问道。

"老话说，出现灾祸，先找'女人'……"

"好啊，而我认为在这种情况下，应该先找男人！"

"找杰里先生的弟弟？"

"对，他的离奇失踪实际上就是在招供！显然，他参与到了本案当中！"

"最后一点您说对了，阿基利。警方在池塘里找到了皮包，里面的古泥板应该是走私货，兄弟俩大概率是走私的同伙。所以说，伊拉克方面其实怀疑得很对，他们应该就是通过纵火来掩盖偷盗行为的。那么按照您的说法，他就是凶手啦？"

欧文的话里带有一丝嘲讽的意味。我思考了一阵，警惕地答道：

"如果不是他亲自动的手，那么他至少也是帮凶……"

"好，那主谋是谁呢？那位神秘的泥面人，那位使勒布朗小姐担惊受怕的人是谁呢？"

"伯恩斯先生，我每天都在做噩梦，"小姑娘痛苦地说，"梦到他那张吓人的脸，梦到可怕的、有翅膀的狮子……"

"嗯，一头来自远古时代的、长着翅膀的狮子……"欧文脸上露出了高深莫测的笑容。他一边思考一边说道："不错，这确实可以说明很多问题，不仅印证了老伊拉克人降下的诅咒，还能解释为什么泥地上没有脚印……阿基利，您也是这么想的吗？"

"我……我不知道该说些什么，欧文。这一切都超出了我的理解范围……"

"也就是说，您什么也不知道喽？"

"知道什么？"

"当然是神秘访客的身份啦！"

我惊讶不已，结结巴巴地说：

"呃……这……应该是有人用黏土做了一个面具……"

"唉，阿基利，您让我很失望，"我的朋友叹息道，"您本来都快猜中了……我来告诉您吧，这个访客就是杰里先生的弟弟威廉！"

他看向勒布朗小姐，继续说道：

"一张让人联想到黏土怪物的脸吗？小姐，我不怀疑您证词的真实性，但您的联想很容易误导他人。这是情有可原的，小姐，因为您受到了当时的环境和您雇主讲述的神话故事的影响。但我这位朋友就该马上意识到，这张脸是被大火烧坏的，而且还是两兄弟在考古现场引发的那场大火。威廉毁容了，再也无法恢复，终究是自食其果。我没办法准确地解释每一件事，但我猜，那天晚上，他之所以回来找他的哥哥，是要告诉他那些珍贵的泥板刚才通过走私团伙送了过来。之后他们因为某件事吵了起来，我想可能是威廉指责他的哥哥，说为了这些古老的泥板，他们付出了太大的代价：毕竟威廉就是因此而毁容的。我还很确信，威廉愤愤而别后，一怒之下把走私来的文物扔进了旁边的池塘。不要问我他现在在哪，我不知道。就算他已经逃出国了，我也不会感到意外。"

一阵沉默后，勒布朗小姐又打了一个喷嚏，然后点点头说：

"我本该想到的，这是唯一可能的解释了……"

"可是，"我插嘴说道，"又是谁杀害的杰里·卡多什？"

"您真的一点儿想法也没有吗？"欧文挖苦地问，"目前犯罪嫌疑人的名单看起来很短，不是吗？"

"嗯哼……好吧，遵循您的教导，往往应该怀疑那个最不该被怀疑的人。在这起案件中，最不该被怀疑的对象应该就是那位园丁……没错，就是老乔治。他被他的名字出卖了，因为'乔治'的词源是希腊文里的'Georgos'，意思是'在土地上工作的人'。满是黏土的地面和花坛都是他的日常工作地点。他扎根于此，必然对那片土地了如指掌，所以他才有办法经过那里而不留下任何痕迹！"

欧文咯咯地笑起来：

"哈哈哈，我的老天！多么高明而晦涩的理论啊，阿基利！如此轻易就把事情复杂化了，您在这方面真的很有天赋。然而事实无比简单！简单到用一个词就能解释这个谜团……"

"一个词？"我激动地问道，"您说仅仅用一个词就可以解释整起离奇的谋杀案了？"

"完全正确。此外我不得不说，我们这位可爱的客人有好几次向我们指明了正确的方向。"

"我？"勒布朗小姐惊讶地说，"我怎么不知道啊？"

欧文指着壁炉上的雕像说：

"是的，小姐，是您开导了我。在这方面，您可以和我的缪斯们媲美。请您允许我这么说：你们拥有同样的优雅。秉承着这份优雅，您刚才谨慎地从您的手袋里取出一张手帕……您可以再做一遍这个动作吗？这样也许就能擦亮我这位朋友的眼睛，打开他的思路……"

小姑娘仍然一脸不解的样子，但还是照做了。欧文指着她手上的这块白布说道：

"那个词就是'手帕'，一张普通得不能再普通的手帕，和克洛伊擦眼泪用的手帕没什么两样。当时她有一小段时间独自一人守在她丈夫的尸体旁，而您，勒布朗小姐，您出去拿白兰地了……"

"您说这些话，"我反问道，"难道是想让我们相信，是克洛伊杀害了她的丈夫吗？她用这么一小块布就施展了一个狠毒的计谋？"

"克洛伊·卡多什谁也没有杀害，阿基利。虽然她确实有这个打算，但有人先她一步……"

他看向勒布朗小姐，继续说道：

"我完全有理由相信，她和她儿时伙伴——那个骑师——的关系不仅仅停留在朋友层面。她是为了和骑师拥有一段完美的爱情，才决定要谋害她丈夫的吗？或者是为了在挥霍完所有家产以后，能够得到大笔保险金？也许两者都有。可是当她听说一个伊拉克老人诅咒了她的丈夫后，她终止了她的计划，并决定要充分利用这一点。于是她寄出了这些古怪的简讯，引发了三起对她而言比较容易实施的事故，在此期间，她一直跟在她丈夫身后。还有什么比从背后推一把、打开兽笼和点燃火柴更简单的事呢？这三条简讯、三起事故，甚至那件她计划好却永远也无法实施的'第四起'事故——谋杀，都可以归咎于诅咒。可是，真是太过分啦！命运给她开了一个大大的玩笑……"

"您说有人先她一步？那个人是谁？"

"就是她的丈夫自己啊！事实正如一开始所说的那样，杰里·卡多什是自杀身亡的。他这么做有充分的理由：他受到各种威胁和事故的折磨，尤其是受到良心的谴责。那天晚上，在和他弟弟争吵过后，他开始反复思考他们纵火引发的灾难性后果：两个无辜的人被活活烧死；他的弟弟毁容了，并且可能永远也不会原谅自己。

"在发现丈夫的尸体后，克洛伊意识到这是丈夫在惩罚她：丈夫的自杀破坏了她的计划，她再也无法把她的罪行伪造成事故，从而杀害她的丈夫了。因为众所周知，被保人如果自杀身亡，保险公司可以免除责任，而她就得不到这笔人寿保险金。我想当时她取出手帕挤出了几滴眼泪，应该也只是在挥泪告别这笔可观的财富。可是随后她灵机一动：她拿着手帕站起身来，擦了擦死者的手枪，再轻轻塞回他手里。如此便可以证明她的丈夫并没有使用过这把武器，而是一个陌生人从半开的落地窗进来将他杀害的。骗局就这样被设下了，但她没有考虑到外面的花坛无人涉足，因此没有脚印，这就使整起案件呈现出另一种色彩了……"

稍作停顿后，欧文装出一副淡然的样子对我说道：

"您瞧，阿基利，一小块布也能创造奇迹！我总是说要把事情想简单点，因为这，才是智慧啊！"

偷星星的人

　　我总说我的朋友欧文·伯恩斯有许多过人的才华，比如他是一位艺术评论家、一名杰出的侦探等，在这里我不一一赘述，可是他的缺点同样引人注目。以前，要是有人肯用天平去称一称他优点和缺点的重量，我们不难发现两边达到了平衡。但如今，这架天平显然向坏的方向倾斜了。一句话：欧文年纪越大就越让人难以忍受。"二战"结束已经有两三年了，我们也成了七十多岁的老头子。由于年事已高，我们再也无法忍受伦敦那污浊的空气，所以决定搬到法国东南部的德龙省，去尼永斯附近享受更为沁人的空气。这个地方到处散发着普罗旺斯特有的芳香，风景优美，景观各异。峻岭沐浴阳光，山谷幽暗沉静，泉水清澈动人。欧文天生热爱优美的自然景色，当然不会放过这次机会。在前往橄榄之都[1]的路上，他老是让客车司

1　指尼永斯。

机停下来，好欣赏沿途的美景，这让和我们同车的乘客十分恼火。另外，在昨天晚上，我们应一位当地乡绅的邀请，去他的别墅参加晚宴。欧文在和宴会的女主人——一位非常美丽的女士——说话时，突然晕倒在地。他像块木头似的，直直地躺在地上，毫无生机，把所有人都吓坏了。过了一会儿，他恢复了神智。看到女主人关切地望着他，他含混不清地说道："您真的太美了，夫人，我的眼睛和我的灵魂都抵挡不了这股美的冲击……"两位主人都愣了愣，然后一笑置之，但我不确定男主人是否真的不在乎这个大胆的玩笑。

今天晚上，我们在镇中心的一家酒馆里喝了一瓶"克莱雷特起泡酒"。我们有些疲惫，因为在此之前，我们去城东爬了会儿山。今天的天气很好，阳光明媚，欧文·伯恩斯在小山丘上休息了很久，只为把景色尽收眼底，直到现在他都还在回味：

"啊，亲爱的阿基利，多么美好的一天啊！还有比明亮的天空更纯粹的美吗？"

"呃……昨晚的女主人？"我试探性地问道。

"庸俗的回答，阿基利。但从您的嘴里说出来，我并不感到惊讶。我说的是一种至高无上的美，是围绕在我们身边的美，是充斥着我们星球的那一抹神秘的蔚蓝色……"

我用他这几天经常挂在嘴边的话，说教般地回应道：

"'只要太阳照常升起……'"

"太对啦，我的朋友。"他深情地看着手中的酒杯，赞同道，"对我而言，最糟糕的事莫过于天空的蜡烛突然全部熄灭……"

一个声音从我们背后传来：

"先生们，你们根本就不知道自己在说什么。几年前，我目睹了你们刚才提到的现象……"

欧文·伯恩斯迟疑了一下，转过身去。那是一个二三十岁的年轻人，长相很讨喜，一双蓝色的眼睛深邃而明亮，褐色的头发略显杂乱。他穿着休闲装，肤色健康红润。看样子他从事的是某种户外工作，也许是农民，但也有可能是牧羊人。他用法语和我们说话。他知道我们听得懂，因为在此之前我们就是用法语和服务员交流的。

"什么意思？"欧文皱起眉头问道。

"意思是天空一下子变得暗淡无光，确切地说，是一片黑暗。月亮、星星一瞬间全都消失不见，就像是被一块无边无际的黑布给蒙住了，要么就是有个巨大的东西罩在了我们头上。可是没过多久，星星、月亮就和之前突然消失一样，突然出现了！"

欧文愉快地点点头，随后若有所思地盯着他指尖轻轻捏起的酒杯，仿佛那杯中之物改变了他的听觉似的。他说：

"年轻人，我对神秘的失踪事件还是有一定的了解的；但您说的这种事，我闻所未闻。要是我没理解错的话，您是想说，这穹隆般的天空突然之间消失不见了？"

"对对，就是这样。而且就在这么短的时间内，发生了一起同样神秘的凶杀案……"

欧文兴致盎然，邀请他和我们坐在一起。年轻人名叫亨利·法维耶，和我猜的一样，是一个牧羊人。他开始讲述他的故事：

"当时我十五岁，住在拉夏尔斯村。那里是我的家乡，距这里往东大约有六十公里远，村里有百来个人。那里不大开化，山也很多……不过在进入正题之前，我要先和你们说说事情发生几周前的一些怪事：一个农民凌晨时在田里发现他的几头奶牛神秘地死亡了，尸体血肉模糊。他难过极了。是狼群干的吗？或者说是私人恩怨？然而，任何笛卡尔式的推论都无法解释这件怪事。此后不久，一个男孩声称在傍晚的时候看到了一个不明飞行物，形状像茶碟。随后几天，一个老人也说看到了类似的情况。"

"哟，怎么，火星人来袭啦！"欧文叫道，沉重的眼皮底下透露出一丝嘲讽。

"你们尽管笑吧，先生们，因为当时我也对这种事情嗤之以鼻，甚至认为这是一种集体性幻觉，和那次奶牛遇袭的神秘事件有一定的关联……直到我目睹了这件不可思议的事，而且我身边还有两个朋友……"

他的目光变得悠远而模糊。他继续讲述他的故事：

那时我很听话，和大我一岁的盖斯帕比起来，我很懂礼貌，做事也很谨慎。盖斯帕比我老成、自信，也比我好动，是我们村里的"小魔头"。他干过的坏事不计其数，经常偷东西、破坏公物，小到打翻花盆，大到在建筑物上随意涂鸦等，埃罗先生对此十分头疼。埃罗先生是我们的村主任，对村子尽心尽责。此外，盖斯帕还是一个不知悔改的浪荡子，在他身上发生过好几件事，其中有一件特别严重。一天，人们在村子北边的圣罗芒山悬崖下发现了小克拉丽斯的尸体，她应该是从山上的陡坡掉下去摔死的。是意外事故还是自杀？大家都猜不出来，但大家知道盖斯帕一直在和她交往。可是不久前，盖斯帕喜欢上了村里的另一个女孩，就把她给甩了。尽管如此，盖斯帕在孩子们当中仍然很有人气，我们这些小孩既害怕他，又仰慕他。

村里还有一个名叫皮埃尔的男孩，十五岁，和我一样大。他做事认真，学习用功，和盖斯帕完全是两类人。他对所有事情都很感兴趣，尤其是天文学。那时他得到了一块大小适中的透镜，花了好几个星期的时间去做一副望远镜。有一天，他骄傲地告诉我们望远镜做好了，并且提出要示范给我们看。那是八月底发生的事情，那几天的天气都很不错。但在告诉你们接下来的故事之前，有必要先和你们描述一下我居住的那个地方：拉夏尔斯村有点奇特，坐落在一片岩石高地上，一条河把村子分成南北两部分。村子东部有一座倒塌的城堡，曾经住着一个名叫菲莉的人。她是多菲内地区的历史人物，以勇气闻名，在拉夏尔斯村无人不知。在城堡后面，依然属于村子东部的岩石山丘下，有一条长长的路通往山脚。沿着此路走一百米左右，它就开始分岔了：一边是向下行的主路，经过一片墓地；另一边是铺满石子的小路，向左通到山上。虽然岔路口的视野稍微被树木和灌木丛遮挡住了，但由于没有村庄灯火的干扰，所以作为皮埃尔的观察点还算理想。那天下午，我、盖斯帕、皮埃尔三人早早就出发去安装设备了。我们向一个村民借了辆铁皮推车，把设备装在车上。望远镜相当沉，本身就很大，还有个十分笨重的底座。对了，通向山上的那条小路口还正对着一个金属棚架，是夏天村里庆祝某个节日用的。村里没有多余的地方安置这个铁架子，所以人们暂时把它放在岔路口附近，避免被游客们看到——我们的村主任一直很注重城堡的雅观。我们把望远镜架在了那条上山的小路上，这样就不会挡道，而且高点儿的地方更有利于观察。皮埃尔向我们解释说，只需要像这样增加一两米的高度，我们观察到的月亮就会更清楚一些。他推测当晚的月亮应该离地平线很近。

为了达到最好的观测效果，我们约好等午夜天完全黑下来的时候碰头。那一夜真是令人难忘。那时快到满月时分，银色的月轮挂在树梢，星星像宝石一样在天空中闪耀。即使像盖斯帕这样不懂浪漫的人，此刻也被眼前的美景打动了。他十分霸道地占据了望远镜。在皮埃尔的调试下，望远镜直对着月亮，因此我们可以清楚地看到它的全貌。按照皮埃尔的计划，在此之后，我们还会继续观察一些没那么引人注目的天体、星团和星系。

"太神奇了！"盖斯帕惊叹道，"各种细节都看得一清二楚，陨石坑、环形山……"

皮埃尔一一告诉他那些区域叫什么名字，一副很博学的样子。盖斯帕又看了几分钟才同意把望远镜让给我。一边我描述我看到的景象，一边皮埃尔再次介绍这些地方。每当我遗漏了什么细节，他都敦促我集中注意力，不要错过了重要的部分。眼前的一切实在是太奇妙了……我之前从来没有这样清楚、直接地看过月亮。皮埃尔告诉我，他也想看看望远镜。我把位子让给了他，就在这时，不可思议的事情发生了……

一声尖叫打破了宁静。是盖斯帕。他站在离我们稍远的地方喊道：

"该死！发生什么事了？我怎么什么也看不见了？星星消失了！……不，这不可能……我一定是在做梦！喂，你们……你们能看到吗？"

"不能……"皮埃尔站在我旁边，扶着我的肩膀，支支吾吾地说，"什么也看不到了……你呢，亨利？"

我吓坏了，眼睛直勾勾地盯着天空。天上一颗星星也没有。我小声地说：

"什么也看不到。见鬼……"

我话还没说完，盖斯帕又喊了起来，声音比刚才还要刺耳：

"喂！这是什么！让我……我……"

他突然闭嘴了，过了一会儿，我听到他跑了起来，边跑边喊：

"滚开……你们是谁？……救命……不……我……快帮帮我……"

随即又是一阵脚步声和呼救声，还有什么东西掉落时发出的沉闷的轰鸣声。盖斯帕痛苦地叫喊着，同时我还听到一些难以描述的声音，像是有人摔倒了。不久，所有的声音都消失了。我们在一片黑暗中拼命地呼喊着我们朋友的名字，可是没有任何回应。这时，一束刺眼的白光划破了黑暗：皮埃尔打开了他的强光手电筒。我们赶紧朝盖斯帕逃跑的方向——那片墓地走去。我们的铁皮推车停放在我们右手边，在那里，我们还发现了一堆碎石。我发誓，那天下午我们去的时候是没有这堆东西的。这堆石头堵住了道路的左半边，看样子有什么东西把岩壁弄垮了。我们打着手电筒，焦躁不安地四处搜寻。道路的右侧是一片荆棘和一些岩石块，地面相当陡峭。也就是在那里，我们发现了我们的朋友。他状态很差，但不幸中的万幸是，他的身体被一块大石头挡住了。我们听到他在呻吟，这让我们放心了不少。他的鼻子在流血，身上有很多擦伤。正当我把手电筒的灯光打向他，好让他放心时，皮埃尔提醒我说，星星和月亮又出现了。我抬起头，松了一口气。他说得不错。可是那时我太着急了，因此并没有体会到这幅奇观的分量。盖斯帕嘴里还在嘟哝着什么，我不是很确定，大概说的是"我被打了……他们拖着我……还推我……我什么也看不见……我……我……"之类的话，然后他就失去了知觉。我们决定立马去求援。按理说，我俩应该留一个人待在伤者身边，可是我和皮埃尔谁也不想留下，因为我们都被未知的恐惧给吓坏了。我们一起跑回村里去了。

二十分钟后，我们在村主任埃罗先生、退伍军人帕斯普瓦勒先生、小学教师雅克·朗贝尔和农民查尔斯的陪同下回到了那里。

帕斯普瓦勒是个壮汉，相当结实，一张严肃的脸在灯光的照射下显得很扭曲。他一边听我们说，一边检查着盖斯帕的伤势。伤者所在的地方十分陡峭，荆棘丛生，因此很难靠近。

"这叫什么事啊！如果是盖斯帕告诉我的，我一个字也不会信！可是你们两个，你们都是懂事的孩子啊！好吧，要想把他弄出来可不容易，而且不能让他受更多的伤了……雅克，你能去弄辆车吗？查尔斯，快去联系急诊室。"

"他的脉搏很稳定，"埃罗村主任俯在伤者前说道，"盖斯帕，你能听到我们说话吗？"

我们的朋友挣扎着从嘴里蹦出几个字，提到了漆黑一片的天空，然后又陷入了昏迷。退役军人和村主任两人费了很大的劲才把伤者移到路边，这时，他们注意到了对面的碎石堆。

"怎么乱七八糟的！"帕斯普瓦勒一边检查一边嘟哝道。

"我们告诉你们了呀！"我怯生生地说道，"我们甚至还听到……"

"闭嘴！我们让你说话的时候你才能说话！给我去望远镜那边待着……"

我听话地转身离开，这时，在离我不是很远的地方又传来一声巨响，像是某个金属物件掉落。大家立马提高警惕，议论纷纷，想知道发生什么事了。过了几分钟，皮埃尔才发现停在路边的推车不见了。我们在山坡发现了它，和盖斯帕一样，它被灌木丛和岩石卡在半山腰。帕斯普瓦勒骂骂咧咧地发了好一阵牢骚，最终认定，整件事不过是一件无关紧要的小事。没过多久，我们听到一辆汽车开了过来——是雅克，他把车停在了伤者身边。盖斯帕被抬到后排，送往急诊室。可是……唉！我们还是慢了一步，他死在了半路上……

可以想象，接下来迎接我和皮埃尔的，是一次又一次的审问，而且我们是分开受审的，所以我记得特别清楚。帕斯普瓦勒认为我们在撒谎，认为是我们的想象力在作祟，可是我俩的证词又完全一致。他不知所措，感到很恼火。大人们对我们的证言并不满意，我知道他们在想什么，毕竟从某种意义上来说，这件新发生的事算得上是之前一系列怪事的延续，比如奶牛的死亡事件等。当局希望不惜一切代价平息当地民众的恐慌情绪，尤其是人们私下里有一套说法，充满戏剧性，却又很真实：有一只巨大的黑色飞碟悄悄靠近我们，想把盖斯帕掳走，盖斯帕不停地反抗。医生对受害者的尸体进行了检查，但结果对案件并没有太大的帮助。他的身上除了有很多擦伤和瘀青，还有一些更为严重的殴打痕迹。尽管知道他摔在了岩石山的山坡上，但很难确定他究竟是直接滚下去的，还是被某种神秘力量抓在半空中扔下去的。他的直接死因是被一块石头狠狠地砸中了头。由此人们开始怀疑，这是一起刑事案件。显然大家更愿意这么想，不然就得去解释那些离奇的事情。有人利用短暂的黑暗袭击了盖斯帕，可是这个人是谁？此外，又该怎么解释坍塌在路边的岩石堆呢？仅仅只是巧合吗？这让人难以想象……我猜，帕斯普瓦勒曾一度怀疑我和皮埃尔，认为我俩是这场闹剧的始作俑者，目的就是要收拾盖斯帕。至于为什么想收拾他，我也不知道。但他又想，我和皮埃尔太聪明了，即使想要打消别人的猜忌，我们也不会释放如此拙劣的烟幕，编造一个如此离奇的故事混淆视听。这些都是几年后他才告诉我的。我们那些奇怪的证词要么早就被人忘了，要么被看成是受到了当时环境的刺激出现的青春期神经症。最终的结论是，这是一起暴力致死事件，凶手是一个或多个身份不明人员。问题是——你们应该也听出来了——身份不明的人可以是村里的任何人，甚至可能是邻村的人。毕竟很多人都讨厌盖斯帕……好了，先生们，故事到这里就结束了，你们也了解到了这件怪事的全貌。许多个夜晚，它都萦绕在我的梦里。你们得相信我啊……

沉默。除此之外，只有邻桌传来的谈话声。欧文·伯恩斯沉思着，一根手指放在嘴唇上，像一尊雕像，没有多余的动作。

"震撼，"我打破了沉默，"太震撼了。如果撇开可怕的那一面不谈，您讲述的事件就是一个奇迹啊。这个问题可不好解决……"

"我并不指望哪天会有人来解决它。"年轻的牧羊人低着头回答道。

"哦，这么看来，您还不知道我是谁？"欧文惊讶地叫道。

"不，先生。为什么？我应该知道吗？我只是听到你们说'黑暗突然降临'，有了一些想法，所以才大着胆子介入你们的谈话当中……"

伯恩斯和气地哈哈大笑，然后对我说道：

"阿基利，您愿意为这位年轻人解释一下吗？"

读者们都知道，谦逊绝不是我这位朋友的第一美德。我清清嗓子，开始介绍。我强调说，我的朋友欧文·伯恩斯是一名卓越的侦探，因解决了许多疑难案件而闻名，甚至苏格兰场最优秀的警探在遇到难题时，都会找他帮忙。

"既然这样，"亨利结结巴巴地说，"您……呃，这真是出人意料，简直就是天意……您能够……或许……"

"解开您的谜团？"欧文露出了神秘的微笑，"不得不承认，您的叙述很有意思，配得上我这样的专家。而且我感觉，这个美妙的地方我们来对了，您的故事本身就是很好的证明。星星突然不再闪耀啦！光凭这一点就很值……但是，您看，事情往往是自相矛盾的。凭我五十年的经验告诉您，一个谜团看起来越是复杂，解决的方法就越是简单，简单到令人发指，简单到小小一个词就能概括。至于您的案件，我想应该也不例外……"

牧羊人惊讶极了，蓝色的眼睛瞪得滚圆，结结巴巴地喊道：

"什么？您……您是说，您全都弄明白了……您识破了这个谜团？"

欧文露出了暧昧的笑容，回答道：

"也许吧……但在作出最后的判决之前，我想先弄清楚几件事。"

"我想想……如果你们想去现场的话，完全没问题。我可以明早开车送你们过去……当然如果你们有空的话。"

"我们有空，对吧，阿基利？听了您的表述，我感觉这个神秘莫测、风景如画的拉夏尔斯村就非去不可了。哦，我太高兴了！现在，让我的朋友阿基利·斯托克来说两句吧。他已经等不及要问您一些细节问题了，对吧？他经常协助我调查。我相信他一定可以问出很好的问题。"

我和年轻人一样惊讶不已，但不想在他面前丢脸，于是嘟囔道：

"是的。好……那么……好，我们从最重要的部分开始吧，也就是突然降临在你们头上的那片彻底的黑暗。根据您的描述，似乎是有一个巨大的物体突然出现在你们头顶，遮盖住了天空。这就是您当时的感觉吗？"

"很难说清楚……我只知道当时我们什么也看不见。您这么问，是在考虑……外星人吗？"

"我只是想听一些看法。您的朋友皮埃尔呢？他是怎么想的？"

"呃……和我一样。当然，我们事后讨论过这件事，但很快我们就被漫天的调查和舆论环境压得喘不过气来……没有一个人相信我们的话，都说我们是在做梦。所以如果要准确形容我们的感受……"

"您还记得现象发生时，你们各自站在什么位置吗？"

"记得……那个时候盖斯帕叫了一声，应该是在道路往东的地方，离我们十多米远。当然这只是我的推测，毕竟我们什么也看不见。我那时刚从望远镜后面让开，皮埃尔就站在我身边。"

"金属棚架在什么位置？"

"在我们对面，五六米远。"

"棚架有多高？"

"三四米吧，我也不清楚……这很重要吗？"

"是的，因为附近只有这个架子可以用来施展所谓的'奇迹'。当你们用望远镜观察天空的时候，只需要一套精巧的绳索系统，就能够在你们头顶撑起一层篷布。另外，根据你们的描述，布的高度应该接近地平线。"

"哈哈哈，太精彩了，阿基利！"欧文·伯恩斯放声大笑，"我时常问自己，您的想象力不会真的无边无际吧？"

"其实警察也考虑过类似的情况，"亨利说，"但很快就被否决了……棚子的对面没有可以用来挂篷布的地方。而且，站在我们的角度，肯定能看到这个伎俩，因为只有相当大的篷布才能把盖斯帕那边的天空也给遮住。"

欧文的讥笑声让我很恼火。我干脆地说："我们会去现场看的。不管怎样，我可以确定，那阵突如其来的黑暗一定是凶手有意而为，这样他就能肆无忌惮地犯罪了。黑暗降临时，盖斯帕大喊大叫，手舞足蹈，发出各种声音……正因为这样，凶手才会迅速找到他的位置，轻而易举地袭击了他。至于山体塌方，显然是人为的，并不复杂：在山坡顶堆放一些石头，并用一块基石挡住，再从路上拉一条细绳，系在基石上。凶手只需要吓唬一下盖斯帕，让他朝计划中的方向跑去就行了。所以凶手制造了塌方，盖斯帕被吓了一跳，冲向路旁，从陡坡一侧摔了下去。也许凶手最初并不想要他的命，只是想捉弄他，谁知最后却弄巧成拙……"

"嗯，警察也这么想过，可是没有找到切实的证据……比如您提到的那根细绳。但是他们也觉得，岩石的坍塌肯定是人为的……"

"总而言之呢，"我自信地说，"问题的关键就是凶手的身份。假面的背后究竟是谁？谁又会在那个时候出现在犯罪现场？可惜啊，当时已经很晚了，所以答案可以是任何人……"

亨利赞同地说："是啊，可以是除我和皮埃尔以外的任何人。毕竟我俩从一开始，到发现我们朋友的尸体，一直都待在一起。"接着他噘了噘嘴，继续说道，"总之，要先假设我们都没说谎，假设我们都不是这场闹剧的帮凶……"

"不错，如果假设不成立，那确实可以解释一切，"欧文一脸愉快地插嘴说道，"但我不这么想，否则您一开始就不会来告诉我们这件事了。而且，正如帕斯普瓦勒说的那样，你们的故事太离奇了，别指望有人相信！"

"那么还能是谁呢？"我问道，"再多说一些主要嫌疑人的情况吧，也就是那些和您的小伙伴有深仇大恨的人。"

亨利想了想，回答道：

"是挺奇怪，您说的这种人恰好都出现在了案发现场……呃，我是指那些听到消息后立马就赶过去的人，那些被我们从睡梦中叫醒的人……"

"那么从实际情况看，犯人极有可能就是这些人当中的一个。"我作出一本正经的模样，肯定地说，"他偷偷摸摸地溜回去，然后假装睡着……这没什么难的，你们没有异议吧？犯人想必对当地了如指掌。如果我没记错的话，当时的人有村主任埃罗先生、退伍军人帕斯普瓦勒、小学老师雅克·朗贝尔，以及农民查尔斯……"

"对，"亨利说，"先说村主任吧。村主任和盖斯帕之间就像是在打持久战。埃罗村主任竭尽全力建设村庄，盖斯帕则不停地妨碍他。一边是建设者，一边是破坏狂。我记得有一次，盖斯帕把给村子供水的两条河改道了，结果整个村子三天都没水喝……盖斯帕偷了很多东西，我记得其中有一些是收藏在教堂里的珍贵的圣像。雅克是小学老师，同时也负责村里的主日弥撒，圣像的失窃让他大为光火。人们很快就开始怀疑盖斯帕。帕斯普瓦勒进行了深入的调查，结果无功而返，但他仍然相信就是盖斯帕干的。他在等一个让盖斯帕认罪的机会。至于查尔斯先生，他正是小克拉丽斯的父亲。还记得吗？那个坠崖而死的女孩。查尔斯深信，他的女儿是被盖斯帕甩了以后伤心欲绝才自杀身亡的。他很难公开指责盖斯帕，但在村里，每当他从盖斯帕身旁走过时，他的眼里都饱含着对他的仇恨。"

"好极了，所以案件并不缺乏动机，我们也许就没必要从这里入手了。您怎么想，我的朋友？"我一边说，一边转向欧文。

"我怎么想？"他快活地叫道，"当然是去现场啦！我已经等不及去那个小村庄看看啦！"

第二天一大早，我们坐上了一辆很简陋的面包车。我们三个人挤在一排，亨利向我们道歉说没能为我们找到别的车。可是伯恩斯心情很好，宣称自己就像是一个坐在豪华马车里的王子。从昨晚开始，伯恩斯就不再对这起案子发表任何看法了，而且每当我想问一些和案子有关的问题时，他都避而不谈。他那份自信的微笑让我相信，他差不多已经把谜题解开了。很久以前我就知道，再怎么穷追不舍地问他，他都不会给出任何答复。哪怕我快被气死、被好奇心给折磨死，他也只在他认为合适的时候揭晓答案。

离开尼永斯后不久，我们在城东看到了著名的橄榄园，城市的盛名便是由此而来。橄榄叶闪烁着银色的光芒，那精致的美让欧文赞不绝口。道路沿着一道深邃的峡谷向前伸展，晨光洒在一条蜿蜒流淌的小河上。河面波光粼粼，碧绿的水纹映衬着红褐色的峭壁。这里到处都是岩石山脉。参差不齐的山峰在阳光的照射下呈古铜色，让人联想到美国西部的峡谷。面对这个绝景，欧文诗兴大发，毫无顾忌地宣泄着他的情感。他表现得未免太夸张了，但必须承认，我自己也被这壮丽的景色所吸引。我们经过了许多村庄，一个比一个迷人，各有各的特色，但又有许多相似点：用浅黄的大块碎石砌成的墙壁、罗马式的瓦片、淡紫色的门窗……一个多小时以后，我们到达了拉夏尔斯村。这里的特色更加鲜明：整个村子就像是一座堡垒，坐落在一座岩石山上，四周是盘陀的山脉。太阳耀武扬威地挂在澄澈的天空，阳光使村子的色彩更加鲜明。我们把车停在路边，走过一座木桥。桥下溪水潺潺。穿过一道别致的门廊后，路变得越来越陡。亨利笑着告诉我们，村民们的腿脚都很利索。这座小"堡垒"的主人仿佛不是人，而是猫——许多猫在阳光下嬉戏。欧文的心情更愉快了，他说："有幸福的猫，就有幸福的家。"我们沿着逼仄的乡村小路，走到一座喷泉广场，一只褐色的猫静静地舔着清凉的泉水。欧文出神地看着，问这水能不能喝。

"当然可以啦！"亨利答道，"这些水的源头就是我之前提到过的河流，永远也不会干涸……"

"除了被盖斯帕恶作剧的那三天。"欧文戏谑道。

又走了一会儿，我们来到了著名的菲莉曾经居住过的城堡。

欧文手搭凉棚，站在没有屋顶的宏伟的城堡遗址前评论道：

"好一个女中豪杰！她理应受人尊敬。阿基利，您怎么想？"

"和您一样，伯恩斯，"我烦躁地回应道，"不过我想问问，我们是来旅游的还是来调查的？"

"阿基利，您应该知道，我来这儿的唯一目的就是寻找美，寻找各种各样的美，不论是风景之美，还是神秘之美。并且，如果您真的想解决手头的案子，就必须从这个角度入手，否则您的双眼就会被蒙蔽，什么也无法理解。"

为了避免离题的对话一直进行下去，我不再理他。城堡北侧横着一条石子路，通向案发地点。几分钟后，我们到达了那里，一切都和亨利描述的一样。

我们站在岔路口，亨利指了指左侧（北方）一条通向山上的小路，说望远镜就放在那里，放在比我们现在的位置稍微高一些的地方。在我们的右手边（南方）曾经放着那个棚架，与望远镜遥遥相对。亨利指着我们前面（东方）说，他们发现星星消失的时候，盖斯帕应该就站在前面的主路上，距这里大概十米远，边上是一片墓地。总的来看，这三个地点连起来，形成了一个边长为六至十米的三角形，但具体数值还得根据实际情况而定。周围的植物全都是矮树和灌木，高度不超过三米。欧文踏上小路，站在曾经放着望远镜的地方，仔细观察着四周，就好像仪器已经在他面前安装好了一般。接着，他满脸堆笑地看着我，问道：

"如何，阿基利，您现在是怎么想的？凶手偷偷拉起了一块巨大的篷布？您觉得这个说法还站得住脚吗？反正我嘛，并没有找到什么可以把篷布连在棚架上的高处。您呢？"

在明摆着的事实面前，我只能愤愤地嘟囔一声"没有"。

"除非在几年的时间里，这里发生了一些变化？"他向亨利追问道。

"没有，"亨利干脆地说，"当时的灌木比现在还要稀疏。"

"我明白了。"欧文一边说着，一边从香烟盒里掏出一支烟，"关于篷布的猜想很有创意，但并不正确。"

我立即反问道："好啊，这么说，您已经知道正确答案了？"

他不慌不忙地点燃香烟，回答道：

"是的，这也是我刚刚才确认的。现在的一切对我而言都清晰明了，当然，除了作案动机。"

亨利看着他，双眼睁得滚圆。欧文继续说道：

"在此之前，我想先看一看推车滚落的地方，以及塌方的位置。"

年轻的牧羊人困惑不已，但还是点点头，指了指比棚架还要往前一点儿的地方，同样是路的南侧，碎石和推车就在一个有很多石子的陡坡边上。我们沿着道路走了大概二十米，来到了碎石神秘落下的地方。那个地方在我们左手边，也就是北侧；正对着的南侧是一个陡坡，亨利指了指陡坡下面，那里就是他们发现受害者的地方。

"好极了，"欧文大致看了看说，"现在就只剩下一个动机问题了……"

"啊……您知道谁是凶手了吗？"亨利瞪大双眼，惊讶地叫道。

"当然啦。凶手往往是那些最不该被怀疑的人……是吧，阿基利？"

我忧虑地瞥了亨利一眼。

"嘿，朋友，不是他。"欧文打消了我的疑虑，"我已经告诉过您原因了。而且按照他的说法，凶手只有一个人；但很显然，仅凭一个人是无法完成这场犯罪的。另外，我觉得促使这个人实施犯罪的唯一且重要的动机，是和小克拉丽斯的悲惨遭遇密切相关的。也许，您的某个小伙伴暗恋着克拉丽斯，嫉妒并且仇恨着逼得她自杀的罪魁祸首，也就是盖斯帕？"

"您……您该不会认为是皮埃尔吧？"牧羊人结结巴巴地说。

"对，凶手只会是他。"

"我想想……嗯，确实。那时他爱上了克拉丽斯，但他太害羞了，不敢追求她。可是克拉丽斯死后，他也没有和我说过什么特别的话……"

"这是肯定的。他感到嫉妒，感到愤怒。他理应如此。他之所以什么也没和您说，是因为他不能向您透露他那可怕的想法：他要复仇，他要精心设计一个邪恶的计划。实话告诉您吧，我一开始就怀疑他了，因为作为一名天文学家，他犯了一个很大的错。这一点稍后再说，先来看看他的整个计划吧。这个计划是和他的同伙盖斯帕一起制订的，当然盖斯帕并不知道它的真实目的。表面上看，计划的目的是要捉弄您，让您上当，让您以为有火星人驾着飞碟来侵略地球了。我无法确认这个恶作剧是只针对您一个人，还是针对整个村子……我是指从盖斯帕的角度来说。但这些并不重要。这样一来，事情的真相很容易还原：在某个合适的时间，盖斯帕突然大喊大叫着跑

136

起来，装出一副被外星人袭击的样子。落石想必也是由他引发的，给人一种他受到了石头的惊吓才摔在对面斜坡上的错觉。我们都知道，盖斯帕身强体壮，不乏勇气，因此他故意钻进灌木丛把自己擦伤，把鼻子、耳朵弄出血，然后躺在岩石上。他假装受了伤，痛苦地呻吟，说着胡话，再假装晕倒。直到这里，盖斯帕都还按照皮埃尔的计划执行。然而，奇怪的事情发生了。黑暗之中突然传来一阵金属坠落的神秘声响，后来我们都知道是推车失衡滚了下去。这一声巨响把分散的人们聚在了推车坠落的地方。显然这是皮埃尔耍的小花招，其目的是转移人们的注意力，然后他利用这个空当，用一块大石头了结了盖斯帕的性命。我想，他弄翻推车的方法应该和皮埃尔引发落石的方法一样，一根细绳就可以搞定。另外，推车离望远镜格外地远，却突然滚落。要说没人干预，显然不太可能。所以当救援人员把盖斯帕抬上车的时候，他已经是一具尸体了，但由于他多次晕厥，所以救援人员并不是每次都去确认他是否还活着。这就是故事的全部……怎么样，亨利？您记忆中有没有哪个细节可以推翻这套假说？"

"没有，"牧羊人痛苦地回应道，"我从来没有想过皮埃尔会是……"

"不对！"我打断了他的话，"这不是故事的全部！核心问题还没解决呢！"

"消失的星星吗？"欧文嘲讽地问道，"好吧，您想想看，既然一切都是另外两个小伙伴演的戏，那么认为是'奇迹'的人就只有一个了……"

"可是，我真的见证了……"亨利说。

"不，准确地说，您什么也没看见。更准确地说，您其实只是失明了……月亮的亮度会被高质量望远镜的镜面进一步加强。视网膜如果对上如此强的光线，只需要五分钟，您就会完全失明。在天象观测过程中，任何一个认真负责的天文学家都不会犯先观察月亮再观察其他星体的错。正如我刚才所说，就是这条线索把皮埃尔出卖了。作为一个能够准确找到月亮最佳观测点的专家，他肯定知道这条原则。一般在这种情况下，至少要花半小时，视力才能恢复正常。如此看来，皮埃尔其实做得很好：他运用他那渊博的月球知识，鼓励您更加专注地观察月亮。之后，您抬起头，发现一颗星星也看不见，甚至其他东西也看不见了。对了，有一点我没有说：由于望远镜放在稍高一些的小路上，所以当你们回到主路时，月亮大部分被树叶遮挡住了。之后，皮埃尔打开他的强光手电筒。我猜他一定是想尽可能让您保持失明的状态，再加上盖斯帕上演了一出袭击事件，您的注意力肯定早就不在天上了。"

亨利痛苦地抱着头，瘫在地上。我用一种轻松愉快的语气说道：

"不错，欧文，您又一次大放异彩。但是，承认吧！您的解释并不能用'小小一个词'概括。"

"错啦，我的朋友。'眩目''失明'，或者'瞎了'，这几个词随您选。一开始我就说了，您并不理解美。面对美，您就像是瞎了一样。我曾试着为您指明方向，可惜失败了。您看，要想揭露一个偷星星的人的罪名，需要一丝诗意……"

芬里尔狼

一九一二年，一个寒冷的冬夜，伦敦城在冰雪中瑟瑟发抖。我待在我的朋友欧文·伯恩斯位于圣詹姆斯广场的公寓里，和他一起坐在炉火旁，享受着房间里的静谧和温暖。我翻看着我的笔记，上面记载着欧文解决的一些主要案件；欧文正在欣赏壁炉台上的几座线条优美的石膏雕像。这时，我问他道：

"我的朋友，您知道您这些调查可以说明什么问题吗？"

他忧郁的眼睛里流露出一丝嘲讽的意味，说：

"您的报告就像一组充满局限性和主观性的棱镜。透过这组棱镜，我被描述成了一台会思考的、痴迷于严密推理的机器，我变得和这严冬一样冷酷无情。但是此般描述对于我这样的艺术评论家来说实在有些过分。我相信您也这么认为。"

"欧文，您真的错怪我了，我从未贬低过您对艺术的敏感性。相反，我总是……咳，问题不在这里。我想说的是：您简直就是一位'不可能大师'。在这些'不可能案件'中，您的调查一次比一次精彩，案件也一起比一起离奇！"

"这些都是'可能案件'。"他耸耸肩回答道，"您有这种想法，大概是因为我只愿意调查这一类案件吧，然而鄙见以为确实有一起案子格外与众不同。"

"哪一起？是'混乱之王'吗，还是'荷鲁斯巢穴'的案子？"

"都不是。您对我四年前处理的那起复杂的案子一无所知，因为当时您正和一位年轻女子，一位您所谓的'一生的挚爱'懒洋洋地享受着里维埃拉的阳光，直到您从法国回来后才意识到那个女人什么也不是。您变得特别消沉，所以我也就没有和您提起那起凶险的案子来徒增您的烦恼了。不过现在可以和您简单说一说。凶手并非区区一介幽灵，而且不像幽灵那样容易逮捕……"

"等等……区区一介幽灵？"我惊呼，"我的朋友，您太让我惊讶了……难道对您而言，还有比幽灵更厉害的对手吗？"

"那是当然。"

我们陷入了沉默，只听到壁炉里的柴火噼啪作响。之后我叹了口气说：

"恐怕我没有理解您的意思……"

"想想看，阿基利，一个幽灵不管报复心有多强，总归是一种源于人类的表现形式。可是我要对付的敌人嘛，它从理论上来讲就和人类没多大关系。自希腊基督文化滥觞之时，它就已经被认作是我们人类种族最大的天敌了。给您一些提示：它的耳朵又尖又黑，还有一口大白牙……"

"狼？"

"对，狼，但不是普通的狼……"

"嘿，我知道了……是狼人！"

欧文看向我，不安地转了转眼睛，说道：

"很遗憾，也不是！我要说的是世界上最可怕的狼，是那只出没于尼福尔海姆[1]的冰天雪地，使最凶悍的维京战士也不寒而栗的巨狼——芬里尔[2]！"

听了这番话，我寒毛直竖，仿佛看到了那头北欧神话当中的魔兽在我面前一闪而过。欧文站在窗边，凝望着伦敦城，从容不迫地点燃一支雪茄。他语气舒缓，继续说道：

"如果您想听的话，我很愿意和您讲讲这个看似无法解释的案子。那是一个冰冷的冬夜，就像今晚一样……但在此之前，过来吧，过来看看我们这座美丽的首都，它变成了一座冰宫，和冰雪女王[3]的宫殿相差无几。眼下的景色将会把您带入我

1　北欧神话的九大世界之一，被称为"雾之国"，是一片冰封的领域。——编者注
2　北欧神话中的巨狼，洛基的后裔。它生性凶残，能吞食天地，在"诸神黄昏"之战中杀死了诸神之王奥丁。——编者注
3　安徒生童话《冰雪女王》里的人物。

的故事场景里……"

欧文开始他的叙述：

　　那时我也在法国，但注意，我和您可不在同一个地区。我去法国是想拜访一位朋友，他住在阿登省，靠近比利时的边境，那里的冬天格外寒冷。那天晚上雪下得特别大，所以我不得不在某座小村庄的旅舍里过夜。在那里，我看到一个人懒散地坐在吧台。我很意外，因为他是我的老熟人。您或许听说过马塞勒斯·布朗夏尔？哦……没有吗？他是一个性格古怪的富豪，在马术界相当有名，拥有许多出色的纯种马。他是珑骧马场的常客，但也经常光临叶森马场。我就是在叶森马场举办的英法啤酒挑战赛上认识他的。那比赛真是如史诗般激烈，还发生了许多有趣的事……这些我之后再和您讲。总之，我在旅舍里看到了这位乐观随和的翩翩君子，感到一阵欣慰。他五十岁左右，灰白的头发梳得整整齐齐，永远是一副兴致盎然的模样，仿佛置身日常琐事之外。他也和我一样对我们的不期而遇感到惊喜。我向他说明了来意，他目光炯炯地回复道：

　　"我亲爱的欧文啊，这难道不是命运的指引吗！让您的朋友再耐心地等个两三天吧，因为您接下来要光临寒舍，与我共度周末时光啦！说真的，我的别墅虽然有些偏僻，但离这里并不是很远，而且十分舒适，应有尽有。"

　　"您太客气了，马塞勒斯。可是我已经走了一天的路，实在是太累了，而且……"

"好极了，您有一整晚的时间可以休息。您在明天下午，最迟不晚于你们所谓的'下午茶时间'来我家吧。我还邀请了几位朋友，他们一定很乐意认识国王陛下最伟大的侦探……"这时，他的眼里闪过一丝狡黠的光芒，"不，我有个更好的主意：您是我们的惊喜嘉宾！我要让我的朋友们猜测您的职业……这将为我们的晚宴增添多少乐趣啊！您知道我最喜欢让人们大吃一惊了。"

"对，有所耳闻。"

"瞧瞧，您不是说，那些不能继续为您带来惊喜的朋友将不再是您的朋友吗？"

"看来我没有办法推辞了……"

他笑得越来越开心了，说：

"没错。而且我也知道，您即使抵制一切，也不会抵制诱惑：我还邀请了几位迷人的'小马驹'……"

我妥协了，点头道：

"经验丰富如您都这么说了，我仿佛已经看到了她们完美的身段……"

"啊，您同意了？"

"当然！只要有美丽的女士，我就是您的人啦！"

第二天下午，旅社老板用马车送我过去。路上空无一人。那天一整个上午都在下雪，路并不好走，我们颠簸了整整一刻钟。在一条崎岖的道路上，我隐约看到左侧有一座浅红色的房子。我的朋友并没有夸大其词，这里真的很偏僻。他的乡村别墅完全是在野外，旁边是一片枞树林，深暗的树木像哨兵一样守卫在一旁，被洁白无瑕的雪地衬托得格外显眼。房子的底层令我印象深刻：它被一圈紫杉篱笆围了起来，篱笆的入口处被修剪成了拱形，一条道路通向房子的正门。这是一座砖砌的半木结构住宅，窗户上挂满了花饰，其巴洛克式的造型和它主人的风格极为相配。房子正对着一片很大的空地，空地上还有一间小木屋，距离林间小路足足有一百多米远。木屋的周围是白茫茫的雪海，更凸显出了那份寂寥。几片洁白的雪花在冰冷的风中旋转，点缀着灰暗的天空。我给了旅社老板一笔不菲的小费后，紧紧抓着行李，钻进了那条绿篱小道。一架凉棚上覆满光秃的紫藤，我沿着它走到门口，拉响了门铃。我本该注意到，那不祥的铃声预示着危险即将来临。但是……好吧，我承认，当时我迫不及待地想见到我朋友邀请来的那些迷人的女客，而不是去研究什么预兆。

女客这方面，我的朋友同样没有夸大其词。没过多久，我便来到充满乡村风格的客厅，手握一杯苏兹酒，舒舒服服地躺在了扶手椅上。他刚向我介绍了他那一小群朋友。此时，我的目光在其中最耀眼的那几位客人——三位女士——身上来回穿梭。容貌相较逊色的那位女士——这么说也有失公允，因为她其实非常漂亮——名叫伊莲娜。她娇小可人，拥有一头红发，眼睛活泼而灵动。谁能想到身材如此苗条的她，竟已经是两个孩子的母亲了呢？她的丈夫名叫菲利普·伍德维尔，是一位高级会计师。他正值壮年，身材很好，仪表堂堂，只是行为举止有些拘谨，显得不太合群。但马塞勒斯告诉我说，只需要一两杯白兰地就能让这位先生愁眉舒展。

　　此刻，马塞勒斯正在和一个名叫路易·普林斯的人说话。路易·普林斯曾是法国著名的顶级骑师，是马场上的常胜将军，经常骑着马塞勒斯的马夺得桂冠。这种双赢的合作关系使得两人的友谊更加紧密。这位骑师的长相并不讨喜：他头很大，身材却像个小男孩；眉毛浓密，眉梢下垂，眼神里带有一丝傲慢。他和他妻子弗丽达两人的外貌形成了鲜明的对比。弗丽达是一位迷人的金发女郎，身材完美，俏皮活泼，散发出一种撩人的性感。她喜欢动物，尤其珍爱她的三只小猎犬，她"无时无刻不在想念这三个心肝宝贝"。由于没有子女，她就把这三条小狗当作了自己的孩子。天哪，真希望我就是其中一条！她大概有三十岁。最后一位女士名叫芭芭拉·里维埃，比弗丽达小十岁。芭芭拉拥有一头棕色的秀发，虽然没有弗丽达那种优雅和成熟美，但拥有只属于她的纯真和年轻人的热情。她那翡翠般的眼睛里流露出一种野性，引发人的无限遐想。她想成为一名画家，这在我看来就更美妙了。芭芭拉是和伊恩·丹尼森一起来的。丹尼森是一个四十多岁的金发男子，身材魁梧，脸上挂着平静的微笑。他是瑞士一家大型钢铁厂的代理人，同时也是一个公认的花花公子。听马塞勒斯说，他们这群人每年都会举办五六场聚会，丹尼森带来的女伴几乎每次都不是同一个人。这下我又多么希望我是伊恩·丹尼森啊！聚会的最后一名成员名叫罗杰，一个身强体壮、留着胡子、沉默寡言的家伙。他本来是马塞勒斯的管家，现在则是我们的厨师，很快，我们就见识了他高超的厨艺。

那顿晚餐令人十分愉快。晚餐结束时，我已经对宾客们有了更清楚的了解。他们在餐桌上进行了友好的唇枪舌战，配合得天衣无缝、不失体面，我和芭芭拉两位"新人"试图融入其中。伊莲娜对她的丈夫进行了一番批判：

"我常常感觉自己是在和一篇数学论文过日子。菲利普像安排他的数字一样安排他的生活……"

"那您就是一个数字喽！"芭芭拉揶揄道。

"对，从某种意义上来说是的。这么说可能不太中听：在菲利普看来，这就是爱的表现……是吧，亲爱的？"

"当然啦，我亲爱的数字'2'……"

"什么？只是数字'2'？"伊莲娜佯装不快地喊道，"那么谁是所谓的……数字'1'？"

"亲爱的，当然是我了！"弗丽达懒洋洋地答道，同时挑逗地把手放在菲利普的肩上，头向后仰，发出清脆的笑声。

芭芭拉用一种品评的目光看着她说道：

"芙蕾雅[1]，我很喜欢您的脸，真想为您画一幅肖像。"

"亲爱的，我叫弗丽达，"她纠正道，"但我喜欢这个口误，'芙蕾雅'应该是那位爱与美的女神吧？"

说完，她走到放着镜子的壁炉台前，欣赏着镜中的自己。她的动作轻柔曼妙，丝绸长裙如同泛起了涟漪，反射出金黄相间的光泽。她站在一个有利于观察的位置向我问道：

"伯恩斯先生，您怎么看？听说您是这方面的权威人士？"

"哪一方面？"我有些窘迫，含混地问。

"艺术方面，"她俏皮地笑道，"我直到今天才终于见到您本人。我不常去英国，但我有一位朋友在伦敦开了一家美术馆。她曾告诉我，有一位艺术评论家盛赞过她举办的一场展览……这位评论家的名字和您的一样。"

"好样的，弗丽达！"马塞勒斯满意地喊道，"您揭开了一部分面纱，但我的朋友欧文·伯恩斯可不止艺术这一项才华。正因为如此，他才会在拉芒什海峡[2]对岸盛名远扬……"

所有的目光都汇聚在了我身上，我保持着一副高深莫测的神情沉默不语。弗丽达眼里带有一丝挑衅，语气快活地说：

"我们会知道的，伯恩斯先生，您总不能一整个周末都糊弄我们吧！男人到最后都会露出马脚。回到您这里，芭芭拉，我想说：完全没问题，我已经准备好当您的模特了，前提是您

1　北欧神话中的爱神。
2　即英吉利海峡，法国称为拉芒什海峡。

不要让我在雪地里全裸着摆造型！"

人群里传来一阵阵笑声和假装被冒犯到的惊呼声。弗丽达仿佛在精神和美感上都得到了很大的满足，她接着说道：

"但是请您告诉我们吧，芭芭拉，您是怎么进入绘画领域的？要知道，这方面很少有女性涉足，更何况您还如此年轻！"

年轻的女孩眼中闪出绿色的光芒。她回答说：

"哦！我一直很擅长画肖像画，但一切的契机都是一位知名画家的鼓励。他是我父亲的朋友，被我的一幅水彩画感动得热泪盈眶。画中描绘的是一位女性的脸，看起来愚蠢至极……"

有一小段时间，室外的严寒蔓延到了客厅，马塞勒斯赶紧想办法转移大家的注意力。他给我们倒满了酒，并趁着刚才提到芙蕾雅女神之际，将话题引到了北欧神话，以及它和希腊神话之间的紧密联系。他希望我们可以讨论这两个神话体系究竟是谁影响了谁。"毫无疑问，"他向我们解释道，"雷神托尔[1]对应伟大的宙斯，而掌管命运的诺伦三女神[2]则对应希腊话中的三位莫伊莱[3]。"不得不说他的策略很奏效，我们之间很快出现了两个阵营。一方是以菲利普·伍德维尔为首的"南方阵营"：认为希腊所在的地中海气候更适合人类古代文明的繁

---

1 北欧神话中的雷电和力量之神，神王奥丁之子。
2 北欧神话中的三位命运女神，分别掌管过去、现在和未来。
3 希腊神话中的三位命运女神，神王宙斯的三个女儿。

荣发展，因此我们的文化起源于此。他秉着会计师的严谨态度向我们逐一给出了他的论据。另一方则是伊恩·丹尼森支持的"北方阵营"：正是北欧严酷的天气造就了勇敢的冒险家，他们才是最早传播文化的人。伊恩·丹尼森身上那股沉静的气质使他的言论听起来更具有说服力。

我们激烈地讨论着，这时弗丽达突然站起身来，神情严肃地问道：

"你们听到了吗？那声嗥叫……啊，是它！它知道我在这儿……"

"您在说什么鬼话？"我诧异地说，"我什么也没听到……"

"哈哈哈，别惊讶。"马塞勒斯的脸被酒精熏得通红，他笑着告诉我，"这个声音只有我们的朋友弗丽达能听见，也只有她能够接近它……这是附近的一头狼，但也可能是一条大流浪狗，我不是很确定。我们把它称作'芬里尔狼'，因为它和它那位著名的北方先祖一样充满野性。弗丽达又这么喜欢小狗狗……"

"是的，伯恩斯先生，"弗丽达眼里带有一丝不屑，说道，"我不是在自吹自擂，我或许是附近唯一驯服了这头野兽的人，我甚至可以把食物放在我的掌心喂给它……"

"真的吗？您最好还是对一只冠以'芬里尔'之名的生物保持警惕吧！我没记错的话，当初那头凶狠的巨狼被众神用锁链锁住时都还咬断了提尔[1]的右手……"

听了这番话，她咯咯地笑着说道：

"您相信我，我真的不怕。这头狼是我的朋友，每次我来这里都会和它见面……"

我惊讶极了。马塞勒斯告诉我，弗丽达经常一个人去小木屋过夜（就是我刚来的时候在空地中看到的小木屋）。"芬里尔狼"就像一条温顺可爱的小狗，总是去那里找她，毕竟它要是出现在我们这里，准会把附近的人吓个半死。

"伯恩斯先生，我很喜欢和它相处的感觉。"弗丽达的眼睛闪闪发光，快活地说。

"上演一出'美女与野兽'？"

"您可以这么说。我对动物有一种特殊的同理心，它们可以感受到这点……再怎么桀骜不驯的动物都可以感受到。当然喽，今晚也不例外。"她把头转向罗杰，问道，"您收拾好小木屋了吗？"

"是的，夫人。"管家点头道，"一切就绪。壁炉边放着一堆干柴，我还为您准备了一个篮子，里面装着您的早餐。"

她看了一眼时钟，现在是晚上十点半。她走到窗前，说道：

"那么我先失陪了。现在还在下雪，但应该不会持续太久……女士们，先生们，祝你们晚安。"

1　北欧神话中的战神，神王奥丁之子。

接着，她看着架子上摆放的一幅装裱好的画，向年轻的女画家问道：

"您觉得这幅水彩画怎么样，芭芭拉？我想您应该一下子就猜出这位画家是谁了吧……这幅画可花了马塞勒斯不少钱呢。"

"呃……我猜不出来。"芭芭拉迟疑道。

"这是一幅透纳[1]的画。他的画纸上透出特殊的光影，很有辨识度。任何一位训练有素的美术生都该知道这一点……"

"背景介绍就到这里了，"欧文总结道，"阿基利，也许您觉得我很啰唆，但我还是想告诉您，在那个寒冷的冬夜，我们这一小群人待在冰雪和枞树林里，与世隔绝，那气氛十分古怪。尽管我没有亲眼见证那场惨剧，但我会尽可能精确、简洁地复原当时的情景……"

欧文继续回忆着：

弗丽达离开后不久，伊莲娜也告辞了。芭芭拉对弗丽达的冒犯感到很气恼，因此也回到了房间。晚宴最后是在男人们的谈话中结束的。我们到凌晨一点左右才回到自己的房间，大家都醉醺醺的样子，尤其是我。这一点我得坦白。

---

1 英国浪漫主义画家威廉·透纳，擅长风景画，对光线有独到的运用。

早上六点左右，我们那位前骑师路易·普林斯被一阵奇怪的叫声惊醒了。当时他正独自在房间里睡觉——顺带一提，所有的客房都在二楼。之后他听到走廊里传来脚步声，于是走了出去，看到菲利普·伍德维尔穿着睡衣，和他一样脸上充满惊讶与不安。

"肯定是那头野兽，"伍德维尔说，"伊莲娜听得很清楚，她很害怕……所以把我叫醒了……我只听到远处传来一阵低吼，应该是在小木屋那边……"

"弗丽达！她……一个人在那边……我的老天……"普林斯哆哆嗦嗦地说道，"她在拿生命开玩笑，真是疯了……她会不会出什么事了……您认为呢？"

"和您想的一样，路易。我们最好现在就去看看，快走吧。"

五分钟后，两人离开别墅，前往小木屋。这时，黎明的第一道曙光洒在了树梢。他们走在洁白无暇的雪地上。除了弗丽达在昨晚留下的模糊的脚印，雪上便完全没有人迹了。月牙虚无缥缈地挂在空中，把它那难以察觉的光亮投射在两个极不相称的身影上。普林斯骑师裹着一件暖和的裘皮大衣，拿着手提灯，脚步急切地走在前面。他和身材高大、裹着巨大黑色斗篷的伍德维尔走在一起，就像是一个侏儒。他们神情严肃，生怕遇到最坏的情况……他们的担心没有错。菲利普·伍德维尔刚来到小木屋边就听到他的同伴大叫一声，他赶紧过去，看到小木屋的门敞开着，弗丽达侧身倒在门口，已经没有生命迹象了。她穿着睡衣和羊毛衫，一只手放在胸口，另一只手摊在面前，手上还有一道可怕的伤口，鲜血把周围的雪染红了。

路易·普林斯粗略地检查了一下她的身体，面如土色地站起来，说道：

"没救了……看那儿……那头来自地狱的怪物留下了清晰的脚印。它杀了弗丽达……"

伍德维尔目瞪口呆地看着那两串由大型犬科动物留下的足迹。这些足迹延伸到树林深处，显然那头野兽就是从树林里来，再到树林里去的。但真的是它袭击了弗丽达吗？它残忍地撕咬弗丽达的手，是在模仿它那可怕的先祖吞噬提尔的手吗？伍德维尔感觉一阵眩晕，但很快就恢复了镇定。

在确认弗丽达已经死亡后，伍德维尔走进小木屋。屋子只有一个房间，里面放着一张桌子、一条长凳、两把椅子、一口碗橱、一张床、一个余烬还泛着红光的壁炉，以及靠近房门的一只大型座钟。他打开钟框上的窗门，随后又耸耸肩把门关上。

"您是在找什么吗？"普林斯凑过来问道。

"我不知道。看看床底下吧……"

普林斯照做了，然后站起身摇摇头说道：

"显然，这里空无一人。"

伍德维尔一言不发地走了出去，普林斯跟在后面。之后两人又去检查了小木屋东侧的棚子，里面只堆着木柴。

"好了，我们都看得很清楚，雪地上的脚印回到了树林里，"普林斯心烦意乱地说道，"我们现在就是在浪费时间！快回去告诉大家吧……天啊，我可怜的弗丽达……太可怕了，不，我不敢相信……"

普林斯说着向马塞勒斯的别墅走去，声音逐渐变成了哭腔。过了一会儿，伍德维尔也跟了上去。

过了五分钟，他们回来了。进门之前，普林斯隐约看到马塞勒斯站在房间的窗户后面。普林斯来到客厅，在那里遇到了罗杰。罗杰沉着脸，一脸疑惑地看着他，又以同样的神情看着跟在他身后的伍德维尔。楼梯传来噔噔噔的脚步声，马塞勒斯从楼上走了下来。他的脸色因为担忧而变得惨白，他迫切地想知道发生了什么事，但问题到了嘴边却怎么也说不出口。

"朋友们，我们先去厨房吧，"菲利普·伍德维尔开口道，"罗杰，麻烦您去找一些烈酒，我们真得来一点儿。其他人呢？伊莲娜呢？……您待在这里吧，我自己去找她……"

过了一会儿，伍德维尔和他的妻子一起来了。普林斯把悲剧告诉了他的同伴们，眼泪止不住地往下流。

"菲利普，去叫一叫伯恩斯，"马塞勒斯说道，"恐怕需要他出场了……"

几分钟后，我来了，后面跟着丹尼森和他的情人芭芭拉。尽管宿醉让我头脑昏沉，但这个可怕的消息使我一下子清醒了过来。乍一看，事情的经过十分明了：美丽的弗丽达在和野兽玩耍时激怒了它，被它扑倒在地。可是我实在难以接受这个说法，它真的太像是按照神话传说写出来的故事了。马塞勒斯和我一样，都对此表示怀疑。他笨拙地告诉我说，我有一种引发这类事件的特质。我冷冷地回复道，要不是他发了疯要邀请我来，什么事都不会发生。在此期间，罗杰离开去叫了警察，我让在场的人都待在这里不要走动。

　　我就不告诉您调查的具体过程了，阿基利，我只告诉您结论。前来调查的是一位名叫马丁的警长，他听说过我，所以我和他交流起来就方便多了。我首先要说的是那场雪，它在本案中发挥了重要作用，是它为我们框定了假设的范围。在小木屋方圆一百米的范围内，雪地上除了我之前说过的脚印，再也没有其他的痕迹了。首先是弗丽达离开别墅的脚印，肉眼可见，但并不清晰，这是因为她在晚上十点半离开的时候还在下雪，之后大概又下了二十分钟才停；接着是那头野兽的脚印：它先从树林里出来，走到我们发现弗丽达尸体的地方，又回到树林里去了。由于灌木和枞树过于密集，警察无法进一步追踪这些脚印。但调查显示这些确实是大型犬科动物的脚印，没有任何弄虚作假的成分；最后，两位目击证人的脚印也清晰可见，没什么问题：从别墅的篱笆到小木屋，再从小木屋回到别墅。小木屋里可以藏身的两三个地方都已经被两位目击者仔细检查过了。另外再补充一个没什么实质性作用的信息：警察在案发现场没有发现任何人。再来谈谈弗丽达的死亡时间。由于天气寒冷，具体死亡时间难以确认，但可以肯定的是，她应该死于被人发现前一两小时，很有可能是在凌晨三点左右。她因为手腕受伤严重，失血过多而死。专家验明了手上的伤口应该是某种大型犬类的牙齿，甚至是狼的獠牙留下的。她的皮肉被撕裂开来，看起来十分古怪，但一想到她遭受了野兽的猛烈袭击，这样的伤势也就说得通了。受害者头顶左侧有一个肿块，说明她摔倒的时候被撞晕了，这或许反而减轻了她的痛苦。由此我们得出：美丽的弗丽达女士被一头野兽袭击身亡，并且我们最终锁定了这头野兽。它是一条半野生的大型德国牧羊犬，经常在附近晃荡，平常没有人敢靠近它，只有一个猎场看守人偶尔喂它一下。到目前为止，除了附近丢失过几只鸡，有人怀疑是被它偷吃的，它还没干过什么坏事。可它老是鬼鬼祟祟地在这片区域晃悠，吓坏了不少人，以至于有人把它比作那头北欧神话里的怪物。我们没有逮到它，但我们在树林里发现了它的足迹，和受害者身旁的足迹完全吻合。它就是罪魁祸首。所有的证据都指向它，不可能有其他解释了，毕竟雪地上没别的痕迹，这就排除了人为干涉的可能性。调查的结果就是这样。那么，您可能就要问了：这有什么神秘的？

欧文说完后，我思考了一会儿，略带嘲讽地答道：

"强调它'神秘感'的正是您自己啊，欧文……"

"哼，阿基利，这个故事让您想到的就是这些？好啊，您有这种反应，真不愧是南非的农夫、荷马笔下的蛮子[1]……"

我知道他在影射我的出身和我的名字，但我没有在意。我躺在扶手椅上回答道：

"当然不止啦。此中必有蹊跷。我可以感觉到里面有一些见不得人的勾当，有地下情。但正如您刚才所说，暗杀的想法可以排除在外了……"

"那么我再和您说说接下来发生的事吧。警方询问了事件中的主要人物，其中最让人在意的是菲利普·伍德维尔的反应。当我和马丁警长问他在发现尸体后为什么有那些奇怪的举动时，他的样子明显有些不自在。他当时去看了一眼小木屋旁的棚子，检查那头野兽是否藏在那里，这些都可以理解。可是他又为什么要去检查床底，甚至检查那只大钟？……他一下子全招了。说真的，听了他的故事以后，我并不感到惊讶，因为我早就猜了个七七八八。这种故事说到底也无非是老掉牙的套路，而且一般就发生在三个人之间，即感情受骗的丈夫、不忠的妻子，以及妻子的情夫。但弗丽达这件事稍微有点特殊：这位'爱情女神'有众多情夫，每当马塞勒斯举行聚会的时候，他们就分别在不同的夜晚去小木屋里和她幽会。这也是那位捉摸不透的富豪举办'朋友聚会'的主要目的。这群人中的每一名男性都无一例外地得到了弗丽达的青睐。弗丽达在和他们交

1　阿基利出生在南非，且"阿基利"的法语原名是Achille，和荷马《伊利亚特》里的人物阿喀琉斯（Achilles）相似。

往的时候一直吊着对方，直到最后才作出选择。简单地说，所谓晚上去见一头附近的'狼'不过是个借口罢了。但这并不完全是编造的，因为我们的'芙蕾雅'确实驯服了一头野兽；而且她也确实要见一个雄性生物，只不过从四足变成了两足。通常这类事大家都心知肚明，只有丈夫被蒙在鼓里。我们再来说说伍德维尔，他不知道那天晚上弗丽达选的幸运儿是谁，他以为是我，因为我是新来的……唉，可惜他弄错了！……"

"哦，作为一名高尚的护花使者，您应该挺身而出，去拯救她啊，去维护她的贞洁啊……"

欧文无视了我的挖苦，说道：

"总之，伍德维尔认为情夫受到了惊吓，所以躲了起来。但显然，那晚小木屋里并没有什么情夫。案发时，菲利普·伍德维尔正醉醺醺地躺在床上，睡在他妻子伊莲娜身旁。伍德维尔恳请我们为他保守秘密，因此在询问伊莲娜的时候，我们十分小心。伊莲娜和弗丽达是发小，尽管如此，她也和芭芭拉、普林斯一样，对弗丽达的艳史一无所知。她很确定在早上六点左右听到远方传来一阵嗥叫，除此之外再无其他具体的信息。当时的氛围以及大家在晚宴上谈论的内容都让她愈发担心弗丽达的安危。她从卧室的窗户看到她的丈夫和普林斯前往小木屋。她焦急地等待着两人回来。她根据他们的举止神态，一下子就猜到弗丽达出事了。

"至于马塞勒斯·布朗夏尔，他无法提供不在场证明，因为他一直独自一人。他称自己隐约听到远处传来一阵叫声，但他当时处于半梦半醒的状态，又被噩梦搞得心烦意乱。尽管那天晚上我喝到很晚才离开，但他也觉得弗丽达应该是选了我去过夜。他和罗杰一样，在普林斯和伍德维尔早上出门的时候被弄醒了。他和罗杰在走廊里说了几句话，然后也回到卧室，站在窗户后面等待两人回来。和伊莲娜一样，他从两人的举止上预感到有坏事发生了。他看到伍德维尔的脚步沉重而无奈，普林斯的脚步则格外紧张。马塞勒斯很不自在，心里十分难受。对他而言，弗丽达不仅是一个情妇，更是一名值得欣赏的朋友，路易·普林斯远远配不上她……当然和您说这些也是枉然。

"通常情况下，大家都会怜悯受骗的丈夫，而且还是个鳏夫。可是路易·普林斯怎么也让人同情不起来。也许是因为他的样子看起来像一个闷闷不乐的侏儒？如果他有自知之明，知道自己的成功仅仅是因为有天赋，那么大家或许会担心他要是失去了这种特殊的天赋，今后的生活应该怎么办。可是悲痛归悲痛，他却表现得很浮夸，那暴发户般的神气真惹人生厌。我从谈话中得知，弗丽达嫁给他的目的并不单纯。我竭力不去想弗丽达那些不忠的行为，毕竟有一个这样的丈夫，一切都显得情有可原。普林斯和马塞勒斯一样，孤零零地睡了一晚，没有其他不在场证明。

"罗杰是一位谨慎、高效的管家，而且他善于观察。他发现了一个反常的点，一个微不足道的细节。那个点一下子就吸引了我的注意。悲剧发生前一天的清晨，当时还没开始下大雪，罗杰早早地去收拾小木屋，想从中捞点儿好处。除了一些常规的准备，他还调试了那只座钟。他知道大钟用的是瑞士机芯，因此走得非常准。然而第二天早上，在和警察一起来的时候，他发现钟尽管还在走，却慢了十几分钟。"

"会不会是因为天太冷了？"我问道。

"也许吧。但接下来的几天，那只钟都走得很准，这个我可以作证。"

"嘿，我想我明白您的意思了，"我打了个响指说道，"是钟锤！本来应该维持钟表运行的钟锤被凶手用来……打死了受害者！"

"太棒了，阿基利，我当时和您的想法完全一致！"

"所以说，有人杀死了弗丽达，之后又用某种工具把犯罪现场伪造成是一头野兽攻击了她……可问题是，雪地上有动物的足迹，说明真的出现了一头野兽啊……"

"是啊！唉……然而不得不说，当时罗杰发现的这个细节一直让我疑虑重重。回到罗杰身上，他和其他独居的人一样，没有什么不在场证明。他没有听到任何叫声，而是被伍德维尔和普林斯离开时发出的声音吵醒的。他在走廊里遇到了他的主人马塞勒斯，后者询问他这场骚乱的情况。他无法回答。之后他就到厨房准备咖啡去了。我们那位高贵的'维京人'伊恩·丹尼森睡得很沉，直到有人敲门把他叫醒，告诉他弗丽达遭遇了不测，他才知道发生了什么事。这大概是最令人失望的证人了，他什么信息也提供不了。我把美丽的芭芭拉·里维埃留到最后询问。这位女士一晚上都待在丹尼森身边；因为透纳的水彩画那件事，她感觉自己受到了弗丽达的冒犯，心里很不好受，所以吃了几片安眠药才昏睡过去。然而，阿基利，这个小姑娘不愧是一名艺术家，她对事物的敏锐度比您这种纯理性思维更能让人看清实质：她仅从衣服的颜色就看穿了受害者的深层人格。在晚宴上，弗丽达的衣服是黄绿色的，和夏娃的苹果颜色相似。您想必知道，这种颜色自古以来就是罪恶的象征……"

"呃……那，那是当然。这种能力还有一种说法是'女性的直觉'。但是老实说，欧文，我不明白您到底想表达什么。这次案件的背后不会有凶手了！要我说，洁白无瑕的雪成功地驱散了人性的黑暗，而您的故事就是最好的证明！"

欧文浅浅一笑，那笑里带有讽刺。他说：

"阿基利，您的比喻充满光辉，值得称赞。但还是让我们用理智的光辉来解决本案吧。这其实是一场精心设计好的犯罪……"

"什么？"

"是的，一场谋杀，手法一流，凶手是另一位骑师……"

"哪位骑师？您就只提到了一位骑师，那位被出轨的丈夫普林斯……"

"您马上就会知道了。这场犯罪没有人受到处罚，因为我也是在很久之后，听说了其中某个主要人物的秘密，才彻底明白凶手的手段。这个主要人物没有承认其罪行，但向我阐明了其犯罪动机。案发过后，有一天，我去参加了伊莲娜·伍德维尔的葬礼。伊莲娜突发肺栓塞，不久便去世了。她的丈夫菲利普·伍德维尔悲痛欲绝，仿佛是在为死者开脱一般向我透露了弗丽达的许多黑暗面。我们早已知道弗丽达是一个蛇蝎美人，但据菲利普·伍德维尔所说，她的恶劣行径远不止于此：她是一个纯粹的利己主义者，肆无忌惮地发泄她那无法控制的欲望和冲动；她嘲弄由她自己引发的种种惨剧，受害者越是痛苦，她就越是兴奋。伊莲娜就是受害者之一，她无法抑制自己的嫉妒心，唯一的办法就是除掉使她的丈夫误入歧途的'罪人'——那个儿时的伙伴弗丽达。她甚至要求伍德维尔也参与到她那阴险的计划当中。她以夫妻婚姻为代价，甚至以她两个孩子的幸福为代价——哪怕她爱她的孩子高于一切。菲利普·伍德维尔陷入了这种典型的男性困境：他一方面憎恨弗丽达，一方面又屈从于她的魅力。为了抵制诱惑，为了彻底从'恶'当中解脱，他最终同意了伊莲娜，和她一起把邪恶的'女巫'献祭在他们幸福婚姻的祭坛上。当然，伍德维尔并没有明说，我却是听半句就全明白了。得到了这些可靠的信息，解开谜团就是小菜一碟，再加上我们注意到时钟出现了延迟……"

欧文客厅里的时钟嘀嗒作响，在一片沉寂中显得格外吵闹。

"嗯，两个同谋，行吧。"我说，"这样事情是简单多了，但恐怕还不足以解释这起非同寻常的凶杀案吧！如果时钟在案子里的作用不是我刚才向您提到的那样，那它和本案还有什么关系呢？"

"哦，阿基利，再想想看。那只大钟之所以慢了十分钟，就是因为在这段时间里它没有运行，被卡住了。我没有排除钟锤被用作凶器的可能性，但既然伍德维尔去检查了钟里面是否藏着人，那就意味着也许真的有个人待在里面！"

"真有个人藏在钟框里？我的朋友，您在胡说八道！"

"当然不是像您我这种身材的人，但如果是像伍德维尔的妻子那样苗条灵活的女人……"

"这样一来，普林斯不是也会看到吗？"

"钟框门的下半部分没有装玻璃。别忘了伍德维尔当时的举止：他用淡然的口吻宣称里面没有人，然后立马让他的同伴普林斯去检查床底下……他十分巧妙地转移了普林斯的注意力。"

"好吧，我同意。可是，伊莲娜到达那里之后又离开，却没有在雪地上留下脚印，这又如何解释呢？"

"小把戏而已，我一会儿告诉您，但我首先想说说是什么把我带到正轨上去的。只要方向对了，阿基利，您就会看到一切都说得通了。我想他们的计划一开始是要嫁祸给普林斯，因为他作为一个感情受到欺骗的丈夫，为了惩罚妻子的不忠，自然会犯罪；而警方一定会调查出他妻子的放荡行为，您瞧，伍德维尔自己就很快把我们带到这一点上来了。他们利用我们对普林斯人品的反感，也许还利用了一些其他我不知道的因素，很容易就把这个无辜的人变成牺牲品，大家也就不会对伍德维尔夫妇起疑了。他们计划中唯一不可控的因素就是天气，但当时天气对他们很有利，于是他们按计划行事。伍德维尔偷偷暗示弗丽达，他等下想去棚子里和她过夜。接着弗丽达向我们表演了一出'狼的呼唤'，在晚上十点三十分的时候离开了，当时还下着小雪。伊莲娜紧跟着也告辞了，但她没有回房，而是跟随弗丽达的脚步……我的意思是，她完全踩在弗丽达的脚印上跟了过去。在此之后又下了薄薄一层雪，这样一来人们就看不出她耍的小花招了……"

"很巧妙，我完全没有想到……"

"小孩子的把戏，不是吗？伊莲娜来到小木屋，见到了她的朋友弗丽达，然后找了个合理的借口说明她为什么会来，并提出想陪她过夜……伊莲娜对弗丽达很了解，所以这应该不难。我想伊莲娜本来打算在黎明时分用某种粗暴的方式杀死她，也许是用刀。这样一来，第一个到达现场的人——也就是普林斯，您应该记得伍德维尔跟在他后面，保持着一定的距离——就会被指控为凶手，因为周围的雪地上没有其他痕迹，而且小木屋里一个人也没有——伊莲娜已经躲在钟里了。这，就是他们最初的计划。可是有一粒沙子溜进了他们如机械般精密的计划：'芬里尔狼'来了……"

"就是它突然袭击了那个无比珍爱它的人？"

"是的，阿基利，而这一切都是我造成的，因为我之前谈到了提尔的手。凌晨三点左右，这条大狗来挠小木屋的门，弗丽达在给它开门的时候一定在想我说的话。她大概是想给她的朋友留下深刻的印象，证明她一点儿也不怕，证明它绝不会咬她——'芬里尔狼'，一个多么美妙的造物啊！弗丽达应该是用罗杰在早餐篮里准备的一块熏肉逗弄了那头'芬里尔'……可是要想征服一头野兽，不可能不付出代价……大狗猛地咬住她的手。她拼命挣扎，对方却死死不放……最后'芬里尔'离开了。她伤得很严重，必须赶快回到别墅进行治疗。伍德维尔夫妇邪恶的计划眼看着就要破灭了，但伊莲娜是一个很懂得随机应变的女人：这头'芬里尔狼'可以很好地代替普林斯成为凶手。

"一切都发生得特别快：她用某件重物把弗丽达击晕在地，也许是用一根木棍，也许是用钟锤；之后伊莲娜用刀加重了她的伤口，让她流血过多而死。等到早上六点，她模仿狼嚎，这或许是和她同伙商定好的暗号。伍德维尔开始他的表演，之后我们就很清楚了：他假装他的妻子还在卧室里，然后他和普林斯一起离开，前往小木屋。伊莲娜躲在钟里，心想她的丈夫肯定弄不明白眼前的景象，于是衷心地祈祷他能随机应变。事情进行得很顺利，伊莲娜藏在钟里，他则按计划行事。好了，阿基利，猜猜接下来发生了什么事……"

"我不猜，您来告诉我。"我冷冷地打断了他的话。我很讨厌他的猜谜游戏。

"又是一个幼稚的把戏……您小时候玩过'骑马游戏'吗？您当大马，然后让一位女同学骑在您的背上。现在明白了吧？伍德维尔那天特意穿了一件巨大的黑斗篷。普林斯先离开了，伊莲娜花了一点儿时间才从钟里出来，这时钟摆重新开始摆动。她骑上了她的'马'，也就是她丈夫的背，躲在巨大的黑斗篷下面……当时天还很黑，所以从别墅的窗户很难看穿这个小伎俩。当然，伊莲娜牵制着她的'马'，不让'马'走得太快，因为他们的成功取决于'对手'的胜利：他们的'对手'才是真正的骑师，那位伟大的路易·普林斯，珑骧马场曾经的明星……必须让他走在前面，这样也是为了让两个同谋好商量，怎样才能通过'最后一关'的篱笆……伊莲娜在丈夫经过紫杉树篱的拱形入口时就从他背上下来，回到了地上，以免被门口的人抓个现行。接下来的事您自己就可以想清楚，包括伍德维尔离开客厅，让大家误以为他是去卧室找他的妻子……此类的情节，我就不赘述了。最后我只想说，普林斯就是一个蠢货，不配做一个男人。他被一个'女骑师'甩在了后面却还不自知……"

荒唐的约会

"今天下午我遇到了一件奇怪的事情，其实这件事情上周已经发生过了。我本来当时就想把这件事情告诉你，但当时我妈妈遇到了一些麻烦。"

菲利普·蒙日的目光并没有离开他的盘子，盘中餐似乎比他妻子的话要有趣得多。

埃莱娜接着说："这真是件奇怪的事情。我想你应该能给我解释解释吧？当时大概三点半，我在打电话，却听到听筒里传来了另一段对话，我听不太清，但也能捕捉到只言片语……"

菲利普没等她说完，便问道："你那时在和谁通电话？"

"和我妈妈。"

"又来了？要我说，你就是闲得发慌了。"

丈夫突然严厉的语气令埃莱娜有些吃惊，她睁着一双天真的大眼睛盯着他，像一只因受惊而忐忑的母鹿。毫无疑问，她是个脆弱的美人。一头金色的长发和苗条的身材衬得她十分年轻，像个二十岁上下的小姑娘。

她满怀歉疚地说："我之前试过打你办公室的电话，可是一直占线。所以我才打电话给……"

菲利普脸上挂着平静而倨傲的微笑，他说道："借口不错。所以你给你妈妈打电话，却在电话里听到了另一段对话，你想问我这是怎么回事？"他居高临下的语气仿佛是一个外行人在请教他这位专业人士一般。但情况的确如此，他是电话局的工作人员，具有多年的从业经历。

埃莱娜答道："是的。奇怪的是，那两个人和我妈妈似乎并没有注意到这件事。而且当我把这件事告诉我妈妈的时候，她说除了我的声音，她并没有听到其他的声音。"

菲利普冷笑道："这有什么可稀奇的，她本来就是半个聋人。"

埃莱娜没有搭话。菲利普拿起一瓶酒，正要为妻子倒上，却被她拒绝了。他只好给自己倒上酒，并说道："亲爱的，这件事没什么神秘的。这个现象时有发生，发生的原因有很多种。你知道电话线是什么样的吗？有千百条电线同时穿过同一条电缆。如果电缆被水淹没或者被起重机损坏，那就可能导致短路或者接触不良之类的问题。两条线路之间即便没有任何接触，也可能存在相互通电的情况。在这种情况下，在一条线上通话的人可以听到另一条线上的人的通话，但后者并不能听到前者的通话。为了应对这个问题，只要……"菲利普顿了顿，似乎有片刻的出神，随即又接着说道，"但无论如何，如果你听到了什么，正常情况下你母亲也会听到的……"

埃莱娜耸了耸肩："你刚刚不是说我妈妈是半个聋人吗？"

菲利普大口吃着奶酪，回答道："本来就是。"

又是一阵沉默。

菲利普接着说："对了，你能听懂另一条线路上的人说的话吗？"

埃莱娜思忖片刻，说道："我没听懂多少，我妈妈嗓门太大了。不过还是听到了几句话。那两个人好像一对如胶似漆的年轻恋人，但不是光明正大的那种，似乎在偷偷摸摸地联系。而且我感觉我上周听到的也是他们俩，说话的情境也一样。我辨认不出他们的声音，因为太模糊了。但我记得他们对彼此的爱称，一个叫小天使，另一个叫小鸭子。不过我觉得有一点很奇怪，上周他们俩的对话听起来相当快乐，两个人温柔地叽叽喳喳。可是这一次的语调却完全不同，也不像是恋人之间的争吵。我还记得几句话，一个说'不行，亲爱的小鸭子，不能再这样下去了……我受不了了……'，另一个说'我们不是都说好了吗？就按说好的做吧'，接着我又听到他们说'我知道，我的小天使，我太知道了……可是没有别的办法了''我们已经研究过所有的细节了，风险几乎为零……'"

埃莱娜看着自己的食指，陷入了沉默，她正用食指描摹着桌布上的刺绣。过了一会儿，她继续说道："我不知道为什么，但这件事给我的感觉很古怪。你知道的，虽然人们常常取笑女人的直觉，但我很肯定，在这种情况下……菲利普！你到底有没有在听我说话？为什么这么心不在焉？"

菲利普·蒙日定定地看向窗外，猛吸了一口刚刚点燃的香烟。他中等身材，看上去擅长运动，和他妻子一样年轻。一头中等长度的棕色头发下是一张聪明的脸，但这张脸此刻却若有所思。

"菲利普，你在听我说话吗？"

"我在听，我在听。"

"要我说……你怎么流这么多汗？不过厨房里确实挺热的。需要我开风扇吗？"

"真的有些热，快打开吧。你听，有人在敲门！亲爱的，你别动，我去看看。"

没过几秒，菲利普又回到了厨房里。他对埃莱娜说："是我们的邻居让诺·勒瓦瑟，他想给我看点东西，我马上就回来。"

在菲利普和埃莱娜夫妇居住的小村庄里有六栋房子，其中只有四栋有人居住。离他们最近的邻居是一对退休的农民夫妇，再往前走一点儿则是老莱奥家，他是个马上要退休的木匠，接着是让诺和科琳娜·勒瓦瑟的平房，这也是对年轻夫妻，他们同菲利普和埃莱娜的关系相当友好。让诺走到自家正门前，侧身让菲利普先过，并充满自豪地说："看看我的新宝贝！"只见石子路的尽头，停着一辆崭新的宝马323i汽车，在西斜的阳光下闪闪发光。

"这是我今天下午刚买的！这辆车有天窗，有超级完备的防盗装置，有轻质铝合金制成的大轮毂……菲利普，这辆车太棒了！你说呢？它就像一串无比夺目的珠宝，你看！别犹豫了，你快承认吧，这辆车棒极了！"

"确实是辆好车。"

善于观察的人不可能注意不到，这位新晋车主那溢于言表的喜悦压根儿没有感染菲利普，他脸上所表露出的赞赏之意只不过是出于一种礼貌。菲利普并不是鄙视汽车，他只是无法欣赏这些现代的汽车，因为他觉得这些汽车就像机器人一样。相比之下，他更爱车型灵活而血统高贵的英国车，尤其是其中的皮革内饰和胡桃木制的仪表盘。仔细想想，这种比较很好地说明了菲利普和他的邻居之间的差异。让诺身材高大，肌肉发达，蓄着修剪过的小胡子，喜欢拳击和打猎一类的剧烈运动；菲利普则喜欢打高尔夫球、下象棋和玩填字游戏。他们之间的差距远不止于此。突然，车库的门打开了，科琳娜·勒瓦瑟走了出来，手中拿着一个喷水壶。她比埃莱娜娇小，却一样明媚动人，不同的是，她的身材更为丰满，留着一头浓密的黑发，眼睛是淡绿色的，像猫一样柔媚。她绕着宝马车走了一圈，而让诺仍在滔滔不绝地说着些溢美之词。

科琳娜与菲利普简单寒暄了几句，便开始给装点车库入口处的花浇水。

菲利普复述了一遍让诺的话："是啊，真是个宝贝……"他压抑着想扇让诺一巴掌的强烈冲动，这个人宁愿对着一堆金属流口水，却对身边那位年轻漂亮的美人视若无睹。

但菲利普还是祝贺让诺抱得新车归。菲利普对邻居们说："对了，你们别忘了，我们明天晚餐后会等你们一起开香槟，明天是埃莱娜的生日。"

凌晨两点，菲利普掀开被子，坐在床边。正通风的窗外传来了蟋蟀刺耳的鸣叫声，这个夜晚显得更加沉重潮湿。他用胳膊抹了抹额头，在床头柜上摸索着找水杯，随后突然转过身去。

埃莱娜躺在他身边，他在黑暗中无法看清妻子的双眼是否仍睁着，只是在心中猜测着。

于是他小心翼翼地问："亲爱的，你还没有睡着吗？"

"没有，我失眠了。"

闻言，菲利普只说了一个"你"字便不再说话。

一阵沉默后，埃莱娜问道："怎么了？"

菲利普说："你……我是想问，你为什么睡不着？有什么特别的原因吗？"

埃莱娜回答道："我一直在想那通奇怪的电话，我觉得有一些……不过，你平时睡得很沉，今天怎么还醒着呢？"

菲利普说："我……是的，我的确睡不着，因为你说的这件事一直在我脑子里打转。"

二人再次陷入漫长的沉默，只听见蟋蟀的鸣叫声。

埃莱娜突然开口，用几乎听不见的声音说："菲利普，这些话从两个恋人口中说出究竟是什么意思？什么叫'我受不了了'？什么叫'就按说好的做吧''没有别的办法了'？'我们已经研究过所有的细节了，风险几乎为零'又是什么意思？"

菲利普没有回答。

片刻后，埃莱娜接着说："他们大概是要做一些会受到指责的事情。我想破脑袋也想不出别的可能性。他们仿佛是要清除阻碍他们幸福的最后一道障碍。你明白我的意思吗？"

菲利普从床头柜的烟盒中抽出一支香烟，缓缓地点燃，然后问道："亲爱的，你试着再想想，在这些话当中，你真的想不起其他内容了吗？哪怕是一个词或者任何一个细节，只要能够启发我们的都行。"

埃莱娜说："我想没有了。除他们互诉衷肠的话之外，我当时并没有太注意，而且我妈妈当时正喋喋不休呢。不，等等！还有一件事让我觉得奇怪，他们当中有一个人提到了'一次荒唐的约会'。"

菲利普闻言，说道："的确很奇怪。一次荒唐的约会？我还是不理解……唉，这对我们几乎没有帮助。除此之外，还有别的线索吗？"

埃莱娜说："不，我想真的没有了。不过，菲利普，我担心……所以你明白这些话是什么意思吗？"

菲利普谨慎地看着妻子，说道："你不会想说这是起谋杀案吧？"

埃莱娜微微颔首："我们得做点什么。我知道，我们对他们一无所知，但他们肯定是住在这附近的人，对吧？"

埃莱娜略带气恼地合上了手中的杂志，她根本无法阅读整篇文章。她看了看手表，时针指向下午三点三十分。她起身离开长椅，穿过阳光照耀下的露台。走进客厅时，她看到了电话。踌躇了几秒后，她果断地走向电话，拨通了她母亲的号码。

菲利普在电话局的办公室里放下电话听筒时，已经接近下午四点一刻了。此时，一位同事冲了进来，对他说道："菲利普，告诉我，通向巴黎的线路有什么问题吗？"

菲利普说："我只是打电话过去了解一下……"

同事问道："那他们怎么说？"

菲利普说："他们……我没能和那边的负责人通话。但他们会给我回电话的，到时候我再告诉你。"

同事说："说说吧，你看起来心事重重的，我猜不是为了工作上的事情吧。"

菲利普没有回答他。直到这位同事出去又把门重新关上，他仍然一直沉浸在自己的世界当中。接着，他又拿起电话，拨通了岳母的号码。等待音还未响两声，那边便接通了。

电话那边传来岳母的声音："菲利普！是你吗？多有趣啊！

埃莱娜刚刚才给我打的电话……"

菲利普说："这样啊。对了，您的电话线路有什么问题吗？埃莱娜昨天跟我说……"

岳母说道："说电话里有其他人的声音是吗？是的，她告诉过我了，而且她今天又跟我重复了一遍！但我当时什么都没有听到。还有就是，我不是聋人。什么？你说什么？"

菲利普还没到平时的下班时间就离岗了。在快六点一刻的时候，他见到了自己的妻子。看着她憔悴的面容，菲利普意识到情况一定发生了巨大的变化。

她结结巴巴地开口："我又听到他们说话了……"

菲利普说："我猜到了。我和你妈妈通电话了。"

埃莱娜说："他们……他们……他们要……"

菲利普打断了她："亲爱的，我们先吃口热乎的东西再说吧。"

片刻之后，他听妻子转述了她无意中听到的对话片段。埃莱娜说："我真的感觉到了，我妈妈好像在故意掩盖他们的声音，说话的嗓门特别大。而且她又跟我说她什么也没听到。我给你复述一下我听到的内容，那个人说'明天晚上，午夜时分……能不能把他带到那里就看你的了，我到时会候在那里……来个大跳水！很可怕，我知道，但我想我们应该不会留下任何痕迹的……'，然后他们就挂了电话。"

菲利普小口抿着杯中的威士忌，随即又一饮而尽。他沉默良久，又说道："那些声音有没有让你想起什么？"

埃莱娜说："没有。即使我认识两人中的一个，应该也不太能辨认出那个人来。因为他们除了说话时带鼻音，几乎没有别的特征。而且我甚至分不清哪个声音是男人的，哪个声音是女人的。菲利普，你不想说点什么吗？你平时不是很擅长破解各种谜团吗？说真的，我有些看不懂你了。"

"好，那我总结一下吧。我们现在有充分的理由相信，他们正在酝酿一场谋杀，打算在明天晚上动手，而且可能就在我们家附近，也许是半径为二十公里的范围内吧。策划谋杀的是一对恋人，受害者肯定是他们其中一人的另一半。事情大概就是这样。我们不知道他们是谁，甚至不知道谁会是受害者，究竟是谁的妻子还是谁的丈夫？你觉得我们应该做什么？提醒警察吗？就算他们认真对待这起案子，你认为他们能在全省范围内派警员贴身跟随每个人吗？更何况他们根本不会认真对待的。"

埃莱娜早已花容失色，忧郁地摇了摇头。

她喃喃自语："什么叫肯定不会留下任何痕迹呢？'一次荒唐的约会'又是什么意思？要是我们能想到什么就好了……"

菲利普看了眼时钟，打断了埃莱娜："宝贝，我们晚些再说这个吧。别忘了，勒瓦瑟夫妇今晚要来我们家……天哪！今天是你的生日！因为电话线的事情，我竟然忘了今天是你的生日！"

下一秒，他便抱紧了妻子，温柔地亲吻着她。

埃莱娜一口气吹灭了生日蛋糕上的二十九根蜡烛，身旁响起了热烈的掌声。接着，众人杯中倒入了冒着气泡的香槟酒。让诺来了兴致，他出色地活跃着整场聚会。他那轻松活泼的笑话很受欢迎，埃莱娜似乎又恢复了她一贯无忧无虑的模样，频频发出如银铃般轻快的笑声。菲利普和科琳娜也跟着笑了起来，只是显得有些拘谨。

夜晚十二点的钟声刚刚敲响，健谈的让诺还在滔滔不绝："你们知道吗？再往北边点儿，那儿曾有座女修道院。那里基本上什么都没有了，连最后几块石头都在百年战争的时候被移走了。"

菲利普扑哧一笑："我就知道，每次都要讲那些修女的故事。"

让诺说道："我正有此意！那儿过去有六个修女。有一天夜里，大概就是这个时间，她们六个人正在月光下漫步。你们别问我为什么，我可什么都不知道。她们朝着两个池塘的方向走去。那两个池塘在树林里，离这儿非常近。可是就在那里，她们看到六个赤身裸体的食人魔从水里冒了出来，朝她们猛扑过去，对她们……是的，就是你们想的那样。没过几天，她们就死了，并不是因为被食人魔袭击，而是因为觉得羞耻！六个人都死了！"说到这里，让诺做了一个表达歉意的手势，然后又接着说，"我知道，这件事没什么好笑的地方，但是……我开始有些疲惫了……"

菲利普嘲笑道:"你就承认吧,这些都是你现编的故事。"

让诺辩白道:"不!我才没有呢!是我们的邻居老莱奥告诉我们的!对吧,亲爱的?"困意袭来,科琳娜忍住哈欠,轻轻地点了点头。

让诺接着说道:"还有,那个地方被称为'六大裸体食人魔(aux six ogres nus)之屋'。"

菲利普说:"还真是闻所未闻呢。"

让诺说:"这再正常不过了。老莱奥告诉我们,当地人早就已经忘记这件事情了。"

埃莱娜微笑着打听:"所以这地方到底在哪儿呢?"

让诺说:"我刚刚说了,在这附近的两个池塘那儿。池塘中间有一条小路,可以通向一座古老的小屋……"

"我知道在哪儿了,"菲利普突然插话,"顺嘴一提,其实那座小屋没有表面看上去那么老。我……我之前去看过一眼,那天看到的时候,感觉那座小屋挺舒服的,里面有个梳妆台,还有张床呢!千真万确!"

让诺说:"我知道,那是看守猎场的人的屋子。但是我说到哪儿了来着……哦,对,在这座小屋前面二十多米,就是那六个赤身裸体的食人魔出现的地方……"

埃莱娜欢快地说:"听着!要是有机会,我很想去那儿转转,最好是在月圆之夜!"

让诺说："如果不熟悉地形的话，我是不会去冒这个险的。那两个池塘可是真正的泥潭，中间那条小路有些地方非常狭窄。过路时稍有不慎，人肯定会陷入泥潭之中。好了，科琳娜，咱们回家吧？"

又过了十分钟，菲利普和埃莱娜站在门口，目送他们的邻居走远。夜色柔和，周遭的一切都沐浴着银色的月光。

看着勒瓦瑟夫妇的身影消失在黑暗中，埃莱娜说："他们人真好。"

菲利普说："是啊……等等！你看！他们怎么右拐去树林的方向了？这是……"

埃莱娜笑得像个顽童，对丈夫说道："让诺可比你浪漫……"

菲利普并不服气："他？浪漫？你大错特错了！来吧，我们回家，我倒要让你看看我们俩谁更浪漫！"

待回到客厅里，菲利普倒满两杯香槟，说要喝个底朝天。

埃莱娜举起酒杯，大笑着说："为那六个赤身裸体的食人魔干杯！"

菲利普点了点头："好！敬那六个赤身裸体的食人魔！"

他抿了一口酒，却突然僵住，双目圆睁，含混不清地说："亲爱的！六个赤身裸体的食人魔……你还没明白吗？六个赤身裸体的食人魔（aux six ogres nus）！荒唐（aussi saugrenu）！你说的'荒唐的约会（Un rendez-vous aussi saugrenu）'，指的不就是在'六大裸体食人魔之屋'约会吗！"

埃莱娜惊道："我的上帝啊！可是……"

菲利普与妻子四目相对，说道："我知道你在想什么。很明显，'六个赤身裸体的食人魔'那儿，或者再确切一些，那座小屋，就是这对神秘恋人的约会地点。但是，几乎没有人知道这个地方，除了老莱奥和勒瓦瑟夫妇。换句话说，他们当中很有可能有一个是情夫或者情妇，而另一个则是要被加害的对象……"

二十四小时后，时钟又敲了十一下，随即又是一片沉默。在蒙日夫妇家中，客厅的窗户正开着，却没有一丝风吹动窗帘。此刻，家中弥漫着火药味。埃莱娜面色惨白，死死盯着她的丈夫菲利普，而他此刻却在小心翼翼地往左轮手枪的枪管里装填子弹。

埃莱娜说话的声音有些颤抖："一个多小时……菲利普，我求求你了，出发之前再想想吧。"

菲利普说："亲爱的，从昨晚到现在，我已经想了整整二十四小时了。事情其实很简单，真的。要么是我们弄错了，什么都不会发生，那样最好；要么是我们猜对了，那我就能阻止一场犯罪的发生。可要是我们现在报警，警方发现我们的怀疑没有真凭实据，那我们再见到勒瓦瑟夫妇时可就尴尬了……不管怎么说，我觉得现在报警已经太晚了。"

埃莱娜说："你说得对，你总是对的，以前如此，现在也是。你多敏锐啊，能够从我听到的只言片语中发现谋杀的计划，这是最令我难堪的。难道是做填字游戏让你变得如此敏锐吗？"

菲利普难得谦虚一回，说道："有一部分归功于填字游戏吧。其实，这个问题一点儿也不困难，就像面对一个打结毛线团，只要找到线头就能解开。很明显，这段干扰你通话的对话就是从我们'邻居'的电话线路传来的，不过也可能是你母亲附近的人。可是你母亲住在那样一个荒凉的地方，周围都是和她年纪相仿的老人。除了你我，我看不出来让诺和科琳娜之间究竟谁对伴侣不忠。一旦这个有关约会地点的谜底被揭开，剩下的一切就都很明显了。考虑到这个地理位置，以及你听到的那些话，比如说'我到时会候在那里……来个大跳水……很可怕……但我想我们应该不会留下任何痕迹'之类的，毫无疑问，那个候在现场的凶手打算把受害人推进泥潭里，而另一个人则负责把自己的另一半带到池塘那里。不过还有一个问题，究竟是科琳娜背叛了她的丈夫，还是她的丈夫背叛了她呢？"

埃莱娜皱了皱眉，说道："是科琳娜吧，我一直觉得她有些邪乎。"

菲利普反唇相讥："我想这就是你所说的女人的直觉吧？我觉得你搞错了，因为我基本可以肯定，让诺肯定有个情妇。毕竟他是个十足的大男子主义者，骄傲又爱自吹自擂。他每半年就换一辆新车，我想这些车就是最好的证据。但其实，我打心底里不能接受这件事……算了，我现在得走了，我得赶在被害人之前先到现场才行。"

埃莱娜说："亲爱的，请你务必要小心……"

菲利普把枪装进口袋，安慰妻子道："别担心，记得把香槟冰好。"

两小时后，冰好的香槟酒被"噗"地开了瓶。

"亲爱的，一切都顺利吗？"

"可顺利了！我成功地给了他一个惊喜，没有任何阻碍。不到五分钟，他就淹没在淤泥之中。你真应该看看他当时脸上的表情。他大概永远也想不到我还有这样的计谋，算计着让他自己把自己送入虎口。哈哈哈！的确，我们本来可以用更简单的方法来摆脱他，但我一定要让他看看我的本事！"

"那个关于神秘通话的故事太妙了。你知道吗？他真的完全相信了。想想看，他竟然把我妈妈听不见那段对话的原因归咎于她耳聋！"

"太搞笑了！但我要向你道喜，亲爱的，你太棒了，你真是个完美的女人……"

"我这回玩得很开心。"

"我也是，告诉你吧，他当时脸色有多可笑呢？在他完全消失在泥泞中之前，我跟他说，科琳娜从昨天晚上开始就一直在这儿等他了，就在他下面呢。"

开膛手妄想症

"现在这种情况出现的频率越来越高。有的时候甚至一晚上发生两次。我醒来时总是气喘吁吁，大汗淋漓，每次都要花上好几分钟才能缓过劲来。那个可怕的旋转木马总是出现在我的脑海中，还有些女人像鸭子一样发出粗俗的笑声来嘲笑我。她们浓妆艳抹，戴着可笑的帽子，身上的衣服颜色亮得刺眼……"

说到这里，阿兰·帕尔芒捷突然不吭声了。他躺在沙发上一动不动，已经滔滔不绝地说了近一小时。他身边的扶手椅上坐着一个人，此人全程一言不发，只是偶尔点点头作为回应，不知是在思索还是表示赞同。这个男人中等身材，约莫四十岁，比阿兰·帕尔芒捷大十多岁，可惜头发要稀疏许多，一副薄薄的银色边框眼镜后是一双清澈却如古井般无波的眼睛。他的外表平平无奇，但他将自己收拾得整整齐齐，并摆出有分寸的姿势，礼貌得几近冷漠。他本人与周遭的一切一样，是完全中立的。事实上，他的客户们对他的印象就是如此。当客户在他的门前按响门铃时，会在旁边看到一个毫无装饰的牌子，上面写着"查尔斯·林克，心理医生"。

这已经是阿兰·帕尔芒捷两周以来第三次来找林克医生了。他们的第一次"谈话"持续了近两小时，其间，林克医生一直保持沉默，一个字也没有说过，只是在"谈话"结束的时候，看似深思熟虑且非常专业地告诉他的这位新病人："现在给出任何诊断都为时过早。下周再来一趟吧。同一天，同一时间，可以吗？很好，费用是一千五百法郎。"

人们不是总说"沉默是金，能言是银"吗？的确，在第二次"谈话"时，林克医生只说了一句"您不应该这样做，但请您继续吧……"来打断这位病人的独白。这一句话的价格和前一周一样，整整一千五百法郎。

快走到办公室门口的时候，林克医生非常严肃地说："我开始有些明白了。但我还是想暂时保留我的意见。您下周还能来吗？"

帕尔芒捷说："一周的时间太漫长了，医生，我几乎要崩溃了……我们就不能明天见面吗？"

林克医生说："明天？唉，不行呀！这不可能，虽然说……"

帕尔芒捷央求道："医生，我需要您，您得听我倾诉，这样我才能感觉好些，跟您说话让我觉得平静了不少……"

林克医生说："好吧。那您晚上过来吧。"

阿兰·帕尔芒捷盯着林克医生那晦暗不明的目光看了看，林克医生的眼睛折射出灯光。他接着说道："当我从这些噩梦中醒来的时候，有时候并非躺在床上。有时候，我甚至穿着雨衣、戴着帽子，衣冠整齐地在附近的小巷子里刮墙皮！我筋疲力尽，汗流浃背，心脏怦怦直跳，好像刚刚长跑结束一样！我根本不知道自己做了什么，也不知道自己为什么会在那儿。医生，您不觉得这很严重吗？这究竟意味着什么呢？我甚至也觉得……自己是不是做了什么亏心事，才活该受到这样的折磨……"

林克先生若有所思地摸了摸下巴："再说说您的那些梦吧。"

"嗯，好吧。我当时在小巷中徘徊，小巷里特别昏暗，要比我们这儿的小巷狭窄得多，而且纵横交错，地面还坑坑洼洼的。巷子里有大门洞，有死胡同，有后院，同样非常昏暗。噢，还经常起雾……"

"您是不是有时候会听到马蹄声？"

"既然您说到这儿了，我想是的……"

"是马蹄声还是马车声？"

"是……是的，是马车声。巷子里没有汽车，都是马车，您说得对。不过马车声并不总是经常出现，一般都是在半夜里……巷子里十分冷清，连一个活人也见不到，不过流浪汉和妓女有时会在那里出没。"

"这些妓女是不是像您说的那样戴着有羽毛装饰的帽子？"

"是的，我感觉是的……我就那样一个人走着，我心里很害怕……但怎么说呢？我觉得我很享受这种恐慌的状态。那儿一看就是个声名狼藉的地方，甚至还有些危险。但是……但是那里带来的恐惧感和焦虑感让我感受到了某种快乐。在每一个交叉口，每一个隐蔽的角落，我都会想象有一个人隐匿在暗处，等待合适的犯罪时机，犯下最严重的罪行，甚至是最恶劣的暴行和……"

林克医生面带微笑地应声道："我明白了。不得不承认，我很少能这么快就对一个问题产生如此清晰的认识。但一切都表明，我的诊断是正确的。不过，我们还是得进行最后一次测试。在此期间，我还是建议您短暂休息一下，这样才能完全放松身心。请您待在这里，抽根烟，再翻翻杂志，我马上就来找您。"

这位心理医生起身穿过房间，消失在一扇门后，那扇门通向他的私人公寓。

阿兰·帕尔芒捷坐了起来，听从医生的建议，抽了几口烟，又拿起前一天的报纸，心不在焉地翻了翻。就在此时，一篇文章引起了他的注意。

连环杀手七次作案后仍逍遥法外

警方仍在猜测这几个月来一直在港口附近的贫民区流窜的杀人狂魔究竟是谁，但他们对此人的犯罪动机十分确定。第七名受害者仍然是一名妓女，这绝不是巧合。负责调查的警员表示，这和犯罪史上那些常见的色情狂没什么两样。他的调查结果在很大程度上证实了这一说法。经查，在最新的受害者身上发现，凶手以耳朵为起点，割开了她的喉咙。她身上有多处伤口，由于伤口的性质，为维护死者的体面，我们无法提供更多细节。我们十分同情从事相关职业的同胞，她们又惊又恐，却因为所从事的职业，不得不在夜间行路⋯⋯

阿兰·帕尔芒捷突然听到一阵清脆的铃声，原来是茶几上的电话。这部电话一定是连在林克医生家的电话线路上，种种迹象表明，他可能在短暂通话后刚刚挂断。帕尔芒捷思索了片刻，他放下手中的报纸，走到衣帽架前，拿起他的帽子，检查了一下帽子的底部，又将它戴上，随后回到沙发上躺下。就在此时，林克医生走了进来。

他带着亲切的笑容说："好，我们现在开始测试。这个测试的原理非常简单。我对您说一个词，您就立刻接上另一个词。记住，千万不要思考，您本能的回答才是我们成功的关键。"

帕尔芒捷问道："是通过联想吗？"

林克医生回到座位上，赞同道："正是如此。您准备好了吗？太好了。那我先开始吧，第一个词'女人'。"

"妓女。"

"雾……"

"谋杀。"

"光亮……"

"煤气灯。"

"医生……"

"手术刀。"

"脚步声……"

"杀人犯。"

"铺路石……"

"血。"

"伤口……"

"喉咙。"

"刀……"

"肚子。"

"伦敦……"

"白教堂。"

医生肯定地举起手，示意他停下："好了，到此为止。毫无疑问，您肯定患上了开膛手妄想症。"

阿兰·帕尔芒捷瞪圆了双眼，不禁问道："开膛手妄想症？这是什么？"

林克医生宽厚地笑了笑："要说起来，这是一种'开膛手学家'的疾病。开膛手学家是指那些对开膛手杰克的案件非常感兴趣的人。您对这个名字有印象吗？"

"是的，当然有印象，只是……"

"好吧，让我猜一猜。关于这个可怕的人物，您只知道他热衷于滥用暴力来杀害妓女，而且他的身份从来没有被发现过，对吧？"

"的确是这样……"

"一般人对此事的了解仅限于此。但只要听到这个名字，人们总会不自觉地浮想联翩，总是想到上个世纪的伦敦，想到旧马车，想到迷雾中的路灯，想到小酒馆，想到殷勤的女子，想到晦暗的小巷……然后便联想到这位疯狂的杀手。他犯下了最恶劣的暴行，只是身份和谋杀动机仍然成谜。这一切都让您感到着迷，毫无疑问，您是被这个人物和那时的环境吸引住了……您放心吧，您并不孤单，开膛手学家的数量远比您想象的要多，他们中大多数都是历史学家或者退休警察，仍在孜孜不倦地继续挖掘这起神秘案件中的每一个细节，试图揭开案件的谜底。他们自称调查纯粹是为了历史，但我怀疑他们还有其他不可告人的动机。这些人每年都会在伦敦聚会，并到不同的谋杀地点朝拜，比如贝克街、汉伯宁街29号、伯纳斯街、主教广场的拐角、米勒花园……"

林克医生突然噤声，二人的对话陷入了一种耐人寻味的沉默。帕尔芒捷突然打破沉默，看向远方，说道："医生，再跟我说说这起案件吧。"

林克医生闻言，开始了近一小时的独白，而身旁的帕尔芒捷聚精会神地听着他说的每一个字。

林克医生说完后，帕尔芒捷问道："医生，那我现在该怎么办呢？您打算给我开什么样的药方？"

"首先，您必须买到所有关于这个主题的书籍，这样才能进行深入了解。接着，您需要尽快请两周假去伦敦一趟。记住，最起码也要两周。到了那儿，您试着完全沉浸在白教堂的氛围里。然后，您再回来找我。到那时，我想您会有所好转，情况会有明显改善。"

阿兰·帕尔芒捷起身告辞，他说道："谢谢您，医生，谢谢您所做的一切。我已经感觉好多了，现在我知道了……"

阿兰·帕尔芒捷带着奇怪的微笑快步走进一部电梯，并坐电梯从五楼来到一楼。此时，大楼外面已是漆黑一片。两个穿着雨衣的男人正在大楼出口处候着他。

其中年轻一些的男人说："老大，我们担心死了，你要再晚半小时出来，我们就要冲上楼去看看了。怎么样？是他吗？"

阿兰·帕尔芒捷警官答道："如果这家伙不是那个残忍杀害女孩们的怪物，那我就下地狱算了。他是个病人，痴迷于开膛手杰克这个人物。我终于让他卸下了防备。前两次见面的时候，他一直三缄其口，但一旦开始谈论他感兴趣的话题，他的话匣子便打开了。他把开膛手杰克的整个故事都详细告诉了我，这些细节不容置疑。"只见这位警探脱下帽子，拿出藏在其中的微型录音机，接着说，"我们的全部对话都录在里面了。等你们听完就知道了，这份录音能够打消你们所有的疑虑。这里面的内容足以说服陪审团里最多疑的陪审员！"

另一名身着便衣的警官说道："不过，老大，你还没有告诉我们，你是怎么发现关于他的线索的。"

阿兰·帕尔芒捷说："我承认，这个发现纯属巧合。我在书店里碰见过他好几次，而且我注意到他每次都是来订购英国犯罪学书籍的，就私下里问了书商。他告诉我此人是一名心理医生，这令我恍然大悟。"说到这里，阿兰·帕尔芒捷笑了笑，接着说道，"不过说到心理学领域，我觉得这些人在涉及自己的案件中全然不考虑心理学。我愚弄了他，我欺骗了他，但我很难对一个普通人做这些事情……"

年轻警察补充道："这段时间，他和你碰面三次，就从你这里拿走了快五千法郎……这可是我半个月的薪水。到底是谁骗了谁，我看还很难说呢。"

另一位警察则嘲讽道："我也这么觉得，我可不确定局里会不会给你报销，要是他不是我们要找的人，那可就更不好说了！"

帕尔芒捷冷淡地说道："我再说一次，我很肯定我没搞错。好了，说得够多了。看着吧，真相马上就要大白了。所有人都就位了吗？"

两名警察点了点头。

"那我们的'山羊'呢？"

年轻警察笑着说："你是说贝尔蒙警长吗？以我对她的了解，她一定迫不及待地等着'狼'来呢！"

帕尔芒捷说："好吧，那我可得快去看看她。我们的计划能否成功，全都看她的肩膀了……"

"或者是她那动人的天鹅颈……"

"这太有趣了。好吧，一会儿见。从现在起，你们可要保持警惕，他随时都有可能出来。"

在隔壁巷子里的一个隐蔽处，帕尔芒捷警官看到了站在路灯下的布丽吉特·贝尔蒙警长。她此时并未穿着警服，而是穿着一套令人联想起某个古老职业的套装。这套衣服其实很适合她，勾勒着她修长的双腿和优雅的身材曲线。

帕尔芒捷有些局促地说道："很好。我想你应该花了大力气捯饬自己吧？我从未见过如此美丽的美人儿。警长，你太棒了，这是我发自内心的赞美。"

美丽的金发女郎不无幽默地回答道："你过誉了，我受宠若惊。"

"拜托，布丽吉特，现在可不是开玩笑的时候，尤其是我们明明知道自己现在的处境。我想我不必再重复指示了吧？你应该非常了解。你要确保他发现你，然后接近。一旦他突然做出什么举动，哪怕是看上去不会造成伤害的举动，你也要扑到地上，然后大声呼救，我们绝不能冒任何风险，一点儿也不行。接着，我们就会立马出现，然后好好招呼他。但是，布丽吉特，在我赶到现场之前，你可千万不能轻举妄动，明白了吗？"

"明白啦，老大。可你确定他真的会接近我吗？"

"如果他没有，那可就奇了。我之前不是告诉过你吗？他一直和这个街区的妓女鬼混。所以，要是他没有敏锐地发现……发现……唔，你应该知道自己为什么会被选中来完成这次任务吧？行了，我先走了，再说一次，要小心行事，要严格按照指示做！"

五分钟后，帕尔芒捷和两名同伴在大楼出口处窥伺着他们的猎物。

"老大，你说说，你凭什么觉得他今晚会出来溜达？"

"因为他每两天就会出来逛一次。而且有了我们的谈话，我就不信他能沉得住气……注意，他来了！"

三名警察大气也不敢出，紧紧尾随在他身后，直到一条狭窄的巷子口处。不出所料，他们看着他向前走了五十多米，然后在一个隐蔽处停下了脚步。不到十秒钟，一声可怕的尖叫划破寂静的夜空。帕尔芒捷拼命吹响举到嘴边的哨子，另外两名警察如利箭般飞奔出去。

就这样，一场短暂的抓捕行动开始了。林克医生撒腿就跑，只是千挑万选的年轻警察们身体素质过硬，又受过专业训练，抓捕他可谓手到擒来。但是，正当警察们如狼群一样冲向逃犯时，帕尔芒捷警官却在贝尔蒙警长瘫坐的隐蔽处驻足。

他用低沉的嗓音说："干得漂亮，我的宝贝。你没受伤吧？"

年轻的金发女郎起身说道："我没有被划伤。你看，我纹丝不动，一切都是严格遵照你的指示做的。"

"太好了。我们现在已经抓住他了，就是几秒钟的问题。这一切都归功于你。你太了不起了。"

"噢！你知道吗？其实他什么也没做，只是他的手一动，我就发出了尖叫……"

"嗯，这样很好。"

"但你难道不觉得说我们抓了他个现行，显得有些牵强吗？"

"他逃跑的行为相当于招供。"

"可如果换成是我们，在他当时的处境中，听到哨声，又看到两个向自己冲过来的黑影，我可能也会像他一样逃跑……"

"无论如何，这起连环杀人案必须结案了，所以必须逮捕一名罪犯。这起案件不能再继续发酵下去了，每个人都成了被怀疑的对象，就连我们市里那些最值得尊敬的人也是如此，甚至连警察也遭到了怀疑。"

布丽吉特担忧地说道："但要是这个人并不是真正的罪犯呢？而且我不觉得他……"

帕尔芒捷警官用再平静不过的声音说："你还是什么都没明白，亲爱的。"他从口袋里掏出了一件闪闪发光的东西。

五分钟后，他与自己的手下一同将这名逃犯塞进一辆货车，那人戴着手铐，坐立不安，拼命挣扎着说自己是无辜的。

年轻警察看着他的长官独自一人回来，脸上带着忧郁的神情，忍不住惊呼道："我的天哪！难道是……"

帕尔芒捷警官恨得咬牙切齿，说道："如你所见，就是你想的那样……在我要他的命之前，赶紧把这个浑蛋给我带走！这个浑蛋，这个人渣，他竟然来得及割断她的喉咙！可怜的女孩，她浑身是血……你们看，我为了把她扶起来，弄得满手都是血！"

可恶的雪人

事后，当欧文・法瑞尔先生回忆起这些事情时，他有些怀疑自己的证词。他唯一确定的是时间，他确信自己看到抬担架的人从巷子里出来的时候是晚上十一点左右。因为他刚刚听到附近教堂的钟楼响起了十一声钟响，而且还有几个证人证实了这一点。至于其他事情……他是在做白日梦吗？他是否产生了一种可以预知未来的神秘幻觉？抑或是因为刚刚离开的朋友们把他灌醉了？即便如此……这也不能解释这种巧合。然而，欧文・法瑞尔虽然只是一个身材矮小的老人，他的逻辑思维却闻名遐迩，为人称道。他一直以来都秉持一个观点：每件事情都有一个解释。人们总是请他来解释一些无法解释的谜团，而他总能设法解开这些谜团。只是，有一个谜团他始终未能找到满意的解释……

这些离奇的事情发生在一九二九年的圣诞节前夜，那是一个寒冷的夜晚。晚上十时许，欧文·法瑞尔和朋友们告别，赶赴第二场约会。前一天晚上，他遇到了一位老朋友，邀请他到家里一同庆祝圣诞节。这位朋友将到自己家的最短路线告诉了法瑞尔，法瑞尔十分自信地说自己肯定不会走错。

欧文·法瑞尔想："如果路走不通怎么办？"这里是伦敦市布鲁姆斯伯里街区的北部，是个十分僻静的地方，法瑞尔已经在这荒无人烟又落满积雪的街道上走了近一小时。他疲惫不堪，总觉得自己好像在绕圈子，心中不免对眼前这些成排的红砖房子感到厌烦，所有的红砖屋子都有着一样的入口、栅栏和积雪的屋顶。

但在亮着灯的窗户后面，他看不到自己的阴郁。在那里，都是欢乐的场景。在摆放整齐的桌子前，在装饰着花环和蜡烛的冷杉树亲切的目光下，人们在小提琴或钢琴的欢快旋律中欢笑、歌唱，甚至还有些人跳起了舞。

十一点的钟声刚刚响过。法瑞尔走进了另一条死胡同，又是无功而返。他正在考虑是否应该回家，就在这时，在昏暗的路灯下，他看到两个救护人员抬着担架从一条小巷里走出来。他很讶异，因为他没有听到他们的脚步声，也许是因为周围的人们正在狂欢。他们的影子是灰色的，在闪闪发光的雪地上格外显眼，他们就像两个不受控制的自动机器人一样，缓慢地走向他们的车辆。一名穿制服的警员在前面带路。这看起来像是一群人正在出殡。这一幕让他感到惊讶，也许是因为他已经孤身一人走了许久，四下都是无人的街道。此时，他的内心感到一阵悲哀，因为他注意到躺在担架上的人是脚朝前的，身上覆着一条毯子，他几乎看不到那人的样子，但他猜测那是一个男人。圣诞前夕的悲剧？上帝啊，那是多么令人伤心的一件事啊！

他走近正在将这名不幸的男子装入车内的担架工人，然后问跟在他们后面的警察："这是一个冻死的老流浪汉吗？"

警察严肃地摇了摇头，回答道："他不老，也不是流浪汉。他最多就五十来岁，而且穿着得体。至于死因，我们还不知道。一些住在周边的人看到他从房子里走出来。他斜靠在小巷尽头的一个角落里，似乎很快就睡着了。"

"这听起来太令人伤心了……"

"是的。愿他安息！不过，先生，祝您有个愉快的夜晚。"

说完后，警察上了车，车立刻开走了。片刻之后，车辆便消失在街道深处。欧文·法瑞尔发现自己独自一人，困惑不解。他觉得有些事情很奇怪，虽然他并不清楚是什么原因。他看了看前面的小巷，然后走了进去。毕竟他朋友的家可能就在里面。就像他朋友说的那样，他家就在巷尾处右手边。

在巷子的左边是一面绵延不断的高墙，右边则是一排齐刷刷的豪宅，只是四幢房子中只有前三幢亮着灯。巷子的尽头是一条死胡同，只有一堵没有豁口的墙。他想，那个可怜虫一定是在这附近的某个地方被发现的。法瑞尔在最后一幢房子前驻足，周遭一片漆黑。他划了一根火柴，俯下身子照了照门铃上的名字，发现这儿仍然不是他要找的地方，只好疲惫不堪地叹了口气。突然，背后传来一人说话的声音，令他不禁打了个哆嗦："晚上好，先生。您是在找人吗？"

法瑞尔猛地转过身来，发现面前站着一个中等身材的男人，他身穿一件带卷毛羔皮领的大衣，头上没有戴帽子，薄薄的胡须让他显得有些与众不同。在黑暗的笼罩下，法瑞尔依稀觉得这个男人的面容亲切。

可他究竟是从哪里冒出来的？法瑞尔很肯定自己在小巷里没有遇到任何人。难道他刚刚就在背后那个黑黢黢的角落里？可是这么冷的天气，他一个人在那里做什么呢？

法瑞尔直勾勾地盯着眼前的陌生人，回答道："是的，不过我找错了门。对了，这位先生，您能告诉我刚才被运走的那个可怜人是谁吗？"

"您说什么？"陌生人惊讶地说。

"啊，就是刚刚那个不幸去世的人，他应该是倒在附近的某个地方，五分钟前他的尸体才被运走。"

"您的话让我非常吃惊，因为我在这里已经待了好一会儿了。但我没有看到任何人呀，更别说什么尸体了。"

"那也许是在更远处？比如在巷子的入口？"

"不，即便是那里，我也一定能看到。先生，您肯定是搞错了。"

法瑞尔本想辩驳几句，但面对陌生人冷静又笃定的语气，他只好把话咽回了肚子里。他开始怀疑自己，那几个从巷子里走出来的怪人只是他想象出来的吗？是因为他在冰天雪地里找了太久，所以疲惫不堪，产生了这种幻觉？可是，他那向来很准的直觉已经对他发出警告——情况不对。

法瑞尔只好承认道："好吧，我肯定是弄错了。我今晚一直在犯错，这些房子全都长得一模一样……我在找我的一个朋友，我想我本来找到了一些线索，就在前一条巷子里，也是在最后一幢房子前面，就像这里一样……"

陌生人点了点头："原来是这样，我明白了。这是威尔逊夫妇家，不过他们那天晚上不在家……"

"哪天晚上？"

"和今天一样，是十年前的平安夜。你看，那天晚上，就在这儿发生了一场可怕的悲剧……"

男人转过身来，用戴着手套的手指着这条死胡同尽头的黑暗处，说道："悲剧就发生在那里，人们在墙后发现了一位被残忍杀害的受害者。"

欧文·法瑞尔突然全身颤抖："然后出现了一具尸体吗？"

"是的，那是自然。"

"那具尸体被急救人员搬走了？"

"先生，当然啦，就像所有的尸体一样。但那已经是十年前发生的事情了……"

法瑞尔呆立在原地，像一尊雕像一样。他的眼睛渐渐习惯了黑暗。第一幢房子的灯光如今照亮了尽头那块黑暗的区域，可眼前的一切并没有什么特别，那只是一堵平平无奇的墙，棕色的墙面上点缀着皑皑白雪。只是，法瑞尔隐隐约约嗅到一股不真实的味道。不知是因为眼前这个陌生人，还是那几片在黑暗中飘舞的雪花。

"那我是不是产生幻觉了？还是说我见到鬼魂了？"

陌生人目不转睛地盯着曾经发生过悲剧的现场，似乎没有听到法瑞尔的问题。法瑞尔穿着厚厚的大衣却瑟瑟发抖，而这个人似乎完全不觉得冷。一阵沉默之后，他用低沉的声音说道："拉尔夫·帕特森被指控是此案的凶手，并被判处绞刑。但我知道这不是他干的。直到行刑的那一刻，他也从未停止申冤。我每年都来这里，就是希望有人能够解开这个谜团。"

"谋杀案的谜团？"

"是的。种种迹象表明，这是鬼魂所为。可是从事实来看，只有拉尔夫·帕特森有嫌疑。正因如此，拉尔夫才被定罪。不论其他人用多么高明巧妙的手段，都很难实施罪行。实际上，似乎不可能有人类参与谋杀。"

"但您并不排除那是一起人为谋杀，对吗？"

"唉！可这个谜团时至今日也没能解开。"

"哦，您知道的，不论这些秘密隐藏得有多深，都总有真相大白的那一天。"

男人闻言，脸上露出了又惊又喜的神色："先生，您似乎胸有成竹。可您如何能够确定呢？"

"因为任何事情都有一个解释。"

陌生人的眼中闪过一丝不屑，说道："既然如此，要是您有时间，我就把这个谜团说给您听。虽然我很难相信您能揭开谜底，但您若是真能揭开，那可真是帮了我一个大忙。"

欧文·法瑞尔布满皱纹的脸上突然绽开了一个狡黠的微笑："我现在很有空。"他使劲搓搓双手，又哈了一口热气来暖手，接着说道，"这儿有点冷，我还是更喜欢靠着温暖的火炉来听这个故事。这样也行，我听着呢，您说吧。"

陌生人看着一片死寂的房子，过了好一会儿才开口："好吧，那我们就从头开始说起。我不知道如今是谁住在这幢房子里，但这并不重要。这幢房子看起来非常悲伤，似乎一直笼罩在过去的阴影里。可是在当时，格雷夫斯一家住在这里时，这儿总是洋溢着幸福快乐的生活气息。约翰·格雷夫斯是一个严肃的人，他是王室中尽职的高级官员，也是家庭中尽责的父亲和丈夫。他的妻子伊丝特·格雷夫斯夫人几乎是个完人，方方面面都无可指摘。他们有三个孩子，两个儿子弗雷德和雨果都二十多岁了，还有个小女儿，名叫杰西卡，她很友好，只是性格相当孤僻，很少离开那间装满娃娃的房间。

"这一家人原本的生活十分幸福。直到一九一四年初，弗雷德和雨果两兄弟认识了一位名叫莫德·福克纳的女子，许多追求者都拜倒在她的石榴裙下。这两兄弟也不例外，他们都疯狂地爱上了她。您想象一下，这名女子面容姣好，发型像男孩子似的，一帘齐刘海正好落在黑色的大眼睛上，长长的睫毛像流苏一样，真的很可爱。弗雷德比弟弟雨果更外向。他很会说话，又爱笑，喜欢开玩笑，总是将一头金发梳得很整齐，是个非常有魅力的人。雨果身材高大，留着一头黑发，忧郁的神情让他显得有些不苟言笑，却又充满浪漫气息。他似乎比不上只比他大一岁的弗雷德，却意外得到了美丽的莫德的青睐。于是，雨果和莫德在战争爆发前不久成婚。这一家里的三个男人都参加了战争，但并没有一同活着归来。约翰·格雷夫斯在一次轰炸中被炸死，而雨果，当时与弗雷德在伊珀尔地区并肩作战，却在德军进攻时被击中，因此殒命战场。一九一八年战争结束，格雷夫斯家族的男丁中，弗雷德是唯一平安回国的。

"他能活着回来，对他的母亲来说可谓是莫大的安慰，失去丈夫和儿子的她一直无法释怀。雨果英年早逝，获知其死讯的妻子莫德大为悲痛，但二人成婚不久，所以她很快就平复了心情，更何况幸存的弗雷德极力安慰着她。事实上，战争结束还不到一年，她和弗雷德便计划订婚。这对每个人来说都是一种安慰，包括格雷夫斯夫人在内，因为她已经习惯了这位年轻的儿媳陪伴在侧。

"莫德的哥哥杰瑞也参加了战争。当时，他刚从比利时前线回国，却不知道自己该去哪里。他的父母在动乱中去世了，所以他接受了格雷夫斯夫人的提议，暂时住在温暖的格雷夫斯家，等他身体恢复后找到工作再说。于是，他带着对战争的痛苦记忆回到祖国。因为他经常感受到剧烈的头痛，所以无法从事忙碌的工作，更别提干回土木工程的老本行了。他是一个和蔼可亲的男孩，身材与雨果相仿，但比雨果年长一些。他很少出门，若是有不头疼的时候，他基本上都在看书。

"对了，还有万斯父子的事情。查尔斯·万斯上尉是已故的约翰·格雷夫斯的老朋友，也是雨果的教父。他活着从战场上回来了，只是负过伤，现在还有点瘸。他性格粗暴，但头脑灵活，可以信赖。自从老朋友去世后，他就主动扛起了照顾格雷夫斯一家的责任，并定期来这里看望他们。他的儿子巴思尔是一位杰出的年轻外科医生，他对莫德产生了莫名的情愫，总是和他的父亲一同前去探望格雷夫斯一家。正如我所说，所有的年轻男士都会爱上美丽的莫德，尽管她是个寡妇，但她依然风姿绰约。巴思尔是一位言行举止都无可挑剔的绅士，举手投足间散发着迷人的魅力，十分受欢迎。他和杰瑞同龄，当时三十多岁。要我说，如果不是弗雷德对她一见钟情，又展开了疯狂的攻势，想必她一定会为巴思尔倾倒的。当时，弗雷德只是一个打字机销售员。或许他还指望莫德从父母那里继承财产，想着靠那笔钱大展拳脚。好了，那我们就从战争结束后发生的第一件事情开始说起吧。这件事情发生在一九一九年十一月，是那起悲剧发生前的一个月。

"一天夜里，莫德从可怕的噩梦中惊醒。她又看到了雨果，他像幽灵一样出现在她面前，打扮成士兵的模样。他挥舞着上了刺刀的步枪，嘴里喊着复仇的口号，气势汹汹地向她走来。弗雷德向她保证，这只是一个噩梦，有许多和她境遇相同的年轻寡妇肯定都经历过这样的噩梦。也许他说的是真的，但后来，人们时不时会记起这个奇怪的梦。

"那年的冬天特别冷，经常下大雪。虽然杰西卡已经十五岁了，但仍然童心未泯，总是在雪地里撒欢。她在这条小路的尽头堆了一个大雪人，这是她引以为傲的杰作，所以她不允许任何人靠近这个雪人。起初，这只是件无伤大雅的事情。可是杰西卡也许是想强调自己的禁令，竟用自己已故的哥哥的头盔和外套来打扮雪人，那本是军队归还给家属的士兵遗物。为了慎重起见，她还在他的手臂上插了一把刺刀。白天，这个雪人看起来有些滑稽，但在夜幕降临时，却又透露出恐吓的意味。雪人身上的头盔和刺刀令人浮想联翩，尤其是格雷夫斯一家。

"格雷夫斯夫人却一点儿也不喜欢这个雪人。一看到这个雪人，她的第一反应就是要让它消失。但杰西卡泪如决堤，格雷夫斯夫人不得不放弃这个念头。与此同时，弗雷德暴跳如雷，但还是屈服于杰西卡的眼泪。通常情况下，杰西卡是个冷静的女孩，但当她的精神世界受到威胁时，比如有人要破坏她的玩偶或是其他手工制品之时，她就会变得像个泼妇。她甚至给雪人取名为雨果。以上所有的事情都发生在命案那一周的头几天。一天晚上，在回家的路上，莫德受到了极大的惊吓，她笃定地说自己看到了雪人在动。我想，这可能只是她想象出来的。

"圣诞节前三天，这群年轻人去城里参加朋友们举办的聚会。莫德、弗雷德、杰瑞和巴思尔医生都去了。这件事情非常重要，因为就是在这场聚会上，他们遇到了拉尔夫·帕特森，一个来自北方的年轻富农。他在战争期间认识格雷夫斯兄弟，甚至和他们并肩作战。他口音明显，说话时尾音总是拖得很长。此人心直口快，有些轻佻。他的小胡子修成两边向上翘曲的样子，戴着一副银色边框的眼镜，双目微微眯起。他的言行举止很快引起了人们的注意。帕特森十分懂得如何调节聚会的氛围，他毫不掩饰地向莫德示爱，逗得弗雷德止不住发笑——他忘记公开二人已经订婚的好消息，因为他从未将帕特森这个对手放在眼里。老战友尴尬的现场示爱令弗雷德捧腹，莫德似乎也乐在其中，有意与帕特森调情，对这个富有的外地人阿谀奉承，假意夸赞他的新衣服又好又昂贵，其实穿在他身上简直是不伦不类。可拉尔夫·帕特森显然不明白何为高雅的审美情趣。

"我记得莫德饮尽一杯雪莉酒，咯咯地笑了起来，说：'拉尔夫，你的礼帽是今晚全场最好看的！你这是在哪里买的？'

"然后帕特森回答道：'今天早上刚在城里买的，在摄政街的一家名叫彭珀与博伊尔的店里。我的直觉告诉我，今晚我一

定会有一场奇遇的！'

"莫德又接着夸道：'你的鞋子也很特别！'

"弗雷德不无讽刺地加重了语气：'又大又好看！'

"帕特森说：'我穿的是45码的鞋子，也是在同一家店里买的。'

"莫德说：'我想，你的雨伞也是在那儿买的吧？'

"帕特森骄傲地说：'那当然！我在细节上可从来不吝啬。只要是我喜欢的东西，我就会毫不犹豫地买下来！'

"莫德抬起头来，睫毛像美丽的蝴蝶般翕动着，含情脉脉地说道：'拉尔夫，那你喜欢我吗？'

"帕特森说：'这是自然，我非常喜欢你。'

"莫德又问：'那你准备为我付出什么呢？'

"帕特森说：'亲爱的，我愿意为你买下世界上所有的黄金。'

"我想，听了这几句话，你就大概明白那晚的聚会是个什么样的氛围了吧？这群生性自由的年轻人美滋滋地沉浸在聚会当中，但拉尔夫突然说了一句话，让人感到怪异而不安。我记得弗雷德当时正在和莫德跳舞，拉尔夫、巴思尔医生和杰瑞一起坐在吧台前面。可拉尔夫越喝越醉，借着酒劲吐露真言。

"'是的，我和格雷夫斯兄弟很熟悉。特别是雨果……可怜的雨果，他被打成了筛子。对了，你们知道军队里怎么说他的吗？现在这么说恐怕有些不地道，特别是一切都不明朗的时

候。可是，我无法做到什么都不说，因为……嗯，有些人说，他不是死在德国人的枪下的。'

"巴思尔医生竖起了耳朵：'你这话是什么意思？'

"帕特森眼神飘忽地看向舞池中的弗雷德与莫德，答道：'没什么，我只是告诉你们当时军中流传的一些话罢了……'"

陌生人沉默了一会儿，似乎想强调他刚刚说的话。欧文·法瑞尔打破了沉默："嗯，这的确是一个赤裸裸的暗示。如果真的不是德国人杀死了雨果，那就意味着我们正在谈一场暗杀。有了这么一个前提，那么罪魁祸首就呼之欲出了。杀死雨果的是弗雷德，他在战场上趁乱杀害了自己的弟弟，也就是夺走了他所爱之人的情敌，这样一来，他就可以与莫德双宿双栖了。那么莫德的噩梦也就说得通了。"

"完全正确。不过我得告诉你，早在帕特森说这话之前，就已经有些相关的流言蜚语出现了。但大家都觉得那些话纯粹是诽谤，所以没有人相信。只是帕特森是战争的亲历者，那么情况就大不一样了。不过，在格雷夫斯家，并没有人提到过这个问题。这可能意味着他们不知道这件事，估计是杰瑞和巴思尔医生不约而同地瞒着他们。然而，杰瑞可能已经告诉了他的妹妹，而巴思尔也告诉了他的父亲，因为这个传言最终传到了弗雷德的耳朵里，他听后只是大笑而已。也许是为了证明他的坦荡，或者是他的清白，他决定邀请拉尔夫·帕特森在圣诞夜的晚餐后来作客。然后，悲剧就开始了……

"那一天，雪一直下到夜幕降临，整条巷子都覆盖着厚厚的积雪。当晚九点左右，格雷夫斯一家与客人万斯父子刚刚吃完晚饭，第一件事便发生了——保险丝突然断了。走廊、厨房和隔壁的杂物间漆黑一片。又因为家里没有备用的保险丝，众人决定等第二天再修理。但万斯上尉坚持当下就修理，他说自己家里还有几根保险丝。他和儿子住在罗素广场那儿，步行一刻钟就到了。他行动不便，好友们纷纷劝阻，但他还是执意要回家去取，他说自己要适当运动才能消化这顿大餐。于是，在九点三十分左右，他离开了格雷夫斯家。

"他离开时并没有注意到那个叫雨果的雪人。它仍然不动声色地立在巷尾，身上放着无用的头盔和刺刀，像一个滑稽的哨兵。更别提拉尔夫·帕特森了，他那天晚上十点十五分才到达格雷夫斯家，莫德的哥哥杰瑞和格雷夫斯夫人走到门口迎接他。杰瑞发现弗雷德不在，便让帕特森在会客厅里等着。想着弗雷德大概在楼上的卧室里，于是杰瑞来到二楼找他。

"说到这儿，我得向你解释一下房子的布局，并告诉你每个人当时所处的位置。假设从这道前门进入房子，我们会先经过一个小小的门厅，面前是一条和这条巷子平行的横向长廊，一层所有的房间都在长廊上。临街的房间依次是餐厅、书房、会客厅，拉尔夫·帕特森当时就在这间会客厅里。你看，巷尾尽头的那块玻璃就是会客厅的窗户，透过窗户正好能看见雪人。

"巴思尔·万斯医生在餐厅里抽雪茄。格雷夫斯夫人在餐厅对面的厨房里。她让女佣回家过圣诞节了，她便自己借着烛光煮咖啡。帕特森到达的时候，她到走廊里和他打了个招呼，随后便立即回到了厨房。莫德在书房里找书，彼时她刚和巴思尔讨论过关于非洲南部的一个部落，她想找到其中的一个地理知识点。

"一楼大厅里有一道楼梯可以通向二楼，二楼的设计和一楼差不多。当时只有杰西卡在那儿，她在那儿玩自己的娃娃，哦，还有杰瑞，他当时上楼去找弗雷德。

"至于刚刚到格雷夫斯家的帕特森，他当时正在会客厅里听着音乐盒中传来的悠扬旋律，却突然听到外面传来惨叫声。于是，他走到窗前，意外地看到巷子里有一个奇怪的人正在攻击弗雷德，这个人不是别人，正是那个雪人！据他说，那个雪人看起来愤怒异常，就像战斗中的士兵一样凶猛，他用手中的刺刀不停地用力戳向毫无招架之力的弗雷德！帕特森呆若木鸡，好一会儿才缓过神来，抬起窗户的护板，想看得更清楚些，因为他实在无法相信自己的眼睛。

"可这场噩梦真真切切地发生了，那个疯狂的雪人对弗雷德痛下杀手，帕特森眼睁睁地看着弗雷德在他面前死去，横尸在洁白的雪地上。这个可怜的家伙甚至没能来得及呼救。帕特森是一位身材魁梧的农夫，他此时才意识到自己浪费了太多的时间，终于想起要救人。他知道，最快的办法就是从窗户跳出去，但这个办法有些危险，因为窗户的栅栏上有许多尖刺，稍有不慎，便会受伤，从这里出去反而比从正门出去的耗时更长。他向警方解释了这一点，警方认为他的行为是合理的。

"终于，帕特森来到了可怜的弗雷德身边，此时的弗雷德躺在血泊中，面无人色，已然死去多时。在他的身旁，那个陌生的凶手依然挺立着。这个可憎的雪人一动不动，看上去比平时更老实、更人畜无害。就在这时，杰瑞出现在弗雷德楼上卧室的窗口处。他着急地问帕特森：'啊！这到底是怎么回事？'

"帕特森说：'弗雷德被……被雪人袭击了，他已经死了。'

"杰瑞问道：'死了？'

"帕特森说：'是的，被那个恶魔谋杀了……我看到了，我亲眼看到的！'

"杰瑞说：'可这根本不可能啊！'

"帕特森既愤怒又无奈地咆哮道：'那你自己来看看！'

"杰瑞说：'我现在过来……你别动！哦，不，你快去报警！'

"巴思尔医生也听到了喊声，于是他来到餐厅的窗户后面，想看看是怎么回事，他声称自己看到帕特森飞奔去找警察。随后，他走出房间，碰到了下楼的杰瑞。莫德和格雷夫斯夫人也跑了出来，不久后，杰西卡也来了。巴思尔依然保持着冷静。出于职业原因，他曾多次协助验尸，这种场面对他而言已是见怪不怪。

"他对朋友们说：'请站在原地，不要碰任何东西，我过去看看。'

"他小心翼翼地走上前，尽量不触碰雪地上的脚印。他俯下身子，对尸体进行了初步检查，然后站起来，悲伤地摇了摇头。

"事实证明，他提出的建议非常明智，因为雪地里的脚印后来成了案件的决定性的证据，你马上就知道是怎么回事了。警察在十点五十分左右到达现场。可见，帕特森一分钟也没有耽搁。众人都称赞他手脚麻利，但他本人显得非常懊恼，甚至指责警察们反应迟钝。令他更加耿耿于怀的是，警方压根儿不相信他的故事。随着调查的深入，他们更加怀疑帕特森。

"犯罪时间和弗雷德的死因无可争议。案发现场就是他的尸体被发现的地方，他的身体被人用利器多次刺穿，凶器显然是插在雪人手臂上的那把染血的刺刀。那天傍晚时分，雪就已经停了，因此，尸体附近的足迹清晰可辨，这些均与帕特森的证词相互印证。警方所调查的区域从格雷夫斯家的入口处一直延伸到巷尾处，大约二十五米长，六米宽。因为脚印已经布满从巷子的另一端到与主街的交叉口处，警方无法辨别。

"至于与案件相关的足迹，现场除了巴思尔医生的脚印，只有两组脚印。一组是弗雷德的，从刚刚说的其他区域一直到雪人的所在位置。而另一组显示出一来一回的行动轨迹，这显然是帕特森的。苏格兰场的两位专家非常仔细地检查了两组足迹，确认其中没有任何异常之处，表示这些足迹无疑是受害者和主要目击证人留下的。此外，他们在该地区没有发现其他任何可疑的痕迹。小巷一侧的高墙大约有三米高，连同其尽头的矮墙，都覆盖着无瑕的白雪，上面没有任何翻越的痕迹。在格雷夫斯家的窗台上、栅栏尖上以及其他出入口都覆盖着冻结的冰雪，也没有任何可疑之处。简而言之，只有两个人能够接近受害者：巴思尔医生和帕特森。而根据帕特森的证词，他赶到弗雷德身边时，弗雷德已经死了。你发现问题出在哪里了吗？"

法瑞尔轻轻地叹了口气，回答道："那是自然。"

"你面前就是当时的犯罪现场。你看，在这种情况下，没有人可以翻过这些墙壁，也没有人可以利用这里的窗户玩障眼法。当时，到处都是洁白的积雪，没有任何踩踏、触碰的痕迹。更何况还有拉尔夫·帕特森的证词，他坚称自己眼睁睁看着弗雷德被雪人谋杀。他一口咬定事实就是如此，不论这件事是多么离奇，甚至连他自己都会为此付出生命的代价。但警方拒绝采信他的证词，这也是人之常情。毕竟，要是相信了他的证词，那就相当于相信鬼魂的存在，相信死去的雨果为了报哥哥杀他夺妻之仇而从坟墓中爬出，相信雨果早在动手前的几个月就在房子里阴魂不散，就为了用如此骇人的方式让老情敌血债血偿。"

法瑞尔若有所思地点点头，然后问道："先生，你相信鬼魂之说吗？"

听到这个问题，陌生人突然有些不知所措，他张了张嘴，却没有回答这个问题，只是说道："尽管事实摆在眼前，但我确信帕特森是无辜的。您想，如果人是他杀的，他就不会编造出这样一个离奇的故事！"

"的确如此。而且他有什么动机呢？因为他觊觎美丽的莫德，想除掉弗雷德这个对手？"

"帕特森说他甚至不知道弗雷德和莫德之间的关系，但他的这个说法也没有被采信，毕竟在那天的聚会上，任何人都有可能告诉过他。警方认为这确实是犯罪的动机。还有一种可能，就是拉尔夫·帕特森与雨果交好，所以想为他报仇。警方还认为，帕特森看到这个雪人，自然会联想到雨果，这可能是他做出如此惊人的证词的原因，也可能是他在杀死自己的战友后暂时失去了理智……总之，没有人相信他那番失心疯般的说法，这个无辜的替罪羊因此被绞死。"

"也就是说，杀人凶手仍然逍遥法外喽……"

男人点了点头，又问道："先生，您还是坚持说所有的事情都有一个解释吗？"

"那是当然，但我还需要知道更多的信息，您能不能告诉我关于警方调查的情况，尽管已经有人被定罪行刑了，但我还是要考虑凶手另有其人的可能性。"

"当然。很明显，以前本来就流传着弗雷德在战争中谋杀了自己的亲弟弟的传闻，再加上帕特森的暗示，就有可能引发格雷夫斯家中其他人对弗雷德的痛恨，而这种复仇的欲望足以驱使此人去杀人。我甚至可以推断，弗雷德被这个名叫'雨果'的假雪人野蛮地杀害，这样的手法很符合这种动机。在回顾各位嫌疑人的陈述之前，我们先来看看拉尔夫·帕特森的陈述，这样我们就能理解，由于事情发生得太快，他很难想到自己被构陷了。当他走进小会客厅的时候，他的注意力就被一幅小画所吸引，那是一个年轻女孩的肖像，他觉得那看上去像是莫德。在画的下方放着一张矮桌，桌上有一尊印度神话的雕像和一个音乐盒。

"'这是什么？'帕特森问道，然后在两把罩着布套的扶手椅中选了一把坐下。

"杰瑞一边打开音乐盒，一边说：'你自己听。'音乐盒中传来一首清新的儿歌的琶音。

"'音乐很动听，不过我想问的是那尊雕像……'

"'我想这是时母，也就是复仇女神迦梨，我估计是万斯上尉从印度带回来的纪念品，这个问题可能要问他本人。好吧，我去找找我们的好朋友弗雷德。'

"说完后，杰瑞就离开了会客厅，只留下帕特森一人与悦耳的旋律相伴。而帕特森在两三分钟之后才听到街上的声音。又过了一分钟，他才走出来，发现了那具尸体。最后，我得说明一下，他说的每一句话都得到了杰瑞的证实，一字不差。只是有一件事对他很不利，那就是杰瑞当时在楼上的窗户处，无法看到谋杀的过程。当杰瑞上楼听到尖叫声时，帕特森已经在街上了，正弯着腰看着那具尸体。因此，在警方看来，帕特森很有可能先残忍地捅死了弗雷德，然后自己发出尖叫声。这恐怕是这起命案中唯一合理的假设了……"

"但当时弗雷德在外面做什么？"

"那就只有他自己知道了，没有人知道他在之前的半小时里做了什么。另一位证人巴思尔医生所处的位置本来也应该能看清状况，但他只看到杰瑞。巴思尔听到帕特森在走廊上跑动的脚步声，然后又在窗前看到他经过。过了几秒钟，他才听到帕特森呼叫杰瑞。这时，他才往窗外看去，只看到帕特森弯腰去看躺在雪人面前的尸体。当巴思尔医生到外面检查时，发现弗雷德的尸体仍然是温热的，估计刚刚才咽下最后一口气，唉，这对嫌疑人帕特森来说可不是什么好事。巴思尔的父亲万斯上尉直到警察到达后才回来，他费了好大的劲才找到保险丝。但由于案发时他不在场，所以对于调查没起到什么作用。

"莫德本来应该是这起案件的关键证人，但她当时正在书房里，醉心于自己的研究，外面的骚动让她觉得很烦，所以一直没有向窗外看。她记得当时听到会客厅里传来音乐盒的旋律，还有帕特森在走廊里匆忙的脚步声，然后是外面喧闹的声音。当她走出书房的时候，在走廊上碰到了她的婆婆伊丝特尔·格雷夫斯夫人。格雷夫斯夫人当时在厨房里，刚刚喝完咖啡，只记得自己听到一阵骚乱，但没有注意到任何细节，只听到走廊里传来匆忙的脚步声。杰西卡的房间在楼上，并不临街，所以她什么也没看到。她只是隐约感觉到房子里有一阵骚动，但她并不知道事态如此严重。杰西卡好奇地走出房间，下楼看到大厅的门正大开着，所有人都聚集在前廊上。好了，以上就是我所知道的所有内容了。"

"嗯……"欧文·法瑞尔若有所思地说道，"在这种情况下，除了帕特森，真的很难想象还有其他凶手。也许有人会想象，是这个家里的其他人把自己伪装成雪人来实施这一犯罪。但这究竟是如何做到的呢？事实上，这似乎完全不可能实现。根据这个假设，真凶不仅无法接近受害者，而且也几乎没有时间作案。我承认，这个问题的确很难。那么这是自杀案件吗？考虑到被害人的性格，这似乎也是完全不可能的。我想，当时也有人考虑过这个假设吧？"

"这是自然，不过考虑到伤口的性质，这个假设被断然否认。对了，我忘了一个小细节。在客厅里，那尊印度神话的雕像被发现落在地板上，碎成了几块。在还原整起事件的过程中，帕特森记得他离开房间去帮助弗雷德的时候把它打翻在地上了。他还说，他记得自己在听音乐的时候，雕像还是完整的。然而，当所有的碎片都被收集起来时，人们发现有一个核桃壳大小的碎片不见了。警方进行了地毯式搜索，但还是没能找到……"

"这就奇怪了……也许它只是滚到了走廊里？"

"不，整栋房子都被翻了个底儿朝天，但还是没找到。"

"可是……这的确难以想象，也很不寻常！"

"在这起事件中，又有什么是寻常的呢？从那个雪人开始，它似乎只要一穿上雨果的外套，再戴上他的头盔，就会变成一个复仇的士兵！"

老法瑞尔抬了抬手，做出了安抚的姿态。

"好，让我再好好想想。我觉得这块雕像碎片的消失是最重要的……"

"这又是为什么呢？"

"因为这件事情说不通。十有八九，这种看似微不足道的线索能够成为我们揭开谜底的关键……让我再想想整件事情，还原每一个环节，这样我才能确信这件事，而不是只依靠表象推断。我注意到，所有人的证词都出奇地一致，只有一点不同，那就是帕特森通知警方的时间。按照他的说法，警方拖了很久才出警，这和其他人说的恰恰相反……"

陌生人的眼中闪过一丝玩味。

"看来那天晚上，他已经完全丢了魂，也没了理智。不然他怎么会想出这么个蠢办法，一口咬定自己那份荒唐的证词是真的？如果他当时坚持说自己是在晚上十点到达格雷夫斯家的，而不是十点十五分，那该多好！"

"什么？您怎么没告诉我这件事？"

"那您现在知道了。"

"您确定吗？"

"当然了，因为……"

陌生人沉默了，他这才注意到法瑞尔嘴角那抹讽刺的微笑。法瑞尔问道："您就是这起案件的其中一位当事人吧？"

"是或不是，这是个永恒的问题……"

"先生，别逃避啦！先生，先生？让我想想，要按照年龄来推断，您要么是莫德的哥哥杰瑞，要么是巴思尔医生……"

陌生人整了整他的羔皮领子，微笑着说："我承认，你是对的。但这并不能解开我们的谜题。"

"告诉我，后来这些人怎么样了？给我点时间思考思考。"

"既然您想听，那我就先从已经离世的伊丝特尔·格雷夫斯夫人说起吧，她四年前因患肺病逝世。杰西卡嫁给了一位法国建筑师，她跟着丈夫去了法国，似乎过得很幸福。有一天，她写信给我，说她的丈夫有一个爱好，就是制作娃娃屋。杰瑞一直没能出去工作，因为他的偏头痛越来越严重了，只能靠着微薄的残疾人抚恤金勉强度日。那场悲剧发生一年后，巴思尔医生与莫德成婚。可惜好景不长，两年后，莫德死于难产，连同她刚出生的儿子也没能活下来。巴思尔医生一蹶不振，至今还和他的老父亲一起生活。"

欧文·法瑞尔严肃地说："先生，我想您知道真相吧。"

"哦，您何出此言？"

"您已经把解开谜团所需的所有要素都告诉了我，您还作了一个完美的总结，既简明又完整。威尔逊夫妇不在家、被熔断的保险丝、破碎的雕像、画作、音乐盒、帕特森的帽子和新鞋……可以说是事无巨细！无他，很明显，您知道所有的事情。而我现在也知道您是谁了。"

陌生人半开玩笑地说："洗耳恭听，您有一半的机会猜对！"

"哦，不，现在不是一半的机会了，我百分之百确定，您是莫德的哥哥，杰瑞·福克纳。"

陌生人露出高深莫测的微笑，问道："您为什么这么肯定？"

"我排除了巴思尔医生。"

"为什么？"

"因为他是无辜的。"

二人久久不语。陌生人问道："那……您明白了？"

"是的。我早就告诉过您，不是吗？每件事都有一个解释，即使是那块凭空消失的雕像碎片也是如此。"

陌生人不无怀疑地问道："您知道那块碎片在哪儿吗？"

"我知道，它就在会客厅的地板上。不过是威尔逊家的会客厅，而不是格雷夫斯家的……"

杰瑞·福克纳错愕地看着法瑞尔："见鬼！您还真是神通广大！"

"先生，您过誉了。我就是个脸皱得像核桃的普通老人罢了！但请您听我说完。正如我先前说的那样，是您把所有的细节都告诉了我，例如威尔逊夫妇当晚不在家，这一点很重要。威尔逊夫妇的家和这栋房子一模一样，也是在右手边的最后一栋，但是在另一条小巷里。现在我很清楚，这里的街道和房屋都长得一模一样！毫无疑问，您肯定就是在那儿布置了一场障眼法，或者说，那是在真实案件发生前大概二十分钟进行的一次彩排。就像我朋友一样，您故意把一个错误的地址给了帕特森，所以他当时没有来到这条巷子，而是去了威尔逊夫妇家所在的巷子里……哦，对了，我的朋友恐怕还在等着我……

"让我们先从杀人动机说起。弗雷德和您串通一气，想好好捉弄捉弄天真单纯的帕特森，自命不凡的外地人竟然敢追求自己的未婚妻，弗雷德决定给他点颜色看看。所以你们想让他相信自己目睹了一起奇怪的谋杀案，这样他就会向警察诉说这个荒唐至极的故事。等警察来到格雷夫斯家，发现根本没有受害者，也没有所谓复仇的雪人时，帕特森该是多么尴尬啊！这样一来，大家肯定会觉得帕特森看起来像个谎话连篇的疯子，至于他口中的弗雷德杀害自己的弟弟的传闻，也就不攻自破了。这对弗雷德来说是最重要的一件事。所以，当他要求您帮助他时，您同意了。但您有自己的计划，那就是利用这个机会除掉他。您不喜欢他，认为他傲慢自大，甚至开始讨厌他，特别是在帕特森暗示那件事情之后。您不允许自己的妹妹嫁给一个杀人犯。也许您决心要牺牲自己来成全福克纳家族的幸福？

但不管怎么说，您还是毫不犹豫地牺牲了帕特森，可他只是您这场阴谋中的一枚棋子……"

"我也不想让帕特森当我妹夫！他就算富得流油也不行！"

"无论他是否有钱，都是无辜的。他的死让您的良心备受煎熬，不是吗？"

杰瑞·福克纳咽了咽口水，没有作声。

"所以，那天晚上九点五十五分，"法瑞尔继续说道，"帕特森按响了威尔逊家的门铃。估计您是威尔逊一家的好朋友吧？他们把钥匙留给您，请您在他们不在家时帮他们看家。所以您打开门，让帕特森进入房子里，威尔逊的房子的构造和布局与这栋房子完全一样。只可惜，并不是所有的东西都完全相同，比如大厅和走廊里的家具，所以您只能把威尔逊家的灯都关上。这样一来，格雷夫斯家停电的原因也就很好理解了，肯定是有人故意破坏的。您把帕特森带到小会客厅，那里一定和格雷夫斯家的布局相似。也许您带来了那些扶手椅的布套？无论如何，您把那幅很像莫德的画、印度女神的雕像和音乐盒放在同一个位置，这些东西都是为了吸引帕特森的注意力，这样他就不会去看屋子里的其他地方。尤其是复仇女神，以及那首让人觉得十分亲切的儿歌，这一切都让人觉得那里的氛围十分特别，这招的确很高明。

"您大概在这个屋子外面堆了一个一模一样的雪人，弗雷德假装发生了一场袭击，无非是倒腾着那堆白雪，假装自己被刺伤，然后躺倒在地上，而帕特森赶忙跑去帮助他，又因为栅栏上的尖刺而没有跳出窗外，而弗雷德则假装自己濒临死亡。这一切都如您所料。接着，您跑到二楼的窗户前，假装什么也不知道，问帕特森发生了什么，随后，帕特森又跑去通知警察，一切都按计划进行。

"对您和弗雷德来说，接下来要争分夺秒。您必须踩上几脚，让雪人消失，又要收起椅套、小画、音乐盒和雕像，可惜雕像被帕特森打破了。您拿上了所有的东西，却没有时间逐一检查，所以那块碎片也就凭空消失了……然后您跑回家，开始第二幕的表演，这可能是最微妙的部分。在把物品按原样放回小会客厅后，弗雷德按响了门铃，当时是晚上十点十五分，这就给您第一幕的表演留下了大约二十分钟的时间。虽然时间很紧张，但还是可以完成的。您赶紧给弗雷德开门，在黑暗的走廊里中，你们两个人要想一同骗过格雷夫斯夫人并不是什么难事儿。弗雷德粘上假胡子，戴着金属边框眼镜，就像拉尔夫一样，这种滑稽的形象很容易模仿。您把弗雷德带到小会客厅，但不一样的是，您也待在那儿，这回换成您扮成帕特森的模样。哦，我差点忘了帕特森的鞋子。前一天晚上，您应该去买了和帕特森同款的鞋子，这根本不是问题，因为他在舞会上早就已经告诉大家他在哪里买的鞋子以及鞋子的尺码。

"在外面，弗雷德按照您的指示走到了雪人旁边。我不知道您是用什么借口让他这样做的，但想必这件事对您来说易如反掌。比如，您让他在刺刀上涂些血迹或红色染料，这样才能在警察赶到时让整件事变得更严重，让可怜的帕特森更加不安……不管怎么说，您肯定是打开了窗户，和弗雷德说话，然后故意大声地走过走廊，吵吵嚷嚷地去找他。家里的其他人都会觉得走廊里传来的是帕特森的脚步声，而不是你的。接着，您趁弗雷德不备，用刺刀刺了他几下，然后又把刺刀放回原处，您大概只要几秒钟就能完成这件事。然后，您再对着窗户喊话，那里显然没有人，您只是假装自己还在那儿。帕特森的口音很有辨识度，因此很容易模仿。于是，您一字不差地表演了二十分钟前您与他的对话。这的确是非常聪明的误导方法，因为如果有人怀疑，帕特森本人的证词也能够印证与您的对话，因为他真的相信事情就是这样发生的。更何况，事实本就是如此，只是他所经历的'案发现场'在隔壁的巷子里，是发生在真实案件前的二十分钟左右。突然，您发现巴思尔医生站在窗边，显然这件事已经引起了他的注意，于是您假装跑去通知警察，此时的动作依然和帕特森一样。但事实上，您是立刻回到了房子里，您有足够的时间躲在楼梯间里，就在巴思尔冲进一楼大厅之前，您脱掉了假发，假装遇上他。而他再次像您想象的那样，以专业严谨的态度阻止您接近尸体。如此，整个计划便圆满完成了。

"当帕特森和警察一起回来的时候，他们肯定是按照格雷夫斯家的地址来找路的，而不是按照您之前告诉帕特森的错误地址。帕特森对于刚刚为他设置的致命陷阱一无所知。弗雷德陈尸于雪人面前，他的脚印在雪地上清晰可见，而帕特森那杂乱无章的脚印是他来回奔波的证明，可这其实是您买的那双同款的鞋子留下的脚印。但是，帕特森不会察觉任何异常，因为在他看来，他自己的确是从这里跑去报警的。这样一来，我们就能理解为什么帕特森觉得警察出警速度太慢，而对其他人却觉得很快，因为对帕特森来说，他是在晚上十点左右离开了假的案发现场，又在晚上十点五十分和警察一同返回真的案发现场，几乎用了快一小时。而对格雷夫斯一家来说，帕特森是在晚上十点二十分离开的，只花了半小时。是的，我一开始就觉得这个故事里的时间线有问题……"

杰瑞·福克纳仰天长叹："好吧，先生，我得向您致敬。您的推理能力真是非同寻常。"

法瑞尔挤出一个微笑："我想这一切都归功于我的朋友，他告诉我地址时说得乱七八糟。多亏了他，我才意识到这里的巷子全都长得一模一样，所以我很快就找到了解谜的方向。"

杰瑞·福克纳充满悔恨地说："先生，您知道吗？在这场悲剧发生的时候，医生告诉我，我的伤口太过严重，已经病入膏肓，时日无多。之后，我咨询的专家也全都这样说。我以为自己没救了，但这么多年过去了，我还活着。好几次，我想向人倾诉我的罪孽，好让我的良心不再受到谴责，但我真的没有勇气这样做。我是多么希望有人能帮帮我啊！这些年来，我的头疼越来越严重。帕特森的死刑判决让我惶惶不可终日，我整日失眠，就算睡着了，也总是想到那个打扮成士兵的血腥的雪人，想到我的滔天罪过，想到可怜的替罪羊帕特森就那样被绞死了……现在有人知道整件事情的真相了，我想我也可以安心地离开了，我的心中再也没有任何遗憾了。"

在黑暗中，法瑞尔几乎看不清杰瑞·福克纳的脸。二人沉默良久，只听见清脆的钟声传来，方知已是午夜时分。轻快的钟声在寒冷的空气中回荡，眼前白雪皑皑的街道却依稀传来血腥味，好生奇怪。

杰瑞·福克纳转身，喃喃道："您走吧，我想一个人待会儿。"

法瑞尔点了点头，缓缓走向巷子的另一头。当他再次转身时，杰瑞·福克纳已经消失在他的视线中。法瑞尔心想，也许杰瑞正独自蜷缩在巷尾那个黑暗的角落里。但四周依稀有些光亮，他应该能看到杰瑞的……不过，法瑞尔没再纠结此事，他的四肢都冻僵了，一心只想回去。

第二天午后，法瑞尔正舒服地窝在酒店房间里阅读报纸。一则短讯引起了他的注意：深夜，在布鲁姆斯伯里街区的一条小巷深处发现一具无名男尸。他想，这很有可能是杰瑞，但有一个重要的细节却与事实不符！法瑞尔觉得很奇怪，于是换上衣服前往苏格兰场。在那里，一名警探向他确认，前一天晚上发现的尸体确实是杰瑞·福克纳的。

法瑞尔不死心，又问道："先生，您确定是这个时间吗？"

"是的，我确定。当医护人员把他带走时，他刚刚死去不久，从表面上看应该是死于中风。"

"您确定医护人员是在午夜之前把他的尸体带走的吗？"

"我百分百肯定。因为我们有警员的报告和救护人员的报告，更何况还有停尸房的工作人员。这一切记录都很清楚。发现他的尸体的时候就是十一点，这一点毋庸置疑。只是，先生，我不太明白您这话是什么意思……昨晚不是您自己告诉我说当时看到他们在那儿的吗？"

染血的皮箱

下面这篇故事来源于我向苏格兰场的某位警探所作的陈述。这是一起非常凶险的案件，令警方感到十分棘手。的确，这起案件的凶手异常懂得掩盖自己的踪迹。就连负责办案的警探都不得不表示，纵使办案无数，他也从未遇到过如此狡猾、如此精于算计的凶手，因为此人走出了一条令人难以置信的路线，要换成别人，恐怕只会将受害者藏在某个隐蔽的地方，等待着被别人发现。但是，"染血的皮箱"一案的凶手却并不是普通的罪犯……

第一部分

1

那一天，有人按响门铃的时候，我应该正坐在沙发上。我当时住在伦敦市肯辛顿花园附近的一间舒适的公寓里，这个街区位于伦敦西部，这里相当安静，连小贩和推销员都不怎么常见。邮递员刚刚已经来过，所以我想按门铃的人一定是要告诉我什么重要的事情……那几天里，我满脑子都是这件重要的事情。想到这儿，我几乎是从沙发上弹起来去开门的。

来人是一个三十来岁的男人，他中等身材，衣着得体，但看上去面无表情，整个人的形象都是如此。他穿着一套朴素的灰色斜纹软呢西装，透过薄薄的银边眼镜，我看到了他清澈的眼睛中的敦厚，令人感到十分安心。如果不是他那稀疏的小胡子，我恐怕会认为是某个司祭登门拜访，而那对小胡子也令他显得与众不同。简而言之，他的形象与我想象中的执法人员相去甚远。

他非常有礼貌地请我原谅他的冒昧来访，因为他本来想找我的邻居谈谈，但邻居似乎不在，他想着请我在邻居回来之后通知他。我想，除了等待，我什么也做不了。既然如此，不如请他进来闲聊几句，也许能让我放松一些。

我一边请他坐下来，一边不由自主地问道："所以说，您不是警察？"

这位访客露出了讶异的表情："警察？当然不是！您为什么会觉得我是警察？"

我只好抱歉地摇摇头："哦！没什么……只是我的一件私事罢了，我想您应该不会有兴趣听的吧……这位……先生？您贵姓？"

"啊！不好意思！我还没有自我介绍，我叫诺埃尔·托格拉姆，希望您能原谅我的冒失，可能是因为我刚刚有些混乱。我很高兴您这么热情，毕竟我只是想打听一些小事。虽然我对克鲁切先生的说法很感兴趣，不过我还没能联系上他。对了，您认识克鲁切先生吧？"

"我们不是很熟悉，我只知道他住在我隔壁的那间公寓里。"

"您从来没有和他说过话吗？"

"从来没有。我只是瞥见过他几回，而且印象中看到的总是他的背影！"

诺埃尔·托格拉姆先生若有所思地点了点头。他一直谨慎地来回打量着房间里的陈设，突然，他的视线停在了我们俩之间的那口又长又矮的大箱子上，我把它用作咖啡桌，因为它足足有一辆灵车那么大，里面堆满了书和笔记。在这堆乱七八糟的东西里，有一个陈旧的地球仪，显得有些古怪。

"也就是说，如果在街上，您根本认不出克鲁切先生？"

"这的确有可能！"我微笑着回答道，"可以说是非常有可能！"

托格拉姆摘下了他的眼镜，说道："有意思。你们是邻居，却相互不认识……"

"在您看来，也许这有些不可思议，但事实就是如此！因为我总是心不在焉的！"

"您是想说自己不是个善于观察的人？"

"可以这么说，又不完全是这样。就我的职业而言，我是个善于观察的人，因为我的工作要求我进行观察和分析。可一旦涉及生活中的事情时，情况就不一样了，因为我总是想着我的工作。比如说，我已经在这里住了一年多了，但除了刚刚搬进一楼公寓的年轻工程师，我几乎不认识附近的任何人！但是仔细想想，我和他一拍即合只是因为我们在工作上有共同语言。"

"桑德斯先生，您是做什么工作的？"

"我是一个发明家。"

对面的人突然两眼发光："发明家？真的吗？可是您看起来很年轻，一点儿也不像个发明家！我一直以为发明家都是些戴着酒瓶底厚的眼镜的老人呢！他们会因为长年累月的伏案工作而弯腰驼背！那您到底发明了些什么呢？"

"一些玩具、游戏，还有各种小工具……"

"那您的工作应该很顺利吧？"

"还算过得去吧。虽然我做这份工作的时间并不长，但我还是得承认，一切都很顺利。”

“啊！我明白了！”他看着大箱子里的书山，感叹道，“我想这份工作一定要作不少的研究吧？为此您应该花了很多时间？”

“的确如此。说实话，我几乎没怎么在凌晨两点前睡过！”

“您是一个人住吗？”

“不是，我已经结婚了，但是……”

我沉默了一会儿，坐在沙发的一角，心里有些不自在。不知道为什么，我突然感觉这个人的到来让我很难受。他是不是在试探我？可当时的我竟也说不上来。

“对了，塔格罗姆先生，您还没告诉我呢，您为什么要找我的邻居？”

“我姓托格拉姆，”他用亲切的语气一字一顿地纠正道，“诺埃尔·托格拉姆。”

“请原谅我，您的名字实在不太常见！”

“可是您应该觉得这个名字很熟悉吧。”

他的话令我十分惊讶。

“我想我不是很明白您的意思……”

“我只是说‘应该’，我只是想表达一种可能性，不过您很快就会这么觉得了。因为我可能会成为您隔壁的邻居。至少我很希望搬到这里来，因为克鲁切先生三天前发布了出售自己的公寓的广告，他的报价令我很心动。但我怎么也联系不上他，我给他打了好几次电话，之前也来过这儿一趟，这是第二回了，可是他总是不在这儿，就像凭空消失了一样。这让我觉得很奇怪，因为他刚刚发布了出售房子的信息，应该正等着别人联系他才对。所以我这回才冒昧地敲开了您家的门，看看您是否能够帮帮我……"

我十分震惊，回答道："克鲁切先生只在这里住了不到四个月，就已经要出售这座公寓了吗？这的确很奇怪……不过，我对这件事情毫不知情。"

"也许他去度假了？"

"有可能吧。但说句实话，我不知道。就像我刚刚跟您说的，我不怎么关心他。"

"也许是哪里出错了……不过，桑德斯先生，您似乎有些忐忑不安，是吗？"

诺埃尔·托格拉姆看上去依然彬彬有礼，我却觉得他的语气似乎越来越古怪，而且话里有话。他看着我的眼神好像我是一只奇怪的昆虫。我用更冷淡的声音回答道："的确如此，我现在很不安。不过请相信我，我有我的理由。但我想您不会对这个感兴趣的！"

"相信您？"

这一刻，他直勾勾地盯着我，我恍惚中看到他清澈的眼睛里闪过一丝敌意。但也许这只是我的一种错觉，因为一缕阳光正打在他厚厚的眼镜片上。但他接下来说的话越发古怪。

"是的，我想是的，因为我的问题与你的问题毫无关系。克鲁切先生的事与我无关。即便他刚发出出售广告就不见了，这也和我没有一点儿关系。不过我不记得这些天见过他。不管怎么说……等等……是了，这周早些时候，有一天晚上，我听到他摔门的声音，就像他平时回家一样。"

"是这周一吗？"

"是吧，应该是的。"

"所以已经过了四天了，"托格拉姆若有所思地说道，"这真的很奇怪。在那之后，您就没有再见过他？"

"没有了。我不是告诉过您吗？我不太关注他的动向。"

"嗯，我明白。您没有时间关注别人……"

这一次，他的话语中明显有了一丝责怪的意味。我直起身子，生硬地回答道："诺埃尔·托格拉姆先生，我不喜欢您的说话方式！"

他仍然没有反应，一动不动，同时用晦暗不清的目光盯着我。

我突然有些摸不清眼前这人的秉性。我是不是有些急躁了？但不管怎么说，我的确是有自己的苦衷，我只好尽量缓和语气道："说实话，托格拉姆先生，我已经走投无路了。我的妻子已经失踪四天了！四天来，我一直坐在这里苦苦等待，等待着她的消息！可是四天了，一点儿消息也没有！"

他脸上浮现出惊讶的神情。

"您的妻子已经失踪四天了？而且四天来，您的邻居也没有出现过？您不觉得这个巧合太奇怪了吗？"

"也许是个巧合吧，但我还是得说，我只是担心我妻子的失踪，我相信您应该能理解吧……"

这位客人似乎没听到我说的话。他一边沉思一边点头，只是没想到他又向我抛出了一系列更加直接的问题："您的妻子叫什么？"

"玛尔戈特……"

"那她结婚前姓什么？"

"莱翁，玛尔戈特·莱翁。不过您为什么要问这个呢？"

"我还是得说，多么有趣的一个巧合啊！两个人几乎是在同一时间突然失踪，您没想过您的妻子和您的邻居可能一起私奔了吗？"

我沉默了一会儿，然后问道："您是说玛尔戈特和克鲁切先生互相爱慕？"

"是的，我就是这个意思，我觉得这件事情再明显不过了。"

"玛尔戈特和克鲁切先生私奔了，没给我留下一句话？您可别跟我开玩笑了！"

"既然您自己都承认对克鲁切先生一无所知，甚至走在街上都认不出来，又为什么会觉得我是在开玩笑呢？"

"因为我觉得这个想法非常荒唐！"

"这绝不是个荒唐的想法。我向您保证，这是有事实依据的。"

"托格拉姆先生，我看您真是得了妄想症……"

突然，这位客人的表情变了，脸上那份令人安心的敦厚消失了，取而代之的是一脸的报复。他说道："不，桑德斯先生，我可没有什么妄想症。您要是不信，我就证明给您看……"

"那您抓紧时间吧，我想我们的会面要到此结束了。"

"您只要把您妻子的名字倒过来拼一遍就好了……"

除了他那没来由的诽谤，这家伙竟然还直接嘲弄我。更恶劣的是，他毫不掩饰自己的厚颜无耻。

"是的，就是这样，您拼一遍吧，"他带着可怕的笑容继续说道，"通过这个小小的文字游戏，您应该就能明白为什么我会说'诺埃尔·托格拉姆'这个名字应该让您觉得很熟悉……"

我不由自主地拼起了妻子的名字："玛尔戈特·莱翁（Margot Leon）……倒过来就是……诺埃尔·托格拉姆（Noël Togram）……"

"啊！就是这样！"他欢呼道，"我想您已经明白了吧？像您这样聪明的发明家应该很容易就能理解这个小谜语，我说的没错吧，桑德斯先生？"

是的，我明白了，这家伙一定是个从精神病院里逃出来的疯子！

他那张虚伪的脸上挂着越来越讽刺的微笑，十分惬意地坐在座位上，接着说道："桑德斯先生，其实我告诉您这个假名，只是为了引导您罢了。我还以为您最终能够破译出我的信息呢！可惜您没有，看来是我高估您了！您还是看不出我是谁吗？我们俩总是在楼梯上擦肩而过……要是您能稍微细心一点儿，肯定能毫不费力地认出我来。但目前来看，您对我和对您妻子几乎都是一样的漠不关心。对了，至于玛尔戈特，我必须要说，我很幸运，她并没有像您那样忽视我。相反，她和我……算了，我想我不必跟您细说了吧？是的，您猜得没错，我就是住在您隔壁的邻居，那个平平无奇、无足轻重的克鲁切先生。"

2

整个客厅陷入长时间的沉默。那人露出了微笑，只是并不友好。

我试图抑制自己内心的骚动。我哑口无言，无法确切地分析眼前的情况。即使他说的是真的，可他的行为还是非常奇怪。出轨的情人通常很谨慎，尤其是在面对受骗的丈夫之时。比起直接开口，我选择了再观察一会儿。

最终，我对他说："我才不相信您。"

这句干巴巴的话似乎把他逗乐了。

"可我真的是克鲁切先生！我们可是当了整整四个月又一

个星期的邻居呢！"

"我不否认，您的确有可能是，"我尽力让自己的眼神看起来充满不屑，回答道，"但我想说的是，您的那些暗示全是不成立的。"

"桑德斯先生，我可没有在暗示什么，请搞清楚一点：我是您妻子的情人。我搬到这里之后，没几天就成了她的情人。但也许您想了解更多关于我们的邂逅或是交往的细节？那我给您举个例子吧，我们第一次四目相对就是在楼梯上，在玛尔戈特的眼睛里，我当时就发现自己必定有可乘之机……"

他显然是在有意激怒我，但我控制住了自己。

"这么说吧，"我若有所思地回答道，"在现在这种情况下，我不太明白您想做什么。您希望我做什么？是希望我祝贺您作出了正确的选择，还是希望我感谢您对我的妻子无微不至的照顾？"

"您这副厚颜无耻的嘴脸真是让人讨厌，不过我并不怎么惊讶。桑德斯，你应该很清楚我为什么在这里……"

"我厚颜无耻？你竟然真的敢觍着脸说这话！你用假名、假身份来找我，然后又告诉我，我的妻子在欺骗我，而且她还和你在一起……然后你竟然说我厚颜无耻？你说说，克鲁切先生，你究竟是在嘲笑谁呢？"

他的眼睛中再次闪过一丝报复："桑德斯，我并没有在嘲笑任何人。恰恰相反，是你在取笑我，你一直试图装作无辜的样子。你想向任何人伸张自己的无辜都可以，但我可不吃你这一套！我不妨现在就告诉你，在你给我充分合理的解释之前，我是绝对不会离开这里的！"

在很长一段时间里，我们两个人怒目相视。然后，我突然大笑起来。

"不，这真的太搞笑了！请你相信我，我根本没有心情开玩笑！但你的行为实在太滑稽了，滑稽得让人无法当真。我想这肯定是恶作剧吧？来吧，承认吧，是不是我的哪一个朋友让你这样做的……"

"桑德斯，我不是在跟你开玩笑。"

"别闹了，这太过分了！"我笑得打起了嗝，"还有，别把自己当成黑帮老大，这个角色一点儿也不适合你！"

"桑德斯……"

我笑得前仰后合，使劲拍着大腿，说道："就当是我求求你了，别演了，我真的会被你笑死的！"

"你才是在演戏的那一个！而且你很清楚这一点！我再说一次，别和我玩这种把戏！这对我压根儿没用！"

"噢！克鲁切先生，我才不会玩这种把戏呢，很明显，在这方面你才是数一数二的高手！好了，希望你能告诉我，你到底想做什么，免得浪费我们彼此的时间！"

显然，那个男人没有笑。相反，他似乎在极力克制自己的愤怒。他用出奇平静的声音说："桑德斯，我是来让你坦白自己的罪行的。我已经四天没有见到玛尔戈特了……你究竟对她做了什么？"

<h1 style="text-align:center">3</h1>

接下来，我们又陷入长久的沉默。我率先打破僵局："至少现在事情比较清楚了。也就是说，克鲁切先生，你觉得我杀了我的妻子？"

他用充满自负的腔调回答道："我有充分的理由相信你杀害了她。自从我们认识以来，玛尔戈特从未爽约过。我也从来没有连续两天以上没有听到她的消息。再说了，她从来没有一声不吭就离开！"

"克鲁切先生，也许你会觉得不可思议，但我这几天以来也一直在思考这个问题！"

他像老师指正学生一样对我伸出食指，说道："不同的是，我是她的情人！桑德斯，我无意冒犯你，但你要明白，在现在这种情况下，考虑到我和她之间的关系，我比你更了解她的思想状态。换句话说，我很清楚，不可能有其他的情感纠葛会导致她失踪，你明白吗？"

"从逻辑上来说，我承认这一点！我还是很难想象她找了个情人……更何况说她还有第二个情人……这的确不太可能。"

"我们平时会互相分享自己的喜怒哀乐。但这些天来，似乎没有什么事情能够让她感到不安或者快乐的。玛尔戈特上周五的样子很自然，那是我最后一次见到她。"

"既然你如实相告，我也跟你说句实话，我看到的情况和你是一样的！"

"桑德斯，这样一来，对于她的神秘失踪，我们就能得出两种解释，有且只有两种解释。要么是玛尔戈特突然昏了头，跑到别的地方去了，如果是这样，我觉得一定会有人注意到她；要么就是有人蓄意杀害了她。目前来看，后一种解释似乎是最为可信的，基于这个假设，你是唯一可能的凶手！肯定是你发现了我们的婚外情，于是你大发雷霆！我想你一定跟她说你已经知道了，然后她就向你坦白了一切，再之后你就忍无可忍了！"

我默默看着克鲁切先生，一言不发。

"你知道的，"他接着说，"如今的英国法律在激情犯罪的问题上不像以前那样僵化。如果能找一个好律师，你顶多坐十来年的牢就能出来了。要是你表现良好，说不定还能免除一半的刑罚呢……"

"很感谢你的关心，这让我很感动。但我还是要告诉你，很遗憾，我真的没有杀害玛尔戈特！"

接着，我的邻居又用父亲一般的口吻对我说："桑德斯，我理解你的反应。更何况处于你的位置上，我更能理解了。谁知道呢？我可能也会做同样的事情。玛尔戈特是一个如此美妙的女郎，总是带给人愉快与甜蜜的感受，所以任何与他人分享她的想法的事，似乎都让人无法忍受……你看，我都对你产生了一种强烈的嫉妒。有时，我甚至都想过采取和你一样激进的行为，这样就能完全占有她了。"

"你是说你想要……谋杀我？"

克鲁切严肃地点点头，然后说道："生活就像一场大乐透。究竟是成为罪犯还是受害者，有时就像是掷骰子掷出来的一样！但是，我们并不会重塑世界！要我说，如果你多关注些玛尔戈特，就不会发生这样的悲剧。有时候，你如果能花点时间在她身上，而不是通宵达旦地埋头研究，对外面的世界不闻不问，不管不顾，甚至不认识你最亲近的邻居，那就好了！桑德斯，这一点你不能否认吧？"

"你说得的确有几分道理……"

"那你为什么还不承认自己的罪行？"

克鲁切的态度让我越来越困惑。有时他无比温柔，有时又变得气势汹汹，仿佛在玩一场猫捉老鼠的游戏。

我回答道："很简单，因为我根本没有杀害玛尔戈特。"

"桑德斯，我一定会让你认罪的。"

"哦？是吗？你打算怎么做呢？"

他面对着我，满脸通红，目光炯炯。有那么一瞬间，我甚至以为他要抬手扇我一巴掌。可我看着他攥紧拳头，最终还是控制住了自己。但他的话在我耳边回荡，语气中充满仇恨与蔑视："桑德斯！你这个卑鄙小人！我一定要让你认罪！"

"克鲁切，你一定是疯了！你要是还有一点点的理智，那就试着和我一起冷静下来，想想我们怎么才能一起找到玛尔戈特吧！"

"你的虚伪令我作呕！你就干脆承认吧，是你杀了她！"

这实在是太过分了，他令我感到被冒犯。我用手指了指门，对他下了逐客令。

"克鲁切先生，请你出去！马上出去！否则我就要报警了！"

他的面部表情急剧变化，原本的愤怒消失得无影无踪，取而代之的却是略带玩味的惊讶："警察？你说你要报警是吗？就凭你？你敢吗？"

"我已经向警方报告了我妻子失踪的事情。但我现在说的是你，克鲁切，你知道的！"

"我听清了，桑德斯先生。那么你应该知道，这根本就没有什么问题……"

"我很感谢你同意我这样做，但我压根儿不需要你的同意！好了，我最后说一次，给我滚出去！"

克鲁切完全无视我的逐客令，只是看着地球仪出神，说道："这个世界是多么小啊！你知道吗？其实你不必绕一大圈去找警察……"

"我数五个数，你要是还不滚出去，我立马就去报警！"

"桑德斯先生，那我看你就不必离开这间屋子了。"

"什么？"

"是啊，因为警察现在就在你面前呢！"

我猛然抬起头看向他，只见他的嘴角挂着一丝狡黠的微笑。他从口袋里拿出一包香烟，不紧不慢地点燃一根，接着说道："我是苏格兰场特别事务处的布朗警官，负责调查你妻子的失踪案件。"

4

那人又坐了下来。他双腿交叉，全神贯注地沉思着天花板，继续说道："你确实向我们报告了她的失踪，但我们发现你的行为相当奇怪。那个听你说话的同事，也是我认识的人……"

"你是说多诺万警官……"

"是的，多诺万警官。其实，他在刚完成对你的问讯之后就来找我了，因为我对这类奇怪的案件有些了解，这一类的案件比普通案件更需要侦查技巧。他把他的怀疑告诉了我，并且最终说服了我。简而言之，我觉得这起案子有必要进行核查……"

"那克鲁切先生这个人物又是从哪儿来的？"

这位警官微笑着说："哦！你说克鲁切先生啊，这个人的确存在，只是这几天不在而已！不过正如你猜想的那样，他和你妻子的私情以及他想着报复的事情都是我编造出来的。我本来以为编这个故事可以引你承认自己的罪行呢，可惜我失败了！"

布朗警官顿了顿，吸了一口烟，吐出薄薄的烟圈，然后接着说道："你非常好，桑德斯先生。你已经做得非常好了。我要提醒你，经过这几分钟的交谈，我已经意识到我要面对的是一个强大的对手。但既然我的这个办法没有成功，我还是得用回更传统的方法。明天我将对你的公寓进行地毯式搜查，我们一定会找到证明你犯罪行为的线索！"

警官说话时讶异与指责交杂的语气令我无言以对。我重新坐回沙发上，说道："我不明白。我很担心玛尔戈特，可现在我却被指控谋杀了她！这太过分了！警察先生，你为什么认为是我杀了我的妻子？"

警察站起来，在我的客厅里焦躁不安地来回踱步，用探寻的目光看着周围的一切，说道："是因为你介绍事情的方式。多诺万告诉我，你本来应该是一个担心妻子的丈夫，可是你的表现太自然了。我知道这听起来很奇怪，但我们在苏格兰场工作时，有时会采用逆向思维。根据我们的经验，这有助于我们断案。你的角色扮演得太完美了。通常在这种情况下，人们的表现往往是笨拙的。但是你像电影中的演员一样流畅地报告了这起失踪事件。用多诺万的话说，整个事情太顺畅了。而且我还进行了一次邻里调查……"

"然后呢？他们是怎么跟你说的？说我那天晚上拖着一个沉甸甸的行李箱离开公寓，那里面很可能装着一具尸体？"

"不，不是这样的。从初步调查的结果看来，你不可能处理掉尸体。有一位目击者是你的一位邻居，他那天晚上失眠，所以大部分时间都在他的窗户边待着。他说在过去的几个晚上，你都没有搬运过任何大件物品。不过他也说，他并不能完全确定，因为他经常不在家。但你不太可能抛尸，因为从另一个角度来看，我们很难想象有人会选择在光天化日之下转移尸体。基于以上种种，我觉得你妻子的尸体可能还在你的公寓里呢！"

我抬起眼睛向上望了望，发出一声叹息，说道："好吧，那我想应该不是太难找。我家里就只有三个房间，一个厨房、一个厕所，还有一个储藏室。"

警察打量着我，说道："桑德斯先生，你好像对自己很有信心！"

"警官先生，你是知道的，伟大的罪犯总是很有自信！好了，你请便吧，请你一定要仔细检查地毯的每一个缝隙，说不定会发现你要找的血迹呢？"

他露出了一个虚情假意的微笑："我保证，我一定不会放过任何一个角落的。不过在此之前，我还是想先了解一下你妻子失踪的具体情况。"

于是，我把三天前向多诺万警官讲述的事情经过又向布朗警官说了一遍：星期五下午，我出门散步，在海德公园沿着九曲湖散步，平时天气好的时候我也经常去那儿。那天天气很好，所以我一直到晚上才回来。我回家时没有看见玛尔戈特，但我并没有放在心上，因为她有时会在星期五晚上去买清仓促销的东西。但时间一分一秒地流逝，我越来越不安。我一整个晚上都没有合眼，想了各种可能的情况，但都无法打消我心中的忧虑。我不敢离开家，因为担心她可能会打电话给我。第二天，我就到警察局报案，告诉警方玛尔戈特失踪了。

"也就是说，"布朗警官评论道，"你那天晚上并没有不在场证明……"

"没有，但这又能证明什么呢？"

"目前来看的确不能证明什么，但和其他事情结合起来看就未必了。从杀人动机来看，事情看起来也对你很不利。因为你妻子的死能给你带来一大笔钱，不是吗？"

"警官，请你别这样说！"我辩驳道，"我们还没到那一步呢！"

警察别有用心地说："你没有回答我的问题。"

我十分厌烦，叹了口气，回答道："的确如此，在经济上，我亏欠玛尔戈特很多。她的父亲负责高级木器制造，去世之后给她留下了一大笔遗产，她用这些钱资助我进行第一批发明。但我真的不明白，我为什么非要杀了她。"

"可以想象，当她意识到投资你并没有得到什么回报的时候，她决定对你断供……也许经过调查，我们能知道更多的信息。但目前可以肯定的是，如果她死后能给你留下一大笔钱，你的嫌疑就会大大加重。"

有了这个结论，他起身进行了一些简单的调查，他说他隔天就会进行更详细的搜查，到时候他的团队也会一起来。但是，他已经在浴室里待了很久很久，却没有发现任何有说服力的线索，只有一条毛巾上一圈淡淡的黑色引起了他的注意。在我的帮助下，他列出了无数的假设，试图解释这个污渍出现的原因，很明显，他是想引导我认罪。

我们走进了厨房，他没有放过任何的蛛丝马迹。橱柜、烤箱、垃圾桶、储藏室、抽屉，尤其是放餐具的抽屉，他对刀具进行了非常认真的检查。另外，他还仔仔细细检查了冰箱。

他这样狂热地翻箱倒柜令我愤怒，我忍不住说道："你希望在那里面找到什么？某个身体部位？手，脚？也许在你面前翻倒的那个碟子下面藏着一个头？"

"这都什么时候了，你不觉得自己的幽默有些不合时宜吗？我知道自己在做什么。我已经习惯了处理这些案子，我知道该去哪里找。"

我耸了耸肩，想离开厨房，但他又把我叫了回来，说我不能离开他的视线范围，免得我销毁线索！

他到处搜索，就像一只猎犬一样。他敏锐的目光从一个物体跳到另一个物体，还用鼻子在房间里嗅了嗅。有时候，他踮起脚尖检查柜子的顶部，然后又跪下来检查某个家具的腿。

在我们的卧室，他还是一样地搜查着。他花了很长时间来检查衣柜里的衣服，可这些衣服并没有什么特别之处。在我看来，他关于为什么我妻子的衣服不在里面的问题似乎比他的行为更合理。我告诉他，我没什么眼力见，也不善于观察，所以无法回答他的问题。但我最后还是告诉他，理论上没有什么东西丢失。

还剩下一个小房间，那是我家的书房，里面只有墙上的衣柜才可能放得下一具尸体。在确定衣柜里没有尸体之后，他只好失望地走开，并再次把这个房间翻了个底朝天。抽屉、地毯、文件，他敏锐的目光没有放过任何一件东西。就像他在其他房间里做的一样，他曲起手指叩墙，希望找到空洞的声音。他有条不紊地敲打着每一个可能中空的地方。

西边的墙上有一块大大的彩绘木板，他突然在那里停了下来。他的食指敲过这里时，墙面报以深深的回音。他扭头看向我，眉毛一挑。

"这是我们的保险柜，"我解释道，"它的确很大，但还不足以装得下一具尸体……"

"不管怎么说，我觉得我还是该看一眼。"

我的心中越来越恼火，却还是照做了。我把木板移开，又打开了保险柜门，眼前的景象无疑向他证明，他的怀疑毫无根据。就这样，我们回到了客厅里。

身心俱疲的我坐回沙发上，看了一眼时钟，我发现他的调查持续了几乎快一小时。布朗警官坐在我对面的座位，十分窘迫地喃喃自语，显然很恼火："没关系……明天我会和我的团队一起来深入搜查的。"

"好吧，"我叹了口气，"听起来挺鼓舞人心的！那你们打算怎么做？把我家的地板一块接一块地拆掉吗？"

"我们可能要作一些探测，但请别担心，这不会对房屋造成损害。"

"那挺好的！不过能不能告诉我，你真的认为自己能在这里找到一具尸体吗？"

他摇了摇头，似乎很遗憾："不……我想可以证明这里真的没有尸体……"

"这就对了！"

"但我可能忽略了一条线索……"

突然间，他的眉头拧成了一个川字。他的目光停在眼前的箱子上，一动不动地盯着它。倏然，他那灰色的眼睛里出现了一丝光亮。

"我哪儿都看过了，"他喃喃道，"除了一个地方……"
我焦急地看着我和他之间成摞的书籍。

"我需要你的帮助，"他再一次坚定地说，"否则，你肯定要怪罪我在搜证时弄坏了你的宝贝。不过，桑德斯先生，你的脸色怎么突然这么差……你很不安吗？"

"是的，但这是因为，因为你的要求，我不得不搬开我的书，不是吗？这个想法真是愚蠢至极，又毫无意义，依我看，这口箱子明显太小了，根本就装不下一具尸体！"

"那是你的看法，桑德斯先生，我可不这么认为。请你把这些杂乱无章的书全都拿走，仔细想想，我觉得这样的混乱有些太刻意了，我想你明白我的意思吧……"

"我并不是很明白，"我站起身来，回答道，"要配合你的工作，我可有得忙活了。虽然这堆书看起来乱七八糟的，但都是分门别类放好的！我也要花很长时间才能把这一切整理好。"

"行了，别浪费时间了，我可没有时间跟你在这儿耗着！"他尖着嗓子冷漠地说道。

他站在我的身边，而我跪在地上。我只能看到他锃亮的鞋尖。但是，我可以感觉到他对自己的判断非常有把握，就像一个孩子在等着拆开一个大礼盒一样，急不可耐地颤抖着。

十分钟后，我叹了口气，站了起来："好了，你看吧，我把它留给你来打开……我可不习惯看到可怕的画面！"

他一边弯下身子，一边回答道："别得意，我倒要看看谁能笑到最后。"

当他慢慢掀开盖子时，盖子发出了轻微的吱吱声。他在那里站了几秒钟，盯着里面仅有的两个垫子和一些旧报纸，然后关上了盖子，又摇摇头。

"这下可好，"我讥笑道，"你看到你想要的东西了吗？"

他眉头紧皱，喃喃自语："桑德斯先生，我们明天再谈这个问题吧。"

他一言不发，只是轻轻地点了点头，算是和我告别，然后径直向门口走去。

我跟在他身后关上了门，然后回到沙发上坐下，长出了一口气。但不到一分钟，门铃又响了。又是布朗警官。

我一点儿也没觉得惊讶。要是能摆脱这个爱打听的家伙该多好！

他的眼睛微微闭上，只是透露出一抹好奇的光亮，说道："抱歉，我忘了一样东西……"

"是私人物品吗？你的钥匙？"

"不，是我还有最后一处地方没有检查。我已经检查了所有地方，只有一处……你放在箱子里的那两张垫子提醒了我，有一个地方，你一直坐在那儿，巧妙地掩饰着它！"

他用手指指向沙发，一副咄咄逼人的样子。

然后，他并未征得我的许可，就把沙发靠背上的三个天鹅绒垫子扔了出去，接着又把坐垫也扔了出去……

他的脸上又一次笼罩着恼怒与失望：那儿没有尸体，也没有任何东西，只有一个瓶子引起了他的注意。他弯下腰捡起瓶子，然后又检查了起来："苯巴比妥胶囊，这可是一种强效催眠药。这个瓶子居然是空的……有意思，我想你得解释解释这个瓶子为什么在这里，而你又用它来做什么。"

"哦，我让受害者服下这个药，好让他们在我分尸的时候安安静静的。"

他皱起眉头，问道："你是在认罪吗？"

"不，警官先生，这只是个玩笑，都是为了迎合你那些荒唐的暗示。其实我根本不知道这瓶东西是从哪儿来的，又为什么会出现在这里。任何一个人的口袋里都有可能掉出这样一瓶药来……就是这样，一定是发生了什么事情，不然我也想不到任何解释。也可能是我的某个医生朋友落下的……哦，忘记告诉你了，我是医学博士。"

他若有所思地看着空瓶子，然后把它放在箱子上，说道："桑德斯先生，我们还是明天再谈吧。哦，不对，我应该叫你桑德斯博士。好了，顺便祝你今天心情愉快！"

话毕，他便告辞了，并且再也没有回来过。事实上，我此后再也没有见到过这个人。但令我惊讶的事情远不止于此。第二天一早，我急匆匆地赶往苏格兰场，因为起床之后，我发现了一件令我难以置信的事情。

第二部分

5

蒂莫西·多诺万警官大约四十岁，他的喉结十分突出，一头浓密的火红头发下是一张线条硬朗的面庞，总是挂着坦率的微笑，一见到他就能感到信心满满。我第一次来这里报案的时候，他在自己的办公室里接待了我，并记录了关于玛尔戈特失踪的事情，当时我就觉得他是一个能够给人安全感的人。可是现在回想起来，考虑到布朗警官对我说的话，我觉得多诺万对我的怀疑很是奇怪，他的态度中隐藏着某种虚伪。但现在，这一切都说得通了……

多诺万警官与我寒暄两句后便说："我们仍然没有关于您妻子的消息，桑德斯先生。这的确是件令人担忧的事情，但请您不要绝望……"

"警官，我今天不是为这件事情来找您的，因为我觉得您一有消息就会通知我的。我来找您是有另外一件事情……"

他皱起眉头问道："又是一起失踪案件？"

"不是……但也可以说是吧，但这一次失踪的不是人。对了，警官，请您先告诉我，在您的同事当中是否有一位名叫布朗的警官？您认识他吗？他说他在这儿的特别事务部门工作。"

"布朗？这个名字倒是挺常见的，但我完全没有印象。我们这儿没名叫布朗的人……"

"我想也是！"我气呼呼地回答道，坐在了他办公桌对面的椅子上。

然后，我向他详细解释了前一天发生的怪事。从克鲁切先生前一天早上来拜访我一直讲到我今天早上一起床就发现的事情，当然也说了布朗警官在我家是如何以蛮横的态度进行搜查的。

我还没有说完，多诺万警官就大喊出声："那你肯定是被骗了！苏格兰场现役的警察中没有一个像这样的人！也没有什么特别事务部门！更别说他那些根本不专业的行事作风，苏格兰场没有任何一个警员会这样做！很明显，您碰上了一个招摇撞骗的人！"

"今天早上，我发现我的保险柜大开着，当时我就怀疑过这件事了……保险柜里的凭证、钱，还有各种贵重物品全都不翼而飞！"

6

"真该死，我想我已经明白了！"多诺万高声道，他的眼睛瞪得溜圆，"这家伙编造了整件事情，一副口若悬河的样子，这样他就可以在到您家盗窃之前肆意侦察屋子里的情况！"

"更过分的是，他让我在他面前打开了我的保险箱。他装作并不在意，但他显然记住了密码的组合。"

"简直难以置信！他大费周章演了这么一出戏就只为了这一个目的！"

"我就知道是这样！更准确地说，这不是一出戏，而是一出分成好几幕的戏！一波三折，最后再回到他的舞台上，借口搜查我的沙发，仿佛是用最后一次返场向我致意！"

"该死的，好一个烟雾弹！这人真是胆大包天！他先是冒充您的邻居，然后又冒充警察，而且都指控您是杀人凶手！这一切都是为了他的盗窃而进行的精心准备！真是高明的手法！我都忍不住要为他喝彩了！"

我清了清嗓子，说道："警官先生，我的看法恐怕与您略有不同……因为我刚刚在几小时内失去了一笔钱，如果您能找到它，那真是帮了我大忙了！当然，还有我的妻子，找到她的下落比找到这笔钱要重要得多！不过说实话，我还是希望您能抓住那个用巧妙的手段愚弄了我的浑蛋！"

起初，这场调查完全陷入僵局。多诺万警官无法找到那个骗子，更别说找到我的妻子和我的钱了。在多如牛毛的问题中，最重要的是关于那个骗子的信息。他是如何得知我妻子失踪的事情？多诺万认为他是一个专业的骗子，消息灵通，而且肯定在警队内部有同党，也许此人不是故意告诉他这些信息的，只是在酒吧吧台闲聊时无意吐露的。我觉得这个解释听起来有几分道理，但对我们的调查来说并没有什么作用。

盗窃案发生三天后，多诺万敲响了我家的门。从他闷闷不乐的表情中，我可以看出，他的调查没有取得任何实质性进展。但与前几天相比，他似乎找回了自己的斗志。

他接过我给他倒的酒，依然沉浸在自己的思考当中，然后说："我们还是没有找到您的邻居克鲁切先生。我们已经仔细盘查了他身边的人，但一点儿线索也没有，没有一个人知道他在哪儿。这确实很奇怪……"

"也许这只是一个巧合？"

"也许是吧，"多诺万若有所思地回答道，"但最奇怪的是他离开的时间，根据那几个证人的说法，他是一个星期前离开的。也就是上周五，正是您的妻子失踪的那天。一个奇怪的巧合，不是吗？"

我不得不同意他的说法。思考片刻，我又说道："那您得出了什么结论？他和玛尔戈特之间有私情？"

多诺万略带歉意地回答道："桑德斯先生，这个问题本不该由我提出，您才是最有资格回答这个问题的人。"

我提高了声调："我并不相信，不是出于个人感情，而是认为这只是巧合的可能性更大！您想想，一个骗子跑到我家里，还讲了一个无聊的故事来哄骗我，我们都知道这个故事是假的，因为他唯一的目的就是打劫我家，这才是真相！您必须承认，这只是一个该死的巧合！"

"您知道的，的确发生了一些奇怪的偶然！现在，请注意，我只是在陈述事实：您的妻子和您的邻居在同一天失踪了。"

我又一次提出抗议，认为我们应当对草率的结论保持怀疑，目前从这起双重事件中得出的结论就足够草率。我现在已经足够抽离，可以清醒地思考玛尔戈特是否有一段不为人知的私情。但无论从心理还是从实际角度来看，这似乎都是不可能的。

我总结道："您明白的，作为丈夫，是不可能注意不到这些事情的……"

"您真的这样认为吗？人们不是常说丈夫总是最后一个知道妻子私情的人吗？而且，我和您讨论这个假设，也只是希望您能保留一些希望，桑德斯先生。因为介于其他案例的情况，跟您说句实话，我对您妻子的事情持悲观态度……"

我直视着他，打包票道："玛尔戈特是不会骗我的！"

那天下午，邮差又来了一趟，我收到了一封信，这封信简直是在动摇我作为一个男人的自信。这是一封完全用打字机打出来的信，上面的署名是"X先生，又名克鲁切先生，又名布朗警官"。我立马赶往苏格兰场，把这封信拿给多诺万警官看。

亲爱的桑德斯先生：

我给您写这封信是为了与您分享我的喜悦，顺便告诉您，您的保险箱里的东西令我感到无比的感动与满足，同时也要感谢您热情的款待。请您千万不要反驳我说的话！因为我只是想买您邻居的房子的人，所以您本不必这样款待我，而您却是如此的和蔼可亲。我深知您现在恐怕不会再相信我了，但我发现了一件非常奇怪的事情，这样的巧合通常只会出现在小说里面。

在您的"物品"中，我发现了您妻子的一些文件，我想您不会为此感到惊讶。但是，还有一封私人信件，署名是您的邻居——亲爱的克鲁切先生。我相信您会对这封信更感兴趣，因为从这封露骨的信中可以看出这位先生是您妻子的追求者。事实上，甚至可以说他是一个狂热的追求者。例如，他毫无保留地写着您妻子的双腿是多么的修长，我觉得这有些过分。不过，如果他的描述是真的，那么也许是他从艺术的角度对她的生理结构进行了观察，认为她的双腿是最优雅的？不过要这么说的话，我还是得提醒您一句，我很少看到有人会用这么露骨的词汇来表达自己的审美！

桑德斯先生，我知道您不会相信我的，但我向您保证，当我决定假扮克鲁切先生的时候，我真的什么都不知道。我只听说他有点好色，没听说别的。在这封信中，有一个会面地点，我会写在信的下方，供您参考。对了，您不用感谢我。您为了我的幸福付出了那么多，这只是我能够给您带来的微薄的回报罢了。请您相信我，和您一起演戏是一件很愉快的事。我真的很喜欢您的沉着冷静和您配合我演出时说的台词。请您接受我最美好的祝愿，祝您未来的发明成功！

"简直难以置信！"多诺万拿着这封信，目瞪口呆，惊叫出声，"虽然这家伙在信里嘲讽了您，但他还是给我们提供了一个重要的突破口！您怎么看，桑德斯？这可是一个千载难逢的机会！我们说不定能找到藏在您保险箱里的那封表白信，还有那个好心把这件事告诉您的小偷！"

"警官先生，天知道我有多想感谢他……"

"好了，桑德斯，别老想着报复啦！这封信可是真真切切给了我们一丝希望！"

"不论我的妻子是永远离开，去了另一个世界，还是转投他人怀抱，这对我来说都没有什么区别！"

"我敢肯定，您说的肯定是违心的话！您知道吗？您并不是第一个摊上妻子有外遇的男人！久而久之，您就会忘记的……"

"警官先生，您结婚了吗？"

多诺万皱着红色的浓眉，清了清嗓子，说道："是的，我已经结婚了，还有两个孩子。"

"那您喜欢单独和孩子们待在一起吗？"

他耸了耸肩。

我接着说道："还有，我失去了一大笔积蓄！那是我的积蓄！是我的！那笔钱并不仅仅属于我的妻子！而且，就目前调查的情况来看，我可能一个子儿都拿不回来了！所以，警官先生，您明白了吗？我对这个卑鄙的骗子没有丝毫的感激之情！他这封信只不过是变着法儿羞辱我罢了！就是为了羞辱我！今天，我突然发现自己什么都没有了！我身无分文，家庭破碎！一夜之间，我突然什么都没有了！"

多诺万点燃一支雪茄，若有所思地看着我，然后用平静而坚定的语气说："桑德斯，不论您想不想承认，这封信对我们来说是天赐良机。今天，当事实一桩桩一件件地摆在眼前，我完全理解您在这件事情中的感受。但是我之前就提醒过您，甚至今天早上我还说过，现如今，我们必须完全从实际角度来考虑这件事情。解决案件，跟踪线索，追踪相关人员，然后您就有足够的时间来解决您的情感问题了。"

"您说得对，"我有些后悔刚刚说的话，"只是突然间这么多事情同时落到我的头上……"

"好了，您有这个时间伤春悲秋，倒不如和我一起梳理一下事件的细节呢！也许这些细节会让您很不悦。我刚刚收到一份关于您的邻居的调查报告。其中有一些信息能够帮助我们更好地认识这个人：他单身，今年三十二岁，是一名销售代表……您猜他卖的是什么东西？您肯定猜不到，他卖的是丝袜！这样一来，我们就可以想象，他能够轻而易举地结识女性，更是有借口大谈她们的双腿有多美！

"然后我又读到了一些更模糊的东西，但这些东西对我们的调查至关重要，其中包括他从前的邻居们的证词。似乎可以确定的是，他同时与好几位女性保持着暧昧关系。当然，这本身不是犯罪，但通过这一点，我们对这个人的形象就有了更深入的了解。因此，我们很可能是碰上了一个精于引诱女子的男人，这也证实了我们今天所遵循的线索。"

我叫出声来："可他万一是个有怪癖的人呢！"

警官的脸色变得更加阴郁。他把手中的雪茄掐灭在满满的烟灰缸里，回答道："您想想，其实我已经考虑过这个问题了。

特别是刚开始的时候，当我们还不太了解这件事情的时候。因为我们经常在伦敦发现失踪妇女的尸体，往往是被这种疯子杀害的。但就这起案子来说，我不相信。如果克鲁切先生是个虐待狂，他为什么要逃跑？更何况，我们在他的公寓里没有发现任何可以证明他是个虐待狂的东西。他屋子里的一切都有序地摆放着，只是少了一些东西而已，看起来他似乎只是出门旅行了，从这一点上看，我们无法得出其他结论。"

"在结束这些题外话之前，我还想问您最后一个问题，关于您妻子的生意以及她放在保险箱里的那封表白信。您平时会翻阅她的文件吗？"

"不会的，我是个粗线条的人，我之前已经告诉过您了。更何况涉及文件，我一点儿也不关心……"

"所以您的妻子可能已经习惯了，不是吗？也就是说，她把私人信件藏在那里很符合逻辑……如果我们联想一下那封信中的一些话，比如露骨地形容她那修长的双腿，以及克鲁切先生卖丝袜的事情，我们就可以得出结论，他和您的妻子是一对恋人，他们很可能已经一起为爱私奔了。简而言之，那位假布朗警官说的是对的，虽然他在信中说这只是一个巧合！"

我咕哝着点了点头。我几乎无法反驳多诺万的推理。因为事实胜于雄辩。

多诺万脸上挂着玩味的微笑，说道："我们现在要做的就是到信中所说的那个地方附近看看，也许我们会发现这对鸳鸯正相互依偎在爱的小屋里呢？"

多诺万似乎没有意识到自己失言。我从他的手中抢过那封假布朗寄给我的信。

我说："这封信是用打字机打出来的。从邮戳来看，是今天早上从维多利亚车站寄出的。除此以外，您还能推理出什么呢？"

"恐怕什么都推理不出来了。但上面有他们会面的日期，就是上周五，也就是他们俩失踪的那天。"

我大声读了出来："二十三日（星期五），在西行大街39号E6座。您知道这是哪儿吗？"

他站起来穿上外套，回答道："我知道，就在北郊，只要看一下地图，我们就可以出发了。还是说您不想去？"

我耸了耸肩，站了起来："如果玛尔戈特真的背叛了我，警官，我真正希望的是您能抓住这个神秘的'布朗'，最好是在他把我的钱全都花光之前！"

7

这天下午，春和景明，和煦的阳光洒满伦敦的大街小巷。若是闲庭散步者，必然会觉得空气宜人，多诺万警官那辆黑色的塔伯特车里却闷热得令人窒息。多诺万的额头上滴着汗水，双手紧握方向盘，努力抑制着他粗重的鼻息。在整整两小时里，到处都堵得水泄不通，我们一直像蜗牛一样向北行驶。两辆公交车发生碰撞，在哈克尼区堵了很久。虽然我们终于能加速行驶，奇怪的是，车里的闷热却不减分毫。当我们到达郊区时，多诺万和我早已大汗淋漓。

越是驶离伦敦的市中心，周围的建筑就变得越简单朴素。我们沿途看到了一排排沉闷、单调的工人住宅，所有的房子都烙上了苦难的印记。只有偶尔出没的高大的工厂烟囱能够打破这种单调，但这并没有为这里的萧索增添一丝一毫的亮色。我对这个地区隐约有些记忆，但不太分得清此处平淡无奇的街道。可现在我却有些疑问，因为这里实在不像是个约会的地方。

当我们到达西行大街时，这种感觉更加强烈了，这是一条萧瑟的道路，只有几座肮脏的房子沿着一大片空地矗立。39号既不是旅馆，也不是房子，而是一座只有几面破旧的栅栏保护的旧仓库。

多诺万露出了狐疑的眼神，将车停在路边，熄了火，说出一番我想说许久的话："我倒也没想着能找到一家三星级酒店，但说句实话，这个地方真是令我震惊！这不就是座老仓库吗……好吧，既然我们来都来了，还是进去看一眼吧。不过要我说，我觉得没什么希望。'布朗先生'恐怕是在抄录地址的时候犯了点错……"

"也可能是整个地址都弄错了！"我扫视了一圈周围的环境，回答道，"我觉得这似乎更有可能！"

多诺万若有所思地点点头，他从口袋里掏出一块大手帕，擦拭着汗湿的额头。他关上车门，瞥了一眼四周，然后向仓库入口走去。他果断地压下把手，推开了门，门发出吱吱呀呀的声音。多诺万走到中间的过道，我便跟了上去。他在那座老砖楼前又停了下来。这是一座有着穹顶和大圆拱窗的建筑，只是几乎没有任何一块玻璃保持完整。

"如果这间破房子还有人住，"他停顿了一下说，"我立马就戒烟！"

多诺万抱定了要冒险挑战的决心，凭借着他作为老烟枪的感觉，他点燃了一支雪茄，招手让我跟着他。但很快，他就碰到了上锁的仓库门。他弯下腰检查了一下锁，然后站起来，眉头紧皱。

我问道："有什么问题吗？进不去了？"

"不，用我的万能钥匙就好了。但这个钥匙孔周围有新的划痕，有人不久前曾来过这里。"

"也就是说，我们来对地方了？"

他慢慢地点了点头，说道："也许是吧……"

于是，他回到了自己的车上，片刻之后就带着他的万能钥匙回来了。他灵巧的手指在锁上摆弄了几下，三下五除二便打开了。我们就这样进到了里面，这儿几乎和在多诺万的车上一样闷热，瓷砖已经吸纳了一整天的热量。地板的某些部分是由黏土铺成的，带着一股强烈的潮湿和霉味。多诺万似乎正试着吐出长长的烟圈来驱散这种味道。但在这个密闭的空间里，他的雪茄的味道更令我作呕。

整座仓库总共有三个房间，其中，末尾的房间里几乎空空如也，只有一些生锈的工具。只有中央的房间有家具，有一个靠墙的大工作台、一个柜子、一些架子和角落里的一个大箱子。多诺万走到柜子前，打开柜门，简单瞥了一眼，然后耸耸肩，示意什么都没有，便转身离开了。

他说："仔细想想，我觉得我们好像走错了路。这座破屋子已经被废弃了很久了。走吧，桑德斯，我们在浪费时间！"

我又一次顺从地跟在他身后。走到门口时，我停了下来，再次检查检查门锁。

"还是很奇怪，这把生锈的门锁上有些划痕，看起来最近真的有人撬开锁闯进去……"

"但您也看到了，里面什么都没有。"

"我们把所有的东西都检查了一遍吗？"

"是的，都检查了，除了那口大箱子……"

多诺万犹豫了一会儿，然后向他的车走去。但走到一半时，他又转身回到了仓库。他走过第一个房间，来到下一个房间，然后走到箱子前，打开了箱子。映入眼帘的是一层稻草，这让多诺万暂时放下心来。他厌恶地噘起嘴，掀起了那层稻草。在那下面是一层光滑的皮面，当稻草被移开，我们看到了一只大号手提箱，几乎和大箱子的内部一样宽。虽然不是新近的款式，但它看起来并不像房间里的其他东西那样破败。

多诺万摸索着寻找手提箱的把手，但似乎并不容易摸到，因为它被大箱子的四壁卡住了。最终，他还是想办法找到了，只是嘴里不无咒骂。然后，我看着他试图将箱子抬起来，淌着汗水的脸上却露出了惊讶的表情——手提箱太重了。

"我真想知道这里面装着什么东西！"他叹了口气，"肯定不是铅，但是和铅一样重！"

最后，他成功地从大箱子中取出了手提箱。在这个手提箱下面，我们又发现了第二个手提箱，与第一个很像，但多诺万没有动它，而是将第一个手提箱放在窗前。尽管破损的窗格上遍布着灰尘和蜘蛛网，但斜阳仍然投下一抹明亮的光。

当多诺万掀开盖子时，我们看到了一堆摆放得整整齐齐的大号油布袋。我们彼此交换了一个疑惑的眼神。多诺万静伫片刻，皱起了眉头，紧接着，他的脸色突然变得苍白。

然后，他焦躁不安地从口袋里掏出一把小刀，展开刀刃，沿着一个袋子的接缝处割开。

一秒钟后，在袋子的一处破口里，我们看到了五个彩色的斑点。随着袋子被划开，我们明白过来，那五个红点是一个女人涂着指甲油的脚指甲！

8

不必进行任何的身份鉴别，仅凭这几个脚趾，我就能认出这是玛尔戈特。而且，考虑到我们发现尸体的前因，在这个地方出现另一具女尸的这种巧合几乎不可能发生。玛尔戈特的指甲油是鲜红色的，特别有侵略性，而且品位低俗，我经常提醒她这一点，为此，我们还吵了几回。

第一个手提箱里只有四肢。从逻辑上看，第二个手提箱则装着其他部位，即躯干和头部。多诺万陪同我去验尸官办公室辨认玛尔戈特，他自己似乎也被眼前这可怕的场面所震撼。

凶手非常仔细地包裹了玛尔戈特的"零件"，还选择了一块质量上乘的油布。凶手将布折叠了两次，又将接缝处缝得很紧，以防血液溢出。在仓库里没有发现这个屠夫般的凶手的作案工具。根据验尸官的说法，作案工具可能是一把细齿手锯，比如钢锯，因为骨头上有锋利的切口。总的来说，一切都表明这是一次非常细致的行动，凶手非常谨慎，没有留下任何线索。在仓库里，负责现场调查的警员也没有其他发现。

尽管如此，还是有一条线索可以找到警方正在寻找的那个人。只可惜，警方最初调查得仓促，并未发现这条线索。当然，那条相关线索非常小，乍看之下几乎微不足道。但在这种情况下，众所周知，最小的细节往往至关重要。而这个细节也不例外。

发现玛尔戈特的尸体后，调查的进程大大加快。多诺万的团队对仓库进行了搜查，在我们到达后还不到一小时就开始工作了：法医检查，尸体鉴定，对克鲁切先生展开了新的调查，多诺万进行了新的问讯……我直到凌晨两点才回到床上，我精神紧绷、精疲力尽，最终沉沉睡去。

第二天一早，我按照约定去苏格兰场找多诺万。他面容憔悴，但坚毅的神情让他显得能量满满。他抽着雪茄，却没有意识到烟早就已经熄灭。

"至少现在事情清楚了，"他激烈地说道，"我们知道凶手是谁了。相信我，阴险的克鲁切先生的好日子算是到头了！"

我惊讶地问道："您找到他了吗？"

"不，还没有，唉！但我保证，他必然无法逃脱法律的制裁。对了，您说得没错，桑德斯，您假设这是一起虐待狂犯罪，这是对的！"

"我当时下意识地这么一说，因为您把他描绘成一个不知悔改的引诱者。请相信我，当时我并没有真正理解……他究竟对玛尔戈特做了什么。我的天哪，这是多么凶残的屠杀啊！"

多诺万将手搭在我的手臂上，以示安慰："我们会找到他的，别担心。就算他已经离开英国也没用。不过我认为他还在英国，就在我们的眼皮子底下。但我首先要根据新的发现总结一下情况。

"根据法医的说法，您的妻子是一个星期以前死亡的，这与她失踪的日子相吻合。'布朗'先生发现的信末所写的日期证实了这一事实。动机的缺失、克鲁切那一团糟的生活，还有我们昨天的发现，都表明您的邻居是一个可怕至极的杀人犯，他就是那种为了享受杀人带来的唯一乐趣而杀害受害者的疯子！

"不幸的是，在此类案件中，大自然并没有站在警察的这一边，往往赋予这些怪物一些相当诱人的特质。他们肆意滥用自己的诱人之处，轻而易举地取得那些潜在受害者的信任。我想这就是发生在您妻子身上的事情。因为如果克鲁切先生没有什么过人之处，她可能就不会去那座肮脏的仓库了。不管怎么说，就目前掌握的事实来看，他们彼此已经非常了解……"

"等等，"我突然举起手说道，"我刚刚想到了一件事情，如果克鲁切就是那个'布朗警官'呢？如果是这样，那么他除了虐杀了我的妻子，还对我的财产下手，清空我的保险箱！他肯定从玛尔戈特那里知道我的保险箱里有相当多的财物！他一定也从她那里知道了所有的细节，才能够如此轻易地误导我！"

多诺万咧开嘴笑了："不是这样的。当然我也考虑过这种情况，但这没有意义。如果是克鲁切，在那一刻，他就不需要通过这种戏法去找保险箱了。玛尔戈特就能把密码组合告诉他……"

"这还不确定！"

多诺万狡黠地回答道："好吧，那您告诉我，如果这个凶手杀害了您的妻子之后又掏空了您的保险箱，那他为什么要煞费苦心地告诉您他把受害者藏在哪里呢？您得承认，这种行为不符合常理！"

"因为在我看来，凶手肯定是打算让这两只手提箱里的东西消失。所以他把四肢与头部和躯干分开，用不同的包装包裹。这是一种典型的混淆视听的方法。有一天，人们也许会在这里发现一条腿，然后又在那里发现一只胳膊，但另一方面，凶手通常会预先把头颅非常小心地藏起来。所以这一切都说明，克鲁切肯定不是假冒警察的布朗。"

这的确是显而易见的道理，我默默地点了点头。

"简而言之，问题很简单，"多诺万总结道，"因为我们已经知道了答案，我们只需要找到罪魁祸首就好了……"

"那您打算怎么做呢？您打算告诉媒体，让媒体刊登他的照片？还是说您已经这样做了？"

多诺万摇了摇头，说道："不，我还没有。这可能是个有效的办法，但也有可能打草惊蛇。而对于这样的凶手，最好是出其不意地行动。如果我们能快他一步就好了！"

这时，一名穿制服的警察还没有敲门就进入办公室。他轻轻地用指尖捏住一小块纸板，放在他的上级的桌子上，结结巴巴地说道："这是在其中一只手提箱里发现的……就在一个缝在侧面的口袋里，就是布料的折角那里，所以我们一开始没有注意到它……"

多诺万摆了摆手，示意他噤声，自己则大声读了出来："V.S.653，这能说明什么呢？如果我知道这意味着什么，那凶手就该见鬼去了！"

年轻警察猜测道："也许这是一个地址呢？"

"谢谢你，查普曼！"多诺万瞪着他的下属，咆哮道，"希望你的失误不会造成太大的影响。"

查普曼怯生生地退出房间，我说道："也许是车牌号码？"

"不，没有匹配的车牌号。"

"那么是电话号码吗？"

多诺万看了我一会儿，然后拿起电话，毫不客气地要求接线员找到他报出的号码的用户，然后立即回拨给他。

不到五分钟，他就接到了电话：他所说的号码并不存在。

多诺万愤怒地挂断了电话。然后，他背着双手，在办公室里疯狂地踱步，像念经一样重复着："V.S.653……V.S.653……"

"比如说'V'这个字母，"他嘀咕道，"桑德斯，这能让你想起什么？"

"对我来说，'V'这个字母象征着胜利，或者是维多利亚女王。但我也不知道这么想到底对不对……"

"我知道。但是有的时候，往往是荒诞的念头会带领我们找到正确答案，我想我已经告诉过您了。胜利，维多利亚……是啊，为什么不这样想呢？让我们继续讨论'S'……您有什么想法吗？"

"让我想想……"

"也许'S'代表着蛇（Snake）……"

"维多利亚—蛇，这没有任何意义！"我反对道。

"加上维多利亚……我想起了维多利亚车站（Victoria Station）。"

多诺万突然定住了，目光变得迟滞，然后继续说道："维多利亚站？维多利亚火车站？那么……这可能是行李寄存处一个储物柜的号码。很有可能！特别是在这种事件中！因为它往往是那些罪证的藏身之处！"

"干得漂亮！警官先生！如果这是真的就好了……"

"也许吧！"多诺万打了个响指，回答道，"不管怎么说，事不宜迟，我们现在就去检查车站。"

半小时后，我们来到了维多利亚火车站的大厅。清晨的阳光将月台上方的大玻璃照得通亮，那里有一节火车头正在喷气，似乎准备出发。多诺万正匆匆赶往行李寄存处。那天，他显得有些莽撞，不停用自己的肘部向前顶开刚从一辆慢车上下来的旅客。他的头发蓬乱，胡子拉碴，衬衫领子敞开，看起来有些不修边幅。行李寄存处的办事员有些难以置信地听着他的要求，但得益于多诺万警官那不怒自威的语气，他立即变得十分配合。

几分钟后，我们沿着两排金属储物柜走去。从外观上看，653号柜与其他柜子相比没什么不同。办事员打开了它，不出所料，里面放着一个手提箱。这个储物柜本来就是用来放箱子的。

多诺万迅速抓住箱子，试图打开它，但箱子被锁住了。他再次拿出他的小刀，强行撬开两把锁。手提箱里装着衣服，他把这些衣服一件件地拿出来，摊开放在走廊上，整条走廊因此变成了一条死胡同。大衣、夹克、长裤和衬衣很快铺满一地，遮住了单调的瓷砖地板。

突然间，我看到他皱起了眉头。他仍然保持着跪立的姿势，给我看一件衬衫的袖子，上面沾满了黑色的斑点……

"这如果不是血迹，"他严肃地说，"我立马就戒烟！"

我大声告诉他，这一次他肯定是对的。

我们的调查已经走上正轨了。这很明显。我们两人都觉得这是不言而喻的。遗憾的是，线索似乎也就到此为止了。箱子里只有衣服。多诺万不敢奢望能够找到一张名片或是悔过书，但至少能找到一些私人物件。我看着他大汗淋漓地在衣服上翻找，又沮丧地疯狂摇头。在发现的喜悦之后，他满是失望。但是，作为一个锲而不舍的侦探，他的努力最终得到了回报——他在大衣的暗袋中发现了一张纸。

这张纸不太起眼，只是小小的一张，上面写着几行数字，笔迹匆忙而潦草。这可能是一张晚餐账单，因为在左上角是伦敦一家酒店的抬头和地址。

多诺万喜出望外。

9

哈林福德酒店是布鲁姆斯伯里区的一家高档酒店，酒店的红砖外立面矗立在罗素广场附近的一条巷子尾部。这里也许不是伦敦地价最昂贵的地方，但也与西行大街那些朴素的房子相去甚远。无论如何，克鲁切选择这里作为藏身之处似乎合情合理。

迎接我们的接待员认识鼎鼎大名的多诺万，所以他十分配合多诺万的调查。但他不消片刻就作证，目前没有名叫克鲁切的客人住在这个酒店里，这个名字太特别了，他不可能注意不到。于是，我们便自己查阅酒店的登记册，但我们很快就发现，的确没有人以这个名字登记。

多诺万随后将纸条交给了酒店的接待员，这位接待员毫不犹豫地回答："是的，这是我们酒店的房间。我甚至能认出这是我同事的笔迹……"

多诺万于是向他描述了克鲁切先生的情况，并问他酒店目前的住客中是否有符合描述的。

接待员思考了一会儿，然后回答道："可能是马丁先生，他住在二楼的28号房间……"

"他在这里住了多久了？"

"我估计整整一星期了吧。"

"他是个什么样的人？"

"不太爱说话，但看起来是个体面的人。"

"我们能和他谈谈吗？"

"不，我想他已经出去了……"接待员转过头看了看，"是的，他还把钥匙留在了板子上，需要我给他留言吗？"

多诺万若有所思地点点头，然后要求接待员对我们的走访严格保密。

我们离开哈林福德酒店，向广场走去。我们坐在广场的长椅上休息。这一天的天气和前一天一样和煦。小公园的树上传来麻雀的啁啾叫声，这样愉快的时光与我们身处的悲惨事件形成了尤为鲜明的对比。

多诺万身体前倾，双手抱头，陷入沉思。

"我们已经接近真相了，"他思考后说，"我们马上就能揪住他了……但别着急！我们要打有把握的仗，才能一击即中，绝不能给化名马丁的克鲁切先生一点儿机会，毕竟他是个表演大师。他肯定万分谨慎。今天的天气这么好，他现在正在四处游荡也说得过去。我简直能看到他就在西行大街散步……如果真是这样，他可能会警觉地嗅到警方的痕迹，并避开我在那儿布置的陷阱……"

"那您打算怎么做呢？"

"在他回来之前看一下他的房间。我不指望会有奇迹发生，但谁知道呢？在他的房间里发现的证据都将是确凿可用的。而且我等不及申请搜查令了，我决定现在立刻动手，因为等到那时，说不定他已经从西行大街回来了，到时候他就会处于高度警戒的状态。换句话说，您要在这里等我，而我要偷偷潜入酒店。"

"警官！"我抗议道，"我不同意！"

"怎么？桑德斯，难道您希望杀害您妻子的凶手逃脱法律的制裁吗？"

"我当然不希望！但我要和您一起去。我们一起经历了这次调查，不论发生什么，我都不想错过最后一步！"

当我们进入旅馆后面的狭窄通道时，附近一座教堂的钟敲响了下午两点的钟声。我们毫不费力地爬上一扇铁门，看到了一个遍布藤蔓的后院，这是个极好的位置，旁人无法看到我们的踪迹。高墙两侧有一条消防通道，我猜它能够通往这家酒店。多诺万示意我跟着他，他蹑手蹑脚地走上了铁楼梯。

"您看起来好像很熟练的样子！"我在他背后低声说。

"众所周知，金盆洗手的小偷就是最好的警察。"

"您偷过什么？"

"一个苹果，那时候我还是个孩子。"

"您当时在挨饿？"

"不，只是为了享受偷窃的乐趣。被我父亲发现了，后来我再也没有犯过。"

"您为什么讲这个故事？"

"说了也没用，不说了。好了，从现在开始，请您别出声了！"

在二楼的紧急出口处，他拿出了自己的万能钥匙。他扫视了一圈走廊，随后蹑手蹑脚地走了进去。地板上铺着厚厚的地毯，很好地掩盖了我们的脚步声。我们径直走到28号房间，多诺万又一次掏出了万能钥匙。

　　进入房间后，多诺万便把房间门反锁了。这的确是个明智之举，因为十分钟后，我们就听到了钥匙插入锁中的咔嗒声，彼时我们刚刚粗略检查了一遍房间，却没有任何重大发现。

　　多诺万和我互相看着对方，就像两个被当场抓获的犯人，而门后的人仍然在反复尝试开门。见没有结果，他便放弃了。

　　"是他！"多诺万小声说道，"快！我们没有时间了！他马上就会带着服务员回来，然后我们就玩完了！"

　　我们匆匆忙忙按原路返回，幸运的是没有遇到任何人。一进巷子，多诺万再也无法抑制自己的恼怒："真够聪明的！我们什么都没有发现，反而打草惊蛇了，他肯定会怀疑的！"

　　"我是真不明白，今天的天气这么好，他怎么不多逛逛就回来了！"

　　"是啊！真是个傻瓜！"多诺万冷笑着说，"因为他马上就能在暗无天日的去处享受个够了……"

　　多诺万一边冷嘲热讽，一边冲进一个电话亭。几分钟后，他走出了电话亭，看起来十分坚定："我已经打电话请求支援了。他们应该随时会来。现在，我们就来看看我们究竟会看到什么！跟我来，我们去拜访一下这位体面的马丁先生……"

　　在前台，服务员告诉我们马丁先生刚刚回来，如果我们愿意，他可以通知马丁我们要去拜访。

　　多诺万回答说没有必要，然后没有再多说什么，就走进了楼梯间。他敲了敲28号房间的门，里面的人立即应声将门打开。他站在门口，似乎很惊讶，特别是当多诺万介绍自己时。但这个人并没有拒绝让我们进去聊聊。

然后，多诺万用平静而自信的声音告诉他自己已经知道他的真实身份就是克鲁切先生，而且他也没有必要否认，因为住在他隔壁的邻居——也就是我，已经认出了他。

那人居高临下地看着我，然后耸了耸肩。他随即承认自己就是克鲁切先生，但他不明白为什么这一点妨碍到了警方。他像其他客人一样，付钱入住酒店房间，改名只是出于谨慎，纯属个人行为。

多诺万仍然用非常平静的语气问他在其他酒店是否也租了其他房间，因为他的公寓明显已经不够用了。克鲁切露出轻蔑的神情，却保持沉默。

多诺万笑着补充道："我想是因为女人吧。"

"警官，真是什么都瞒不过您。"

"您认识玛尔戈特·桑德斯夫人吗？"

克鲁切朝我所在的方向瞥了一眼，谨慎地回答道："是的，她是我的邻居……"

"以及？"

他傲慢地回答道："我无可奉告。"

"我明白，"多诺万露出了然的神情，"我非常理解您的想法，但等您上了法庭，您必须得向法官解释吧？除非您不想活了！”

克鲁切十分惊讶，并说他根本听不懂多诺万所说的话。随后，多诺万十分自然地向他解释了一切，克鲁切再也无法保持冷静，嘴里不断冒出侮辱性的字眼，但这丝毫没有影响到多诺万的叙述，多诺万问他是否因为恐惧才反应过激。克鲁切却回答说他没有理由感到害怕。

“既然如此，想必您应该不会介意我的人在这个房间里看一看吧？”多诺万表面是在征求意见，语气却是不容拒绝的。这一点令我印象深刻，我知道他当时是在虚张声势。

克鲁切十分绝望：“随您的便吧！我没有什么可隐瞒的！”

不到十分钟后，三名警察在房间里搜查。多诺万靠在小露台的栏杆上，故作轻松地看着他的手下工作。而他眼前的克鲁切脸色苍白，一言不发。

半小时过去了。整个房间被翻了个底朝天，仿佛刚刚被洗劫一空。克鲁切的所有物品都被摊放在狭小的酒店房间里。

克鲁切忍无可忍，对着多诺万大喊大叫：“可以了吧，警官？您还嫌不够吗？您已经看见了，我是个诚实的好公民！”

我不知道多诺万原本开口想说什么，因为他的一个手下走到他面前，手里拿着一个圆形的东西。

他说：“我发现它包着一块破布，放在一只鞋子里……”

那是一个金属鞋油盒。多诺万掀开半开的盖子，不解地看着里面的东西，那是一小团棉花，他拿了起来。突然，一个闪

亮的东西掉在地上，发出金属的叮当声。他弯下腰，拿起一枚
金质婚戒，仔细检查了一圈。我看到他的嘴角弯出一个冷笑，
那一刻，我知道克鲁切已经输了。他缓慢地将戒指递给我，说
道："桑德斯，看看这个。"

戒指内侧的铭文已经模糊不清，但这个东西对我来说再熟
悉不过了。我的名字、我妻子的名字以及我们的结婚日期都被
刻在金戒上。

多诺万带着一脸胜利的笑容问道："这是什么？"

我简单地回答道："这是玛尔戈特的婚戒。"

多诺万点了点头，仍然微笑着，然后向房间内的克鲁切投
去凶狠的眼神："克鲁切，对您来说，一切都结束了。各位警
官，请逮捕这个人！"

后　记

距离克鲁切被捕已经三个星期了。站在客厅敞开的窗户
前，我听到大楼门口矗立的那棵老梧桐树上传来鸟儿的鸣叫
声，令人耳目一新。在这个阳光明媚的夏日早晨，听着悦耳的
鸟鸣，呼吸着清新的空气，这是疗愈创伤的最好的药了。尤其
是对于现在的我来说，我一直挣扎着想要忘记那场令我痛苦的
悲剧。我必须考虑到未来，重新找回我的平静，并遗忘这起已

经成为过去式的凶险事件。

门铃响起时，我正坐在沙发上。我不禁想起了假扮克鲁切先生和布朗警官的骗子来我家那天的门铃声。

我前去开门，看到的是面带微笑、一脸轻松的多诺万警官。我请他进来，他却开玩笑似的问我，当我听到门铃响起时，是否以为是那个假扮布朗警官的人来了。我告诉他他猜对了，并且告诉他当时的情形与此刻出奇地相似。

他心情愉快，舒服地坐在箱子前的扶手椅上，说道："好个布朗警官！"

"不至于！"我微笑着回答道，"都是他推动着事件的发展！对了，您还是没有找到他？"

"没呢，这家伙就像是人间蒸发了一样。"

"您是在告诉我，我永远拿不回我的钱了吗？"

"这下轮到我说'不至于'了，因为我还是很希望有一天能发现他！这一天也许比他想象中来得更快……"

我不禁捧腹，说道："警官，那我只好祝您成功了！我是这个世界上最希望您能找到他的人了！"

"也许不是，"多诺万若有所思地说道，"毕竟克鲁切先生应该也很希望我能找到这个人……"

"我明白了，"我笑得连连打嗝，"这肯定是他的垂死挣扎！他想把这一切都推到那个来去无踪的布朗警官身上！没能出现的人肯定是有罪的！但我相信，英国的司法体系才不会被这种卑劣的诡计所愚弄！"

多诺万摸了摸自己的下巴，说道："不，事实上，我并不这么认为。您知道的，克鲁切承认与您的妻子有染，但是他从未承认过自己谋杀了她。"

"这是他能够想到的最好的辩词了！"

"的确。这样一来，他就能够解释我们所找到的那些对他不利的证据，特别是他们俩正式确认关系的根据。有一回，他解释说，那枚放在鞋子里的婚戒是想给她的一件惊喜礼物……"

"这一招真高明，因为一开始他还假装自己不知道呢！他还真是有天赋！但是，他是怎么解释他长期住在哈林福德酒店的合理性呢？"

"他承认有第二个情妇，他在那里和她幽会，为的是不被您的妻子发现。"

"老狐狸！这是他的第二个诡计！"

"不，他在这一点上没有撒谎。我们已经确认过了。而且这不是他第一次以'马丁先生'的名义预订房间。"

"他还是个不折不扣的浑蛋！"

"也许吧……"多诺万赞同道，"不管怎么说，他现在觉得是那个'布朗警官'在上个月的那个星期五杀害了您的妻子……"

"他'觉得'？"我酸溜溜地说道，"他在犯下那可恶的罪行之前应该想一想。现在已经有点晚了吧！顺便问一下，他的案件已经宣判了吗？"

"还没呢，但就是这几天的事情了。如果没有新的发现，他肯定无法逃脱绞刑。"

"警官先生，请原谅我，我是不会为这种人假装慈悲的！"

"我理解您。"多诺万说道，他的同情令我有些触动。

他短暂停顿了一下，看着箱子陷入沉思。随即，他接着说道："在这起案件中，一切事实都非常清楚，只有一个细节除外。这是一个微不足道的细节，事实之间出现了简单而模糊的出入。考虑过后，这个出入有一千种可能的解释。但在我看来，没有一种是真正说得通的。"

我惊讶地看着他，他继续说道："有一次我正准备告诉您，但您打断了我。您说假警察布朗在您的保险箱里发现了克鲁切写的那封信，而克鲁切说那封信是假的，而且他还说他从未给您的妻子写过任何一个字。根据这封信，我们发现约会的地点就是发现尸体的地点。您和我都看到了，那个地方不适合约会。那么，我们能从中得出什么结论呢？那是这对情人在去其他地方之前的一个会合点？也许是吧！但是，这个'会合点'可在城市的另一边！

"总之，我最后还是怀疑那封信是假冒的，尤其是除了假的布朗警官，没有其他人拿到过那封信。在这种情况下，这封虚构的信可能从来没有存在过，因为它只在那位假布朗警官的信中被提到过。我开始怀疑这位神秘的布朗先生是否存在，而他实际上是犯罪分子编织的复杂犯罪网络的核心。"

多诺万尽力用平淡的语调论述，但他的双手却不免微微颤抖。

我问道："警官，您很紧张吗？"

他用一种莫名其妙的怜悯的眼神看着我："是的，有一点儿吧……自从我戒烟之后，就是如此。这起案子让我非常恶心，所以我已经失去了吸烟的欲望……"

在那一刻，我也感到一种恶心，一种弥漫全身的不适，但不是因为戒烟。

"如果压根儿没有布朗警官这个人，"他继续用平淡的声音说，目光却始终没有离开我，"您比任何人都明白这意味着什么。这说明您给我看的那封打印的信也是假的！但另一方面，我们都知道这封信是凶手写的，因为写信的人知道那口'带血的箱子'的位置。那么，您也就明白了，现在只剩下一个嫌疑人，那就是您，桑德斯先生。"

我舒服地坐在沙发上，转头望向窗外。鸟儿的歌声比多诺万警官那了无生气的声音听起来要悦耳许多。他说道："您为我精心筹划的这场有趣的寻宝游戏，我就不多说了。首先，这张纸条上写着维多利亚火车站那个储物柜的号码，对了，假布朗警官也是从这里给您发信揭发克鲁切的。其实，仅仅通过这一个巧合，我就应该明白，因为凶手和小偷不应该是同一个人。这也许是您极少数的错误之一。然后是写着哈林福德酒店的那张纸条，都要感谢您的善意帮助，我才能迅速找到正确的线索。还有这最后一件物证——被害人的结婚戒指——被放在一个鞋油盒里。在我们第一次偷偷搜查克鲁切先生的房间时，您趁我不注意，把它放在了他的物品当中。这也是您在那个时候说非要和我一起去犯险的原因。

"但在您的计划中，最出彩的部分无疑是您编织的谎言。这是一个巨大的谎言，一个令人难以置信、无比震惊的故事，也是一场真正的大戏，真可谓是一波三折！按照您的说法，一个寻找克鲁切先生的陌生人来访，而这个人就是克鲁切自己！然后他声称是您妻子的情人，指责您谋杀了她，然后又介绍自己其实是一名警察，最后您又发现他是一个小偷！当我们都以为这个故事就这样结束之时，却发现这个故事还在继续，您甚至收到了一封来自小偷的信！

"我承认，我当时确实把您当作一个无辜的受害者，可悲的命运无情地压在您的身上。您的妻子和钱都被抢走了，所以您什么都没有了。发生在您身上的所有事情都是如此不可思议，乃至表面上看竟然是真实的！而在这一切的混乱当中，按照您的计划，我们甚至忘记了谋杀的动机，只要想想，就会发现动机十分明显：您因为嫉恨您的妻子与您的邻居偷情而杀害了她！然后您为了报复她的情夫，决定将杀害您妻子的罪行嫁祸给他。也许您是偶然得知他要在哈林福德酒店待几天，和他的第二个情妇幽会，于是趁机实施了您的计划。从犯罪的专业角度来看，我很佩服您，桑德斯，因为您的作案手法新颖、大胆，又非常巧妙。事实上，我可以说您的这场犯罪可谓'无出其右'……不过，能不能告诉我，您一直盯着窗外，是在看什么？"

　　"我在看鸟儿们，我想，能够飞翔的感觉一定棒极了……"

读客®
悬疑文库

认准读客读悬疑，本本都是大师级。

专注出版中、英、美、日、意、法等世界各国各流派的顶尖悬疑作品。

为读者精挑细选，只出版两种作品：
经过时间洗礼，经典中的经典；口碑爆表、有望成为经典的当代名作。

跟着读客悬疑文库，在大师级的悬疑作品中，
经历惊险反转的脑力激荡，一窥人性的善恶吧。

扫一扫，立即查看悬疑文库全书目，
收集下一本精彩悬疑！